Andreas Schmidt
Pinguin
Mord
Krimi
rga. Buchverlag

Für meine Familie.
In der Reihenfolge ihres Auftrittes:
Mama & Papa – meine besten Eltern,
Tanja, die Frau meines Lebens und bessere (beste!) Hälfte,
Celine, dem süßen Terrorkrümel
... und für Pünktchen. Coming soon.
Ihr seid mein Leben!

Wuppertal, im Juli 2008

Impressum

Pinguinmord
ISBN 978-3-940491-04-6

rga. Buchverlag

J.F. Ziegler KG
Druckerei und Verlag
Konrad-Adenauer-Straße 2-4
42853 Remscheid

Tel. 0 21 91 / 90 92 62
www.rga-buchverlag.de
buchverlag@rga-online.de

1. Auflage 2008

Lektorat: Peter Fichte
Korrektorat: Christoph Nettersheim
Druck: fgb · freiburger graphische betriebe
Titelgestaltung: Tanja Bilikas
Satz: www.reprosatz.de

Dies ist ein Roman.
Die Handlung ist frei erfunden.
Ähnlichkeiten mit lebenden oder toten Pinguinen
sind rein zufällig.
P.S.: Von der Nachahmung der
Romanhandlung wird dringend abgeraten.
Der Autor

Donnerstag, 21:20 Uhr, Johannisberg

Der Regen hatte etwas nachgelassen. In der Dunkelheit wurde die Historische Stadthalle auf dem Johannisberg stimmungsvoll angeleuchtet. Draußen, auf dem Kleeblatt, herrschte nur wenig Verkehr. Ein dunkelblauer BMW Z3 rollte langsam an die rot-weiß markierte Schranke heran. Die junge Frau hinter dem Steuer ließ das Seitenfenster herunter, streckte den Arm hinaus und zog ein Parkticket. Sie trug elegante Kleidung, hatte sich dem Anlass entsprechend angezogen. Heute würde sie Schluss machen mit ihrer Vergangenheit. Ein zufällig an der offenen Seitenscheibe vorbeigehender Parkplatzwächter warf einen Blick in das Innere des Z3. Die Frau hatte den Blick stur nach vorn gerichtet und schien ihn nicht wahrzunehmen. Er konnte nicht erkennen, dass die Fahrerin vor Aufregung zitterte. So drehte er eine Runde über den Parkplatz und sah nach dem Rechten.

Die Schranke öffnete sich, und die Fahrerin lenkte ihr Cabrio auf den Parkplatz mit den schräg angelegten Parkboxen. Obwohl um diese Uhrzeit mehrere Plätze frei waren, schien sie etwas Bestimmtes zu suchen. Dann schien sie gefunden zu haben, was sie gesucht hatte. Die rassige Schönheit lenkte den Z3 in eine der freien Buchten. Doch es vergingen Minuten, bis sie ausstieg. Sie hatte eine Mission zu erfüllen. Eine Mission, die ihr Leben verändern würde.

Donnerstag, 21:30 Uhr

„Schönen Guten Abend, Sie hören Lokal im Tal, mein Name ist Roland Kracht. Die Temperatur am Alten Markt: Sechzehn Grad, der Regen lässt in der Nacht etwas nach. Die Schlagzeilen: Messerstecherei auf der Gathe, unser Oberbürgermeister hat Umstrukturierungen im Rathaus Barmen beschlossen, und ein unbekannter Täter hat es auf die Pinguine der Pinguinale von 2006 abgesehen: Jemand köpft die Skulpturen."

Ein Jingle ertönte, dann verlas der Sprecher der Wupperwelle die Nachrichten. „Wer hinter den Anschlägen auf die Pinguine steckt, ist nicht bekannt. Wie Polizeisprecher Jürgen Küppers auf Anfrage unseres Senders mitteilte, ist …"

„Pah, dreh den Mist leise, das kann ja keiner ertragen!" Helmut Bode betrat das kleine Pförtnerhäuschen der Tiefgarage am Johannisberg und drückte die Tür ins Schloss. Er hatte den Rundgang beendet und streifte sich die schwarze Lederjacke ab, um sie über die Stuhllehne zu werfen. Jetzt stand er mit dem Rücken zu der Wand mit den Schwarz-Weiß-Monitoren, die das Geschehen im Parkhaus und auf dem oberen Parkplatz am Johannisberg aus verschiedenen Perspektiven aufzeichneten. Pinter, sein Kollege, stöhnte. Er saß auf dem klapprigen Drehstuhl am Schreibtisch und hatte sich die Zeit damit vertrieben, ein Sudoku-Rätsel zu lösen. Entnervt warf er den Kugelschreiber auf die Tischplatte und wandte sich zu Bode um. Dieser grinste überheblich. „Ich hab Karten für den WFC am Samstag", freute sich Bode, griff in die Brusttasche seines Diensthemdes und wedelte seinem Kollegen triumphierend damit vor der Nase herum. „Und du nicht. Weil du ständig diesen Scheißsender hörst. Aber vielleicht nehm ich dich mit ins Stadion, wenn Rotweiß Eifel eins aufs Maul kriegt." Er kicherte. Bode war Fußballfan und stand hinter dem Wuppertaler Fußball-Club, der sich in letzter Zeit langsam, aber stetig und von Spiel zu Spiel nach oben kickte. Bode war sichtlich stolz, dass er Karten für das Spiel am Samstag im Stadion am Zoo ergattert hatte.

Beleidigt drehte Ulrich Pinter die Lautstärke des Radios leiser. „Manchmal bist du echt mies", brummte er. Pinter war zehn Jahre jünger als sein Kollege und hatte in dem kleinen Häuschen Wache geschoben. Er grinste matt, leerte die Tasse mit dem längst kalten Kaffee und schüttelte sich angewidert. Sein Blick glitt routiniert über die Reihe von Schwarz-Weiß-Monitoren, die das Geschehen im Parkhaus und auf dem Parkplatz „Stadthalle" zeigten. In der Historischen Stadthalle lief noch ein Konzert der Wuppertaler Symphoniker. Die Wuppertaler Prominenz war zahlreich erschienen.

Entsprechend voll belegt war das Parkhaus am Johannisberg. Deshalb hatte der Schichtleiter in dieser Nacht zwei Parkplatzwächter eingesetzt.

Bode deutete mit dem Daumen auf das kleine Radio auf dem Schreibtisch. „Wenn ich so einen Scheiß schon höre – wer tötete den Plastikpinguin!“, wetterte er und drehte seine Thermoskanne auf. Bode schenkte sich einen Milchkaffee ein. Schon bald breitete sich der würzige Duft der braunen Flüssigkeit in der kleinen Pförtnerloge aus. „Die von der Wupperwelle haben wohl nichts anderes, worüber sie berichten können – da fällt mir echt nichts mehr zu ein!“ Bode schlug sich mit der flachen Hand vor die hohe Stirn. „Geköpfte Pinguine, was für ein Scheiß.“

„Jedem das seine“, versuchte sich Pinter in Diplomatie und blickte angestrengt auf die Wand der Monitore, um dort das Geschehen zu verfolgen. Er beobachtete einen BMW Z3 auf dem oberen Parkplatz, der sich scheinbar nicht für eine der zahlreichen freien Lücken entscheiden konnte. „Die richtige Parkplatzwahl ist ja auch eine Entscheidung fürs Leben“, feixte Bode verächtlich. „Die hat eben schon gesucht!“

„Da kommt schon der nächste“, kommentierte Pinter, als sich ein dunkler Jaguar vor die geschlossene Schranke schob. „Guck dir das an – nur solche Bonzenkarren heute Nacht!“

„Die oberen Zehntausend der Stadt geben sich heute auf dem altehrwürdigen Johannisberg ein Stelldichein und lauschen den Klängen der Wuppertaler Symphoniker“, grinste Pinter und beobachtete die Monitore. Der Jaguar schob sich langsam über den Platz. Er stoppte neben einem dunklen Mercedes. Dessen Besitzer hatte scheinbar die Stadthalle vorzeitig verlassen. An seinem Auto war er angesprochen worden. Eine junge dunkelhaarige Frau schien den älteren, in einen Smoking gehüllten Mann in ein Gespräch zu verwickeln. „Das ist doch die Tussi aus dem Z3“, brummte Bode. „Mein Gott, die quatscht dem ja einen Knopf an die Backe. Sieh nur, wie sie auf ihn einredet! Wenn das so weitergeht, dann ...“

„Was geht denn da ab“, unterbrach Pinter aufgeregt. Er deutete auf die Monitore, die den Parkplatz aus verschiedenen Perspektiven zeigten. Dort oben überschlugen sich die Ereignisse. Von der schwarzhaarigen Frau war nichts mehr zu sehen. Im nächsten Augenblick raste der Jaguar über den Platz, drehte eine Ehrenrunde und kehrte mit rasender Geschwindigkeit zurück. Eine Gestalt lehnte sich weit aus dem Seitenfenster.

„Guck mal“, rief Pinter und packte den Kollegen am Unterarm. Da Bode gerade im Begriff war, von seinem Milchkaffee zu nippen, schüttete er sich die dampfende Brühe über den Ärmel des Diensthemdes. „Mann, pass doch auf, du Arsch!“, rief er ungehalten, um im nächsten Augenblick von den Geschehnissen auf dem Parkplatz vor der Schwimmoper wieder in den Bann gezogen zu werden.

Ein greller Lichtblitz zuckte auf und war als heller Lichtpunkt auf den Monitoren zu erkennen. „Der schießt!“, gellte Pinters Stimme durch den kleinen Raum. Es bestand kein Zweifel, dass es sich bei dem aufzuckenden Lichtblitz auf dem Monitor um Mündungsfeuer gehandelt hatte. „Der hat eine Knarre – und jetzt gibt er Gas!“

Bode nickte wortlos. Wie gebannt betrachtete er das Treiben auf den Monitoren. Jemand hatte auf den älteren Mann geschossen. Er stand mitten auf dem Parkplatz, taumelte wie von einer unsichtbaren Faust getroffen. Der Jaguar schoss heran. Im nächsten Moment wurde der wehrlose Mann von der wuchtigen Haube des Jaguars getroffen und durch die Luft katapultiert. Dann fiel er zu Boden wie ein nasser Sack und blieb regungslos auf dem nassen Pflaster liegen.

Die Männer von der Wachgesellschaft betrachteten fassungslos das Schauspiel auf den Bildschirmen. Der Fahrer des Jaguars beschleunigte sein Gefährt und steuerte den Wagen auf die Ausfahrt zu. Weder Pinter noch Bode dachten auch nur eine Sekunde lang daran, dass der Fahrer das Parkticket bezahlt haben könnte und es in den Automaten schieben wolle. Er bretterte ungebremst durch die Schranke, die aus der Verankerung gerissen wurde und in hohem Bogen durch die Luft flog.

„Das Schwein haut ab“, gellte Bodes Stimme.

Pinter nickte stumm und griff mit zitternden Fingern zum Telefon. Sein Gehirn funktionierte mechanisch, als er den Notruf der Wuppertaler Polizei wählte und mit wenigen Worten schilderte, was geschehen war.

Donnerstag, 21:35 Uhr, Parkplatz am Johannisberg

Sie fühlte sich elend. Schwarze Punkte tanzten vor ihren Augen. Die schwarzhaarige Frau kauerte zwischen zwei geparkten Wagen. Sie spähte vorsichtig durch die regennassen Scheiben, in denen die Lichter der Parkplatzlaternen glitzerten. Der Fahrer des Jaguar hatte die Bildfläche in einem höllischen Tempo verlassen, nachdem Kötter zu Boden gegangen war. Vorsichtig verließ sie ihr Versteck und blinzelte zu der Stelle, wo Karlheinz Kötter lag. Der reife, gutaussehende Mann war durch die Wucht des Aufpralls einige Meter durch die Luft geschleudert worden und bot einen fürchterlichen Anblick. Das Gesicht auf dem nass schimmernden Pflaster, die Gliedmaßen in unnatürlich verrenkter Lage vom Körper abgewandt – er sah schrecklich aus. Überall war Blut. Die junge Frau fühlte in der Tasche ihres Mantels das kalte Metall. Das Ende von Karlheinz Kötter hatte sie sich wahrlich anders vorgestellt.

Es bestand kein Zweifel, dass er tot war.

Schluchzend brach sie zusammen.

Donnerstag, 21:37 Uhr

„Geht es Ihnen gut?“

Sie wandte sich im Zeitlupentempo um. Über ihr hockte ein Mann in einer schwarzen Uniform. An der Brusttasche seiner Lederjacke erkannte sie ein Namensschild. „Helmut Bode“, stand dort. Es war der Parkplatzwächter, der sich um sie kümmerte. Bode versuchte zu lächeln. Es misslang. Sorge und Hilflosigkeit standen ihm ins Gesicht geschrieben. So etwas hatte er noch nie erlebt. Ein eiskaltes Attentat. Ein Mann war anscheinend tot, und die Frau? Eine Träne rann über ihre Wange. Ausdruckslose Augen blickten ihn an. Bode hatte keine Ahnung, ob sie verletzt war. Sie starrte ihn mit kreidebleichem Gesicht an wie einen Geist. Stumm weinte sie.

„Sind Sie verletzt? Können Sie mich verstehen?“ Der Parkplatzwächter legte eine Hand auf ihre Schulter und rüttelte sie sanft. „Brauchen Sie einen Arzt?“

„Er ist tot“, hauchte sie und schüttelte langsam den Kopf, während ihr Blick ins Leere glitt. „Er ist tot. Sie haben ihn umgebracht. Einfach so umgebracht.“

Bode betrachtete die Frau. Sie war Mitte dreißig, hatte langes schwarzes Haar und trug elegante Abendgarderobe, die jetzt verschmutzt und beschädigt war. Das Haar hing ihr strähnig ins verweinte Gesicht. „Kommen Sie“, sagte er und versuchte, ihr aufzuhelfen. Kraftlos lehnte sie sich an ihren Wagen und barg das Gesicht in den Händen. Am Zucken ihrer Schultern konnte Bode erkennen, dass sie lautlos weinte. „Mein Kollege hat bereits die Polizei und den Notarzt gerufen. Sie müssten jeden Moment hier sein.“

„Er ist tot“, murmelte die Frau immer wieder, lehnte am Kotflügel ihres BMW Z3 und blickte hinüber zu dem Mann, der leblos auf dem Pflaster lag.

Bode nickte. „Ja, er hatte wohl keine Chance. Über die Monitore konnten wir alles beobachten.“ Hinter ihm ertönte ein Martinshorn. Blaulicht zuckte über den Platz. Der Notarztwagen stand vor der Schranke. Bode wandte sich zu der jungen Frau um. „Kommen Sie einen Moment alleine klar?“

Sie nickte. Ihr Gesichtsausdruck glich einer Maske. Starr und kalt. „Gehen Sie.“

Bode lächelte matt und rannte über den Platz, um dem Notarztwagen die Schranke zu öffnen. Im nächsten Augenblick heulte hinter ihm ein Motor auf. Erschrocken fuhr er herum. „Was macht die denn jetzt!“, gellte er. Die Frau war schneller, als er es ihr zugetraut hätte, in ihren Wagen gestiegen und hatte den Motor gestartet. Sie trat das Gaspedal bis zum Boden durch. Die Reifen radierten auf dem nassen Untergrund, dann griffen die Pneus, und der Wagen machte einen Satz nach vorne. Schlingernd raste das Cabrio auf die nun freie Ausfahrt zu. Der Rest der Schranke hing wie der Stumpf eines amputierten Arms in der Halterung. Das Letzte, was Bode von dem Z3 sah, waren die Rücklichter, die unter Protest eines anderen, laut hupenden, Verkehrsteilnehmers in der Nacht verschwanden. „Sie ist abgehauen – einfach so ...“ Bode schüttelte ungläubig den Kopf. Ein düsterer Verdacht beschlich ihn. Möglicherweise hatte die Frau Dreck am Stecken und war vielleicht gar kein bemitleidenswertes Opfer in diesem tödlichen Spiel ...

Donnerstag, 22:10 Uhr, Tatort Schwimmoper

Kurz nach zehn Uhr am Abend erreichte er den Tatort. Nur ein einziges Feierabendbier hatte er sich gegönnt, dann hatte das Telefon ihn zurück in die Realität geholt. „Mord am Johannisberg“, hatten ihn die Kollegen des Polizeipräsidiums informiert. Also war Norbert Ulbricht, obwohl er es sich bereits im Schlafanzug in seiner kleinen Mietswohnung in der Straße ‚An der Bergbahn‘ vor dem Fernseher gemütlich gemacht hatte, ins Bad marschiert und hatte sich das Gesicht mit kaltem Wasser abgespült, bevor er sich müde und schlechtgelaunt wieder angezogen hatte. Es war eine feuchtkalte Nacht. Erkältungswetter. Viele Ampeln der Stadt waren bereits abgeschaltet gewesen, und so hatte die Fahrt nach Elberfeld kaum eine Viertelstunde gedauert. Am Tatort hatte ihn die übliche Szenerie empfangen. Absperrband der Polizei rund um den Leichenfundort, uniformierte Polizisten, die ihn erst nach Vorzeigen seines Dienstausweises zum Tatort durchgelassen hatten, und die Beamten von der Spurensicherung. „Ulbricht vom KK 11“, stellte er sich dem Notarzt vor. Das Kriminalkommissariat elf war zuständig für Tötungsdelikte und schwere Körperverletzung. Der Arzt, ein dunkelhaariger Hüne Mitte vierzig, nickte Ulbricht knapp zu und widmete sich wieder seiner Arbeit.

Missmutig betrachtete „Kommissar Verdammt", wie er hinter seinem Rücken genannt wurde, die Männer in den weißen Overalls. Den Spitznamen hatten ihm Journalisten gegeben, weil „verdammt" sein Lieblingswort zu sein schien und er es viel zu oft benutzte. Blaulicht zuckte gespenstisch durch die kalte Nacht und tauchte die Umgebung in ein geisterhaftes Licht. Auf der anderen Straßenseite blickten einige neugierige Anwohner aus den Fenstern. Tausende Regentropfen reflektierten die unzähligen blauen, gelben und weißen Lichter. Es war spät, er fror erbärmlich, und im Fernsehen lief gerade ein Fußballspiel, als das verdammte Telefon geklingelt hatte. Er hatte sich auf einen weiteren einsamen Abend vor dem Fernseher eingestellt, hätte dabei zwei bis zwölf Bier vernichtet und wäre müde, angetrunken und über seine Einsamkeit frustriert ins Bett gewankt, um sich auszuschlafen für den nächsten Arbeitstag im Polizeipräsidium. Doch manchmal kam es anders, als man dachte, und dann hasste er seinen Job.

Jetzt trat Dr. Dirkes, der Notarzt, neben ihn. Stichwortartig nannte er dem Kommissar die Fakten: ein Toter, männlich, Anfang sechzig. Schussverletzung und Kollision mit einem größeren stumpfen Gegenstand; vermutlich einem Fahrzeug. Anscheinend war das Opfer auch noch von einem Auto überrollt worden. „Gründliche Arbeit, Kommissar", schloss Dr. Dirkes seinen Bericht. „Erst haben sie den armen Kerl angeschossen, dann umgefahren und schließlich auch noch überrollt."

„Da wollte jemand wohl sichergehen, dass das Opfer wirklich tot ist."

„Das kann ich nicht bestätigen", erwiderte Dirkes und zog die Mundwinkel nach unten.

„Denken Sie, es war ein Unfall?", fragte Ulbricht voller Ironie.

Der Notarzt überhörte die Spitze. „Was auch immer die Ursache war – jetzt sind die Kollegen der Düsseldorfer Rechtsmedizin an der Reihe. Und Sie dürfen sich um den Täter und sein Motiv kümmern."

„Ich werde es herausfinden."

„Dann viel Erfolg."

„Dafür gibt es das Team des Kriminalkommissariats 11." Der Notarzt machte sich einige Notizen, bevor er die Männer vom Bestattungsinstitut herbeiwinkte. „Ich wäre dann fertig. Im Totenschein habe ich ‚Todesursache ungeklärt' angekreuzt, das ist also ein Fall für die Kollegen der Rechtsmedizin." Eine reine Formsache, denn immerhin hatte die erste Leichenschau schon den Schluss zugelassen, dass es sich hier um keinen natürlichen Tod handelte. Doch weitere Details würde erst die Obduktion des Leichnams ergeben, so wollte es das Gesetz.

Ulbricht blickte sich auf dem Parkplatz um. Er versuchte, erste Schlüsse zu ziehen. In seinem Rücken lag die Stadthalle. Prunkvoll angeleuchtet, und aus dem Inneren drangen gedämpft die Klänge der Wuppertaler Symphoniker. War das Opfer dort zu Gast gewesen? So wie es aussah, hatte der Tote das Konzert in der Stadthalle vorzeitig verlassen – warum auch immer. Auf dem Weg zu seinem Wagen war er zuerst angeschossen und anschließend auch noch überfahren worden. Der Anblick der Leiche war nichts für schwache Nerven, doch der Kommissar hatte in seiner Laufbahn als leitender Ermittler bei der Wuppertaler Mordkommission schon zu viele Leichen gesehen, als dass sich ihm beim Anblick des Opfers der Magen umdrehte. Er sehnte sich nach einer Zigarette. Nervös fummelte er in der Tasche seines zerknitterten Trenchcoats herum und marschierte auf und ab. „Macht mal hin, Kollegen", bellte Kommissar Ulbricht und versenkte die Hände in den Taschen seiner altmodischen Bundfaltenjeans. „In einer knappen Stunde ist das Konzert zu Ende, und dann strömen die Besucher zum Parkplatz. Ich will, dass wir bis dahin von der Bildfläche verschwunden sind." Er wandte sich seinem Assistenten zu. Frank „Brille" Heinrichs, ein pickelgesichtiger Endzwanziger mit blassem Teint und bereits lichtem, blondem Haar. Das Markanteste an seinem nichtssagenden Äußeren war die topmoderne Brille – daher auch sein Spitzname. Ulbricht hasste es, wenn sie ihm einen Assistenten zuteilten, der ihn mehr von der Arbeit abhielt, als dass er ihm eine Hilfe war. Am liebsten ermittelte er alleine. Doch das schien „Brille" nicht zu interessieren. Seine kleinen Schweinsaugen musterten ihn neugierig. Ulbricht hasste diesen hinterlistigen Blick. „Sie und ein paar uniformierte Kollegen bleiben hier und befragen die Besucher des Konzerts. Klären Sie, ob ihnen etwas aufgefallen ist, ob jemand wusste, warum das Opfer das Konzert vorzeitig verlassen hat, wenn er denn überhaupt drin war, und und und. Aber diskret!"

„Aber sicher, Chef."

Unauffällig warf Ulbricht einen Blick auf die Armbanduhr. Es wurde höchste Zeit. „Ist noch was?"

Heinrichs nickte. „Die Identität des Toten steht fest."

„Und?"

„Es handelt sich um Karlheinz Kötter, den Baulöwen."

„Verdammt." Ulbricht blickte zu den Männern vom Bestattungsinstitut hinüber, die den Leichnam gerade in einen Zinksarg legten, um ihn zur Rechtsmedizin nach Düsseldorf zu bringen. „Ausgerechnet der. Einer wie er hatte sicherlich einen ganzen Ar..., eine ganze Menge Feinde. Das kann dauern, bis wir den Täter haben, fürchte ich. Gibt es Zeugen?"

Kopfschütteln. Heinrichs druckste herum und ging Ulbricht damit gehörig auf die Nerven. „Außer den Parkplatzwächtern eigentlich nicht."

„Wieso eigentlich?"

„Die Parkplatzwächter haben von einer Frau gesprochen, die sich unmittelbar vor der Tat mit dem Opfer angeregt unterhalten hat."

„Name? Adresse?"

„Negativ. Nichts, aber da ist noch etwas."

„Machen Sie es nicht so spannend."

„Die Frau schien das Opfer gekannt zu haben und war anscheinend mit ihm verabredet. Sie wurde zur Zeugin, aber nach der Tat flüchtete sie."

„Sie flüchtete? Heißt das, dass die große Unbekannte Kötter eine Falle gestellt hat? Glauben Sie, dass sie Kötter hierher gelockt hat, um ihn von ihren Komplizen umbringen zu lassen?"

„Das würde nach einem Auftragsmord klingen."

„Dann wäre sie mehr als eine Zeugin."

„Einer der beiden Parkplatzwächter hat ausgesagt, dass sie wohl unter Schock stand, nachdem der Mord geschehen war. Ich glaube nicht, dass sie direkt mit der Tat in Zusammenhang steht. Wenn Sie mich fragen ..."

„Ich frage Sie aber nicht", unterbrach Ulbricht seinen Assistenten und unterdrückte einen Fluch. Er blickte sich um. Im Hintergrund erkannte er das markante Gebäude der Schwimmoper. Links von ihm lag die hellerleuchtete Stadthalle. Majestätisch erhoben sich die Türme in den Nachthimmel über Elberfeld. Weiter entfernt, jenseits der Bahngleise, erkannte er das Gebäude der Post am Kleeblatt. Hässlicher, verwitterter Waschbeton und dunkle Fenster. Der Gebäudekomplex lag um diese Zeit verlassen da. Ulbricht blickte nach vorn. Die Einmündung der Kölner Straße war menschenleer. Abgesehen von den ankommenden und abfahrenden Linienbussen herrschte auf der Bahnhofstraße nicht viel Verkehr um diese Zeit. Auch die meisten Fenster der umliegenden Häuser waren düster. Er verstand trotzdem nicht, dass es keine weiteren Zeugen gegeben hatte. Dies war eine dichtbesiedelte Wohngegend. Und wenn ein Mann erst angeschossen und dann auch noch überfahren worden war, dann hatte dieser sicherlich in Todesangst wie am Spieß geschrien. Es war schwer vorstellbar, dass nur die Parkplatzwächter beobachtet hatten, was passiert war.

„Was ist mit den Parkplatzwächtern?"

„Wir haben ihre Aussagen aufgenommen. Der Platz ist übrigens videoüberwacht. Natürlich haben wir uns das Band angesehen und sichergestellt. Demnach kamen der oder die Täter mit einem dunklen Jaguar. Und die Frau fuhr einen BMW Z3."

„Dann haben wir es hier mit Luxuskillern zu tun?", brummte Ulbricht sarkastisch und dachte angestrengt nach. Mafia? Er wusste es nicht. Einerseits deutete der eiskalte Mord darauf hin, andererseits konnte er sich nicht vorstellen, dass die Mörder und eine Komplizin mit Fahrzeugen der gehobenen Preisklasse erschienen. „Was ist mit den Kennzeichen?"

„Der Jaguar kam ohne Nummernschilder. Und was den Z3 betrifft, so habe ich eine Fahndung einleiten lassen. Bundesweit."

„Und die Halteranfrage?"

„Läuft noch."

„Warum dauert das so lange?"

„Weiß der Geier, Chef."

Ulbricht winkte murrend ab. „Schon gut, schon gut." Seine innere Unruhe wuchs. Diese verdammte Nikotinsucht würde ihn noch umbringen. Er zog die zerknautschte Packung Zigaretten hervor und fummelte einen Glimmstängel heraus. Genüsslich zündete er ihn an und dachte angestrengt nach, während er den Rauch zum Nachthimmel paffte. Seine Kieferknochen mahlten. Der Kommissar verabschiedete sich von dem Gedanken, in dieser Nacht noch ins Bett zu kommen. Manchmal hasste er seinen Beruf. Ein Toter, der zu Wuppertals High Society gehört hatte, eine Zeugin, die spurlos verschwunden war. Oder steckte sie mit den Mördern unter einer Decke? Er musste diese Frau finden. Wenn sie nicht auf der Liste der Verdächtigen ganz oben stehen wollte, würde sie kooperativ sein. Ulbricht zog ein letztes Mal an seiner Zigarette, warf den Stummel auf das Pflaster und trat ihn mit dem Absatz seiner Hush Puppies aus. Der BMW Z3 war der Schlüssel. Auf dem Weg zu seinem zivilen Dienstwagen legte er eine Hand auf Heinrichs' knöcherne Schulter. „Ich will die Aufzeichnung der Überwachungsanlage sehen."

„Natürlich. Bring ich mit."

„So ist's brav. Dann sehen wir uns im Präsidium. Ich schreib schon mal den Bericht. Ärgern Sie sich mit den Leuten rum und suchen Sie mögliche Zeugen." Ulbricht klemmte sich hinters Steuer des Opel und startete den Motor. Sekundenlang starrte er durch die Windschutzscheibe in die Nacht. Er machte sich keine Illusionen. Die Arbeit fing jetzt erst so richtig an.

Freitag, 7:30 Uhr, Kriminalkommissariat 11, Polizeipräsidium

Ulbrichts Augen brannten. Er fuhr sich durch das erhitzte Gesicht und schüttete den Rest des kalten Kaffees in sich hinein. Mit geröteten Augen starrte er auf das Bild des Schwarz-Weiß-Monitors, der den Parkplatz am Johannisberg aus verschiedenen Perspektiven zeigte. Er wusste längst nicht mehr, wie oft er sich die Aufzeichnung angesehen hatte. Ruhelos wanderte er durch sein Büro, das in einem der oberen Stockwerke im Wuppertaler Polizeipräsidium an der Friedrich-Engels-Allee lag. In seinem Büro stand ein alter Schreibtisch mit einem klapprigen Sessel dahinter. Davor zwei ebenso klapprige Besucherstühle aus einfachem Holz, rechts und links an den Wänden deckenhohe Aktenschränke und ein fast zwei Meter hoher Gummibaum, der in einer Ecke neben dem Fenster zur Straße ein trauriges Dasein fristete. Der Aschenbecher auf seinem Schreibtisch quoll über. Ulbricht griff nach der kleinen Plastikkanne, füllte sie am Waschbecken in der Ecke des Büros und goss den Ficus. Er zuckte zusammen, als die Tür aufflog und an die dahinter liegende Wand knallte, um langsam zurückzupendeln. Wie von der Tarantel gestochen fuhr er herum und blickte in das Gesicht seines Assistenten. „Sind Sie bescheuert, verdammt noch mal? Wollen Sie, dass ich einen Herzinfarkt kriege?"

Heinrichs ging nicht auf den Anraunzer seines Vorgesetzten ein. „Und?" Grinsend hatte er das Büro betreten, ohne anzuklopfen.

„Haben Sie etwas entdeckt?“ Er deutete mit dem Kinn auf den Computermonitor, auf dem die Aufzeichnungen der Überwachungskameras liefen.

Wurde dieser Kerl denn nie müde?, fragte sich Ulbricht und unterdrückte ein mürrisches Knurren. Die schlaflose Nacht zollte ihren Tribut. Ulbricht gähnte herzhaft und streckte sich. Er stellte die angestaubte Plastikgießkanne auf die Fensterbank zurück und ließ sich mit einem schweren Seufzer in seinen Sessel sinken. Er verschränkte die Arme hinter dem Kopf und betrachtete seinen Assistenten.

Heinrichs lümmelte sich auf einen der beiden wackligen Besucherstühle und kaute auf den Fingernägeln, ohne den Kommissar aus den Augen zu lassen. „Die Fahndung nach dem BMW läuft auf Hochtouren.“

„Die Karre kann doch nicht vom Erdboden verschwunden sein“, wetterte Ulbricht. „Wem gehört die Kiste eigentlich?“ Er gähnte.

„Einer jungen Frau hier aus Wuppertal.“

„Waren schon Kollegen bei ihr und haben sie befragt?“

„Das geht leider nicht. Das Haus der alleinstehenden Frau steht seit geraumer Zeit leer. Sie sei verreist, haben Nachbarn unseren Kollegen erzählt. Niemand weiß, wo sie sich aufhält. Sie ist recht wohlhabend, wohnt an der Stadtgrenze zu Neviges.“

Ulbricht dachte angestrengt nach und murmelte: „Vielleicht ist die Halterin auch gar nicht die Frau, die am Tatort mit dem Auto erschienen ist. Vielleicht hat sich die Fahrerin den Wagen nur geliehen. Eine Verwandte, eine gute Freundin – was weiß ich?“

„Jedenfalls ist der Wagen nicht als gestohlen gemeldet“, erwiderte Heinrichs. „Das haben wir doch schon längst gecheckt.“

„Natürlich.“ Ulbricht erhob sich und marschierte weiter durch sein Büro. Nachdenklich starrte er dabei auf den Fußboden. Minutenlang schien er die Anwesenheit seines Assistenten vergessen zu haben. Nur der Motorenlärm der vielbefahrenen Friedrich-Engels-Allee durchschnitt das Schweigen. Irgendwo in einem der

Nebenräume schlug ein Telefon an. Jemand schnäuzte sich lautstark die Nase.

Heinrichs räusperte sich. „Und?", fragte er, an Ulbricht gewandt. „Was meinen Sie, Chef?"

Wenn Ulbricht eins hasste, dann, wenn man ihn mit „Chef" anredete. Ein unwilliges Brummen kam über seine Lippen. „Was wollen Sie hören, Heinrichs? Die Frau muss mit dem Mord in Verbindung stehen."

„Danke, Chef." Brille strahlte.

„Was hat die Befragung der Gäste ergeben?"

„Nicht viel. Ein junger Mann hat Kötter während des Konzerts gesehen. Er hat zufällig neben ihm gesessen und ein paar Worte mit ihm gewechselt." Heinrichs blätterte in seinem Notizblock. „Er sagte aus, dass Kötter nicht gerade gut gelaunt war und es plötzlich sehr eilig gehabt zu haben schien. Es schien, als ob ein Termin ihn gezwungen hätte, die Stadthalle vorzeitig zu verlassen."

„Dünn." Ulbricht zerquetschte einen Fluch auf den Lippen.

„Sehr dünn, aber immerhin wissen wir jetzt, dass Kötter im Konzert war und es vorzeitig aus irgendwelchen Gründen verlassen hat."

„Mir wäre es lieber, wenn wir wüssten, warum", erwiderte der Kommissar. „Einen Termin konnte er jedenfalls nicht mehr wahrnehmen, weil er ermordet wurde. Es sei denn ..."

„Es sei denn, er hatte eine Verabredung auf dem Parkplatz der Stadthalle, vielleicht sogar mit seinen Mördern", beendete Heinrichs den Satz. Unruhig rutschte er auf seinem Stuhl herum und beobachtete seinen Vorgesetzten.

Ulbricht gähnte ungeniert. „Das werden wir herausfinden."

„Sicher, Chef."

Der Kommissar fixierte den Assistenten mit eisernem Blick. Dunkle Ringe lagen unter seinen Augen. Es war höchste Zeit, dass er ins Bett kam. Für solche Aktionen wurde er inzwischen zu alt. Missmutig starrte er auf den randvollen Aschenbecher auf seinem

Schreibtisch. Schwerer Nikotinmief hing im Raum. Das Rauchverbot in Dienstgebäuden, das passionierten Rauchern wie ihm seit einiger Zeit das Leben schwer machte, interessierte ihn nicht im Geringsten.

„Hat die Presse schon etwas mitbekommen?"

Heinrichs rutschte nervös auf seinem Stuhl herum. „Gesehen habe ich jedenfalls keinen von den Presseheinis."

„Gut." Kommissar Ulbricht erhob sich seufzend und trat an das Fenster seines Büros. „Sorgen Sie dafür, dass das auch noch eine Zeit lang so bleibt." Er blickte hinunter auf die Straße. Längst schon hatte die Rush Hour eingesetzt. Auf der B7 schlängelte sich eine Blechlawine nach Elberfeld, die andere nach Barmen. Schräg gegenüber lag die Tankstelle, an der aufgrund der neuesten Preissteigerung der Ölmultis nur mäßiger Betrieb herrschte. Ihm war das schnurzpiepegal. Er hatte einen Dienstwagen. Die Spritkosten trug das Land. Kommissar Ulbricht fühlte sich einfach nur müde und ausgebrannt. Die Ereignisse der letzten Stunden liefen wie ein Film vor seinem geistigen Auge ab. Ein kaltblütiger Mord an einem Baulöwen, der zu den oberen Zehntausend der Stadt gezählt hatte, und immer noch gab es keine konkrete Spur. Da war Ärger vorprogrammiert. Und außerdem wartete er seit Stunden vergeblich auf den Obduktionsbericht. „Ist der Bericht der Rechtsmediziner immer noch nicht da?", fragte er, ohne sich umzublicken. Es genügte ihm, dass er das dumme Gesicht seines Assistenten im Spiegelbild des Fensters erkennen konnte.

„Nein", erwiderte Heinrichs. „Ich werde gleich mal in Düsseldorf anrufen und den Jungs Feuer unterm Arsch machen."

Der Kommissar wandte sich um. „Na dann los!" Er rang sich ein mattes Grinsen ab, während er an der Fensterbank lehnte.

„Aber da gibt es noch etwas."

Ulbricht drehte sich um. „Lassen Sie sich doch nicht jedes Wort aus der Nase ziehen!"

„Sie erinnern sich an die Plastikpinguine, die vor einiger Zeit überall in der Stadt herumstanden?“

„Die Pinguinale-Pinguine?“

„Genau!“, freute Heinrichs sich. „Jeder Wuppertaler Unternehmer konnte eine Pinguin-Skulptur kaufen und sie frei gestalten. Viele Firmen nutzten sie als Werbeträger für ihr Unternehmen und strichen die Plastikfiguren mit ihren Farben und Logos an. Von einem Remscheider Verlag gab es sogar einen Bildband, in dem jeder einzelne Pinguin genau vorgestellt und beschrieben wurde.“

„Ich erinnere mich“, nickte Ulbricht. „Der Erlös aus dem Kauf kam dem Wuppertaler Zoo zugute. Ein ziemlicher Auflauf war das ... es war, glaube ich, 2006. Damals hatten wir die bundesweite Presse im Tal. Und was hat das mit unserem Fall zu tun?“

„Auch unser Mordopfer hatte einen Pinguin.“

„Schön. Das macht ihn auch nicht wieder lebendig.“

„Stimmt, aber Kötters Pinguin wurde vor ein paar Tagen von Unbekannten geköpft.“ Heinrichs grinste überlegen.

„Das ist kein Fall für die Mordkommission, das ist einfach nur Sachbeschädigung“, stellte Ulbricht entnervt fest.

„Das ja, allerdings könnte es ebenso gut sein, dass der geköpfte Plastikpinguin eine Warnung an Kötter war. Ein Schuss vor den Bug, was auch immer.“

„Heinrichs, Sie nerven. Ich will Fakten.“

„Bekommen Sie. Der Tag ist ja noch jung.“

„Einen alten Mann wie mich zieht es jetzt erst mal ins Bett.“ Ulbricht unterdrückte ein Gähnen und stieß sich von der Fensterbank ab. Er griff nach dem zerknitterten Sommermantel, den er letzte Nacht achtlos über die Lehne des klappprigen Besucherstuhls geworfen hatte. „Und wissen Sie, was mich am meisten ankotzt?“

„Was, Chef?“

„Meine Kippen sind alle, und mir fallen gleich die Augen zu.“

„Ruhen Sie sich etwas aus“, erwiderte Heinrichs und rückte

sich die Brille zurecht. „Haben Sie Kleingeld für den Zigarettenautomaten?“

Ulbricht ließ ihn wortlos stehen. Elender Speichellecker, Schleimscheißer, Arschkriecher, durchzuckte es Ulbricht. Er hasste solche Typen wie Heinrichs. Doch er war zu müde, sich darüber Gedanken zu machen. Seine Knochen fühlten sich an wie Blei, als er das Büro durchquerte. Ulbricht wollte nur noch ins Bett.

„Eins noch“, sagte er, als er die Hand schon auf der Türklinke liegen hatte, „unterstehen Sie sich, mich aus dem Bett zu klingeln, wenn Sie keine heiße Spur haben!“

„Klar, Chef.“ Heinrichs sprang von seinem Stuhl auf und schlug beinahe militärisch die Hacken zusammen.

Einfach lächerlich, dachte Ulbricht noch, dann war er draußen. Er hoffte, dass er keinem Kollegen über den Weg lief, der dumme Fragen stellte. Er fühlte sich vollkommen leer. Auf dem Weg zum Auto fragte er sich, ob das an seinem Alter lag. Sein Bett rief nach ihm.

Freitag, 16:15 Uhr, Berlin Alexanderplatz

„Wann kommst du endlich zurück?“

Heike Göbel musste unwillkürlich lachen, als sie den bettelnden Unterton in der Stimme ihres Freundes und Kollegen Stefan Seiler heraushörte. Sie nippte an ihrem Latte macchiato und blickte sich um. Die junge Reporterin mit den kurzen blonden Haaren saß in einem Straßencafé direkt am Alexanderplatz und genoss die Nachmittagssonne. Die Weltuhr in ihrem Rücken zeigte sechzehn Uhr fünfzehn – Berliner Ortszeit, wohlgemerkt. Am Alex herrschte reges Treiben.

„Ich muss nur noch kurz in der Redaktion vorbei und meine persönlichen Sachen in einem Pappkarton verstauen“, antwortete Heike schließlich. „Danach springe ich in ein Taxi und düse so schnell wie möglich zum Flughafen Tempelhof und nehme den nächsten Flieger nach Düsseldorf."

„Worauf wartest du noch?", entgegnete Stefan am anderen Ende der Leitung. „Komm endlich nach Hause, wir brauchen dich hier!"

Lächelnd lehnte sich Heike in den Rattansessel des Straßencafés zurück und betrachtete die Menschen um sich herum. Bunt gekleidete Touristen gesellten sich zu adrett gekleideten Geschäftsleuten, die, mit den neuesten Handys am Ohr, Termine mit ihren Geschäftspartnern vereinbarten. Juppiewelt live, dachte Heike und erinnerte sich, dass sie selber gerade telefonierte.

„Wer weiß, vielleicht braucht man mich hier in der Hauptstadt auch."

„Heißt das, du bleibst doch noch im Hauptstadt-Studio?"

„Vielleicht werde ich auch von einem netten jungen Mann gebraucht, den ich hier kennengelernt habe", pokerte Heike mit einem schelmischen Grinsen.

„Das tut weh, Heike."

„War nur ein Scherz", beeilte sie sich zu sagen.

„Wir brauchen dich hier. Das Studio, der Sender, das ganze Team der Wupperwelle."

„Und wer noch?"

„Ich", kam es etwas kleinlaut. „Ich warte am allersehnsüchtigsten auf dich, Heike."

Heike hatte die letzten zwei Jahre im Hauptstadt-Studio der Wupperwelle in Berlin verbracht. Von dort aus berichteten Korrespondenten der Lokalradios ins ganze Land. In diesen zwei Jahren war sie nur selten nach Wuppertal gefahren. Entsprechend selten hatte sie Stefan gesehen. Inzwischen spürte sie aber auch so etwas wie Heimweh und Sehnsucht nach Stefan Seiler. Neben der Tatsache, dass Stefan ein guter Kollege war und die beiden eine Freundschaft verband, waren sie in den letzten Jahren so etwas wie ein Paar geworden. Dennoch hätte niemand von ihnen jemals behauptet, dass sie wirklich zusammen wären. Die lange Trennung wegen ihres Aufenthalts in Berlin hatte ihr Übriges getan. Irgendwie brauchten beide ihre Privatsphäre, mussten trotz allem eigene Wege gehen können.

„Hey, du bist manchmal richtig süß, Stefan", sagte Heike nun.

„Manchmal?"

„Na ja – fast immer", lachte sie.

„Also – wann kannst du hier sein?"

Heike leerte ihr Glas und leckte sich genießerisch über die Lippen.

„Sobald ich hier bezahlt habe und alles andere erledigt ist. Sagen wir, so in vier, fünf Stunden?" Sie glaubte zu hören, wie Stefan am anderen Ende der Leitung ein zentnerschwerer Stein vom Herzen fiel.

„Das ist doch mal ein Wort", freute er sich. „Halt mich auf dem Laufenden, dann hol ich dich vom Flughafen ab."

„Schön, ich freu mich. Dann bis später!"

Sie drückte den roten Knopf an ihrem Handy und unterbrach die Verbindung. Die blonde Reporterin winkte der Bedienung und beglich die Rechnung, bevor sie sich erhob. Die Spietze des Fernsehturmes glänzte in der Sonne, als sie zum Bahnhof Zoo schlenderte. Bald schon saß sie im Zug. Heike atmete tief durch, als die teils futuristischen Häuser der Hauptstadt an ihr vorüberflogen. Sie sank seufzend in die Polster der Bahn und schloss die Augen. Ja, es war an der Zeit, zurück nach Wuppertal zu kommen. Sie sehnte sich nach der Stadt im engen Tal der Wupper, die ihre Schönheiten oft erst auf den zweiten Blick preisgab. Sie freute sich auf eine bergische Kaffeetafel auf Schloss Burg, freute sich auf die saftigen grünen Hügel des Bergischen Landes und auf Shoppingtrips in die Nachbarstädte Remscheid und Solingen. Was war schon Berlin gegen die gute alte Heimat, dachte sie und atmete tief durch. Ab nach Hause!

Freitag, 21:00 Uhr, Elberfeld, Nordstadt

„Lass mich nicht hängen, Alter!"

Stefan drehte den Zündschlüssel bis zum Anschlag und trampelte wie wild auf dem Gaspedal herum. Der Motor im Heck seines Käfers blubberte nur asthmatisch. Der 69er Käfer war sein ganzer Stolz. Sein Auto lebte, da war Stefan Seiler sich ganz sicher. Leider nahm der VW-Käfer immer dann seine Auszeit, wenn es recht unpassend war. Wütend hieb der Reporter auf dem dünnen Lenkradkranz herum. Er beugte sich auf dem Fahrersitz vor und starrte kopfschüttelnd durch die kleine Windschutzscheibe. Es schien, als würden die altehrwürdigen Stuckfassaden der Nordstadt am Abendhimmel über ihm zusammenwachsen. Einst hatten Fabrikanten der Textilindustrie diese Häuser für ihre Arbeiter errichtet. Ende des 19. Jahrhunderts hatte man hier auf engem Raum zusammengelebt, ohne Komfort und ohne Elektrizität. Da man lange mit Petroleumlampen in den Häusern für Licht gesorgt hatte, nannte man dieses Viertel auch heute noch den „Ölberg". Die damaligen Wohnquartiere der Arbeiter hatten die Kriege fast ohne Beschädigungen überstanden und waren irgendwann aufwendig saniert worden. Tom Tykwer hatte dieses Viertel einmal „das Bergische San Francisco" genannt. Tatsächlich, die engen und steilen Straßen ähnelten sich. Stefan lebte gern auf dem Ölberg – trotz knapper Parkplätze. Doch jetzt wäre er gern von hier verschwunden. Er zählte einundzwanzig, zweiundzwanzig, dreiundzwanzig und drehte noch einmal den Zündschlüssel. Der kleine Boxermotor erwachte nun doch zum Leben. Ein breites Grinsen huschte um Stefans Mundwinkel. „Na also, geht doch", freute er sich und steuerte den auberginefarbenen Käfer die Marienstraße hinunter. Von seiner Haustür aus brauchte er höchstens zehn Minuten bis zum Wuppertaler Hauptbahnhof. Heike hatte darauf bestanden, dass er sie nicht vom Düsseldorfer Flughafen, sondern vom heimischen Döppersberg abholte.

Inzwischen war die Nacht über Wuppertal hereingebrochen, und entsprechend wenig Verkehr herrschte auf den Straßen von Elberfeld. Es bereitete ihm auch keine Schwierigkeiten, um diese

Zeit einen freien Parkplatz direkt vor dem Bahnhof zu ergattern. „Wuppertal Elberfeld“ stand in großen, goldenen Lettern am Giebel über den massiven Säulen des Quaderbaus. Das Gebäude hatte seit seiner Einweihung 1850 schon gute und schlechte Zeiten gesehen. Nach der Zerstörung im Krieg hatte der Bahnhof eine neue Vorhalle erhalten. Stefan schaltete den Motor ab und zückte die Geldbörse. Noch bevor der Parkplatzwächter zu einer Schimpfkanonade ansetzen konnte, löste Stefan bei ihm ein Parkticket und eilte in die Bahnhofshalle. Hinter der gläsernen Eingangstür blieb Stefan kurz stehen. Verschiedene Düfte drangen in seine Lunge. Neben der Rolltreppe lungerte ein Obdachloser herum, der von Beamten des Zolls dazu bewegt wurde, das Gebäude zu verlassen. Links lag der Drogeriemarkt, rechts der Blumenladen. Da der Blumenladen um diese Zeit die Pforten geschlossen hatte, überlegte er, Heike mit einer Schachtel Pralinen aus dem Drogeriemarkt zu empfangen. Doch sie würde ihn ausschimpfen und ihm von ihrer neuesten Diät berichten. Inhalt der Standpauke würde sicherlich sein, dass Pralinen nicht in ihren spartanischen Ernährungsplan passten. Also würde er darauf verzichten, sie mit zusätzlichen Kalorien in Empfang zu nehmen. Er wollte sie nur endlich wiedersehen. Zwei Jahre waren eine verdammt lange Zeit gewesen. Es war höchste Zeit, dass sie wieder mehr voneinander hatten. Einiges hatte sich inzwischen in der Stadt geändert. Und Stefan war zum Chef vom Dienst bei der Wupperwelle befördert worden.

Suchend und mit leeren Armen blieb er neben der Rolltreppe, die ins untere Stockwerk des Bahnhofs führte, stehen und blickte sich um. Der Obdachlose krakeelte etwas von „Scheißbullen“ und „Hartz IV ist für'n Arsch“. Aus der Ferne der Bahnhofspassage unter ihm drangen Gitarrenklänge an seine Ohren, unterbrochen vom lauten Schimpfen eines weiteren Obdachlosen. Reisende eilten hektisch an ihm vorüber, und weiter hinten liefen Polizisten Streife. Eine alte Dame streifte ihn mit ihrem Koffer, stammelte keuchend eine Entschuldigung und hetzte weiter. Der Geruch von Burgern, Döner und Urin schwängerte die Luft. Mein Gott, hier gab es wirklich noch eine Menge zu tun, dachte Stefan und rümpfte die Nase. Der erste Eindruck war angeblich immer der wichtigste. Wer hier aus dem Zug stieg und zum ersten Mal nach Wuppertal kam, bekam bestimmt keinen guten Eindruck von der Stadt, die ihre Schönheiten erst auf den zweiten Blick preisgibt. Trotzdem: Der Döppersberg gehörte zu Wuppertal wie die Schwebebahn, der Zoo, die Schwimmoper und die Historische Stadthalle. Höchste Zeit, hier etwas für das Image der Stadt zu tun, dachte er.

„So alleine, junger Mann?"

Er drehte sich um. Heike kam direkt auf ihn zu. Sie strahlte, und er verliebte sich wieder in ihre blauen Augen und ihren blonden Wuschelkopf. Sie trug Jeans, Kapuzenshirt und Jeansjacke. An einem Arm hing eine Segeltuchreisetasche, mit dem anderen zog sie einen Koffer auf Rädern ratternd hinter sich her.

„Heike, endlich!" Stefan breitete die Arme aus. „Schön, dass du wieder zu Hause bist!"

Sie blickte ihn fragend an. „Meinst du das jetzt privat, oder fehle ich dir einfach nur im Dienstplan?"

Er buffte ihr freundschaftlich in die Seite. „Deine Spitzen hab ich total vermisst", grinste er und nahm ihr die schwere Reisetasche ab. „Und? Wie fühlst du dich?"

Sie übte einen koketten Augenaufschlag. Mit theatralischer Stimme sagte sie: „Ich reise gerne ... und ich kehre gern zurück." Heike zitierte damit Pina Bausch und schmiegte sich an Stefan.

„Und du", dabei bohrte sie ihren Zeigefinger in Stefans Brust, „musst mir jetzt ein Wupper Hell im Brauhaus ausgeben." Sie legte eine Pause ein, bevor sie fortfuhr. „Die Kollegen treffen sich doch abends immer noch im Brauhaus, oder?"

„Na klar." Stefan nickte und ergriff ihre zierliche Hand. „Komm schon, es gibt viel zu erzählen – und ich habe Durst!"

„Na", erwiderte Heike. „Wenn das kein Argument ist!" Seite an

Seite traten sie ins Freie und genossen die frische Luft. Der Hähnchenwagen neben dem Parkplatz hatte soeben seine Pforten geschlossen, und Stefan fühlte plötzlich ein Grummeln in seiner Magengegend: Hunger.

„Worauf hast du Lust?", fragte er, an Heike gewandt.

„Auf was Heißes ...", erwiderte sie und schenkte ihm einen fast lasziven Augenaufschlag. Sie lachte. „Heiß und fettig. Auf Brauhausfritten mit Ailoi und 'nem kalten Bier – was dachtest du denn?"

Also doch keine Diät, durchzuckte es Stefan. Er grinste zufrieden.

„Ich wusste, dass wir uns verstehen."

Das Gepäck hatten sie kurzerhand auf die Rückbank befördert. Nun schaute sie ihm amüsiert dabei zu, wie er versuchte, den Käfer zum Leben zu erwecken. Nichts hat sich geändert, dachte sie lächelnd.

Stefan strahlte wie ein großer Junge, als der Motor diesmal ohne Murren ansprang. Im Schritttempo lenkte er Clemens, wie er seinen Käfer nannte, vom Parkplatz. Als der Käfer im Juni 1969 in Wolfsburger VW-Werk vom Band lief, war er leuchtorange lackiert. Der Signallack hatte den Namen „Clementine" getragen; so hatte es sogar im Kaufvertrag gestanden. Stefan hatte den VW-Käfer fast dreißig Jahre später von einem alten Herrn aus erster Hand erworben. Da Stefan der Meinung war, dass auch Autos eine Seele haben, musste ein Name her. Und so hatte es nicht lange gedauert, bis er auf „Clemens" – von „Clementine", der Lackfarbe, abgeleitet – gekommen war. Da die vergangenen Jahrzehnte sehr am Blechkleid des Käfers genagt hatten und auch der Rost sein vernichtendes Werk längst begonnen hatte, hatte Stefan sich dazu entschlossen, dem Käfer eine Komplettrestaurierung zu gönnen. Jetzt war der Motor mit seinen 34 PS etwas flotter als damals; und auch im Innenraum waren einige Details verändert worden. Die Originalsitze mit hellen Bezügen aus den sechziger Jahren gab es aber immer noch, ebenso das dünne Lenkrad mit dem verchromten Hupenkranz und dem alten Wolfsburger VW-Symbol in der Mitte. Als Kontrast dazu hatte er seinem Wagen ein dem heutigen Standard angemessenes Radio mit CD-Player gegönnt. Auch das runde Blechkleid war modernisiert worden – aus dem ursprünglichen Leuchtorange war ein elegantes Bordeaux mit Perleffekt geworden. Der Käfer schimmerte nun, je nach Lichteinstrahlung, in den verschiedensten Farben. Doch der Name „Clemens“ war geblieben.

Natürlich hätte er das Geld, das für die Restaurierung draufgegangen war, auch in ein neueres Auto investieren können, aber Clemens war für ihn zu einem treuen Begleiter und Freund geworden. Und Freunde verkaufte man nicht, also würde Clemens wohl auch noch die nächsten Jahre bei Stefan bleiben dürfen.

Jetzt hatten sie die große Kreuzung am Döppersberg erreicht. Die Reklametafel auf der gegenüberliegenden Seite tauchte die Straßen und die umliegenden Häuser in ein gleißendes, buntes Licht. Weiter hinten erkannte sie die CityArkaden mit ihrer leuchtend roten Schrift.

Heike erinnerte sich daran, dass hier vor einiger Zeit ein Filmschauspieler erschossen worden war, unmittelbar bevor die Dreharbeiten zum Film „Wuppertod“ begonnen hatten. Stefan und sie hatten bei der Suche nach dem Mörder wichtige Hilfe geleistet und so der Wupperwelle eine heiße Story beschert.

Stefan ordnete sich nach rechts, in Richtung Barmen, ein.

„Wo wirst du wohnen?“, fragte er, ohne sich von der Straße abzuwenden. Fast schien es, als hätte er ein wenig Angst vor der Antwort. Heike zuckte die Schultern. „Na ja, mal sehen. Die Wohnung am Röttgen habe ich ja aufgegeben, als ich nach Berlin gegangen bin. Vielleicht hat Peter Platz für mich.“

Peter Göbel war Heikes Bruder. Er betrieb eine kleine Werbeagentur an der Uellendahler Straße, war ziemlich extrovertiert und lebte mit seinem Mann in einer sehr geschmackvollen Wohnung inmitten von Elberfeld. Nun blickte Stefan doch kurz nach rechts.

„Weiß er denn, dass du zurück bist?“

„Uups“, entfuhr es Heike. Sie presste die Hände vor den Mund und machte ein schuldiges Gesicht. „Ich habe ihm nur erzählt, dass ich bald zurück ins Tal komme. Und dann ging doch alles so schnell. Ich werde ihn anrufen.“

„Bald“, äffte er sie lachend nach. „Dein Bruder wird sich bedanken, wenn du mitten in der Nacht unangemeldet bei ihm auf der Matte stehst.“

Sie seufzte. „Das fürchte ich auch.“

Er lächelte. „Kannst zu mir kommen.“ Stefan lenkte den Käfer soeben an der Kulturinsel vorbei: Über der Wupper schien die moderne Schwebebahnstation Kluse zu kauern, stimmungsvoll angeleuchtet. Direkt daneben das CineMaxx, dann folgte das Schauspielhaus. Geballte Kultur, und das mitten in Wuppertal, dachte Heike nun und ließ die Atmosphäre auf sich einwirken. Beide Gebäude wurden um diese Zeit bunt angestrahlt. Manchmal gab sich Wuppertal sehr weltoffen und modern, ein wenig erinnerte sich Heike an die teilweise imposanten Gebäude in der Bundeshauptstadt.

„Genau das wollte ich hören“, nahm sie den Faden auf und feixte.

„Ich weiß.“ Nun war es an Stefan, zu grinsen.

„Hey, was ist denn das?“ Heike riss den Arm hoch und deutete durch die kleine Windschutzscheibe des VW Käfers nach vorn. Stefans Blick folgte ihrem ausgestreckten Zeigefinger. „Ach das“, lachte er und winkte ab. „Das hast du verpasst.“

„Was habe ich verpasst?“

„Na, die Pinguinale 2006.“

„Die ... was?“

„Die Pinguinale eben. Vor einiger Zeit konnte man Rohlinge dieser Pinguinskulpturen kaufen und sie nach eigenem Können und Gelingen gestalten.“

Ein fast zwei Meter großer, bunt bemalter Plastikpinguin stand auf dem grünen Mittelstreifen der B7, dort, wo sich vor langer Zeit die Straßenbahntrasse befunden hatte. 1987 hatte man den Betrieb der Straßenbahn aus wirtschaftlichen Gründen eingestellt. Nach und nach waren dann auch die Schienen aus dem Wuppertaler Stadtbild verschwunden und wurden teils durch Grünflächen zwischen den Fahrstreifen der B7 ersetzt. Heute gab es von der Straßenbahn in Wuppertal kaum noch Spuren, und junge Wuppertaler wussten oft nicht einmal, dass hier früher eine elektrische Straßenbahn über die Talachse gerumpelt war. Zahlreiche Skulpturen säumten nun die Straße. Auf dem Grünstreifen vor dem Opernhaus, nur wenige Meter von der Redaktion der Wupperwelle entfernt, stand seit einiger Zeit auch eine spiegelblanke Skulptur. Das Kunstwerk wies die übergroße Form eines Tropfens auf, der der Zentrifugalkraft einer Wäschetrommel unterlegen war und dem Betrachter unwillkürlich den vielzitierten „Schluck Wasser in der Kurve“ vor Augen führte. Stefan nannte sie „Spermium on the run“ und fing sich damit stets einen tadelnden Blick der an Kunst und Kultur interessierten Mitmenschen ein. Aber das konnte ihm nicht den Spaß nehmen, sich über das eine oder andere Kunstwerk in der Stadt lustig zu machen. Doch darüber sagte er jetzt nichts. Heike war an den Pinguinen interessiert.

„Der sieht aber nicht nach einem Werbeträger für den Zoo aus“, stellte sie fest. „Sieh nur, die kunterbunte Farbe ... was stellt der denn dar?“

„Jeder dieser Plastikvögel ist ein Werbeträger für seinen jeweiligen Besitzer“, erklärte Stefan geduldig.

„Und warum hat der keinen Kopf?“

Stefan glaubte sich verhört zu haben. „Was?“ Unwillkürlich trat er auf die Bremse. Der Käfer schlidderte über den Asphalt. Im Augenwinkel hatte Stefan gesehen, was Heike gemeint hatte. Am Straßenrand stand, unweit der Haspel-Häuser, eine Pinguinskulptur. Und auch wenn Stefan schon einige fast bizarr anmutende Exemplare gesehen hatte, unterschied sich dieser doch um

Längen von seinen Plastikkameraden. Kopflos stand er auf seinem Sockel. Das Haupt der Figur war vom Rumpf abgetrennt worden und lag nun neben dem Körper der fast zwei Meter großen Figur. Es musste eben erst passiert sein, denn ein hochgewachsener Schatten entfernte sich in geduckter Haltung von der geschändeten Figur.

„Stefan – da! Der rennt weg!", schrie Heike aufgeregt. Sie zeigte auf eine Gestalt, die sich eilig in Richtung Wittensteinstraße entfernte. An der Abzweigung war der Käfer eben noch vorbeigerollt, bevor er auf der rechten Fahrspur der Friedrich-Engels-Allee zum Stehen gekommen war.

„Den schnappen wir uns!" Stefan legte ohne lange nachzudenken den Rückwärtsgang ein und ließ die Kupplung viel zu schnell kommen. Der Käfer machte einen Rückwärtshüpfer. Das Getriebe jaulte. Dann hatten sie im Rückwärtsgang die Abzweigung zur Wittensteinstraße erreicht. Auskuppeln, erster Gang, Blinker rechts, das Steuer herumreißen und die Kupplung loslassen waren eine Bewegung. Die dunkel gekleidete Gestalt rannte Haken schlagend durch die Nacht und nutzte die Schatten von geparkten LKW und Hauseingängen. Dann flog ein Gegenstand durch die Nacht.

„Stefan", rief Heike aufgeregt. „Der wirft was weg!"

Stefan schob sich nickend das Baseballcap in den Nacken und gab Gas. „Hab's gesehen. Das war bestimmt die Tatwaffe, eine Säge oder so was."

Als sie den Autohändler an der Ecke passiert hatten, geisterte plötzlich ein blauer Lichtschein durch die Nacht.

„Mist – die Bullen", entfuhr es Stefan, als er einen hektischen Blick in den Rückspiegel warf.

Heike wandte sich im Beifahrersitz um und blickte ebenfalls nach hinten. „Was ist denn jetzt los? Die sind doch gar nicht von hier!"

„Was?"

„Die haben kein W auf dem Kennzeichen, sondern ein NRW.

Vermutlich eine Landesbehörde oder so was, keine Ahnung."

Stefan stöhnte gequält auf. „Mann, Heike, das sind die neuen Streifenwagen. Die haben doch jetzt alle NRW-Kennzeichen. Aber ich fürchte, wir haben ein Problem." Er hatte den Käfer am Straßenrand gestoppt und schielte nach hinten.

„Und der Typ ist längst über alle Berge", stellte Heike trocken fest, als die Polizisten ans Seitenfenster klopften und Stefan bedeuteten, die Scheibe herunterzukurbeln. Heikes Blick war stur nach vorn gerichtet.

„Können Sie mir mal verraten, warum Sie mitten auf der B7 in einem Wahnsinnstempo zurücksetzen?", fragte ein Beamter mit unglaublich wichtiger Miene. Er grinste feist und verlangte, ohne Stefans Antwort abzuwarten, seinen Führerschein und die Fahrzeugpapiere. Stefan seufzte und fummelte in der Innentasche seiner Jeansjacke nach der Brieftasche herum.

„Haben Sie Alkohol getrunken?" Das war keine Frage. Eher klang es wie eine Feststellung.

Obwohl Stefan die Frage wahrheitsgemäß mit „Nein" beantwortete, wurde er zum Alkoholtest gebeten. Und der Pinguinmörder war längst über alle Berge. Den Abend hatten sich Stefan und Heike etwas anders vorgestellt.

Nachdem die Formalitäten erledigt waren, verabschiedeten sich die Polizisten und fuhren weiter.

„Stefan", rief Heike und rüttelte ihn am Arm. „Wir müssen nachsehen, was der Typ weggeschmissen hat, als er getürmt ist!"

„Was meinst du?" Er blickte sie fragend an.

„Na – er hat doch einen Gegenstand weggeworfen." Sie stieß die Beifahrertür auf und sprang ins Freie. „Komm schon!"

Er folgte ihr, nachdem er den Käfer ordnungsgemäß auf dem Parkstreifen der Wittensteinstraße abgestellt hatte. Als sie eine Viertelstunde vergeblich gesucht hatten, meldete sich Stefans Magen. „Komm", quengelte er, „lass uns endlich ins Brauhaus fahren. Ich sterbe vor Hunger!"

Freitag, 21:40 Uhr, Wuppertaler Brauhaus

Im Innern des Brauhauses herrschte mäßiger Betrieb. An einem sonnigen Abend zogen es die Gäste vor, die Tische und Bänke im Biergarten zu belegen. Gedämpft drangen Gelächter, Stimmengewirr und das Klappern von Gläsern in das Innere des Brauhauses. Ernst Hurtiger, der Geschäftsführer, schritt nachdenklich durch sein Lokal. Er war zufrieden, und das Brauhaus schrieb im Gegensatz zu anderen Gastronomiebetrieben keine roten Zahlen. Der Geschäftsführer setzte auf Events, bot Livemusik und Fußballpartys. Es gab Veranstaltungen zu jedem nur denkbaren Motto. So bewies Hurtiger alljährlich zur fünften Jahreszeit, dass auch die Wuppertaler Karneval feiern konnten. Doch Rosenmontag war fast vier Monate vorbei, und jetzt sorgte das anhaltend gute Wetter im Tal für volle Tische im Biergarten.

Trotzdem schwebte etwas wie ein Damoklesschwert über dem Lokal. Ein geheimnisvoller Anrufer belästigte Hurtiger seit einigen Tagen. Bislang hatte der Anrufer keine konkreten Forderungen gestellt, sondern nur versteckte Drohungen ausgestoßen. Doch Hurtiger war sicher, dass es nur eine Frage der Zeit war, bis der Anrufer Forderungen stellte. Aber er würde sich nicht einschüchtern lassen.

Ernst Hurtiger stand auf der hölzernen Treppe im Eingangsbereich und atmete tief durch, während sein Blick zu den beiden übergroßen Schwimmerfiguren in nostalgischer Badebekleidung an der Decke glitt. Die Figuren drehten sich leicht im Luftzug. Sie erinnerten an die Vergangenheit des Lokals, das einst eine städtische Badeanstalt gewesen war, bevor das Bad zur Großkneipe umfunktioniert worden war. Hurtiger war stolz auf „sein“ Brauhaus. Wuppertal war eine Stadt im ständigen Wandel, und nach der Schließung des Bades war hier 1997 das Brauhaus eröffnet worden. Nur wenige der Gäste, die regelmäßig herkamen, erinnerten sich noch an die Zeit, als sie in grauer Vergangenheit hier ihren Freischwimmer gemacht hatten. Es bestand kein Zweifel: Das

Brauhaus war eine Institution in Wuppertal geworden, und darauf war Ernst Hurtiger stolz, als er an diesem Freitagabend eine seiner üblichen Runden drehte. Er mochte den direkten Kontakt zu den Gästen und zu seinem Personal. Am Tresen und zwischen den Stehtischen liefen Kellner in weißen T-Shirts mit grünem Brauhauslogo herum. Hurtiger mochte das Ambiente, und anscheinend ging es zahlreichen Wuppertalern genauso. Der Biergarten vor dem Gebäude war um diese Zeit gut gefüllt. Kellner wieselten draußen zwischen den Tischen und Bänken umher, während es hier drinnen beschaulicher zuging.

„Herr Hurtiger, Telefon für Sie!“ Die weibliche Stimme riss ihn jäh aus seinen Gedanken. Sofort spürte er einen Kloß in seiner Kehle. Seit Tagen wurde er von dem unbekannten Anrufer belästigt. Er zuckte zusammen, fuhr herum und blickte in das dezent geschminkte Gesicht seiner Assistentin Kirsten Klein. Sie war Anfang vierzig und hatte ihre schulterlangen braunen Haare zu einem Zopf gebunden. Als Buffetkraft musste sie keine Dienstkleidung tragen. Sie war hübsch und schlank. Jetzt lächelte sie Hurtiger an. Sie wusste, dass ihr Chef sich standhaft weigerte, eines dieser schnurlosen Telefone ständig im Jackett mit sich herumzutragen. Er hasste Mobiltelefone, er hasste das Gefühl, immer und überall erreichbar zu sein.

„Ich komme.“ Hurtiger nickte und folgte Kirsten Klein. „Ist es wieder ... ich meine?“

Sie nickte. „Wieder dieser Herr Meier.“ Sie erklommen gemeinsam die Stufen ins obere Stockwerk. In der Küche herrschte geschäftiges Treiben. Stets nannte sich der rätselhafte Anrufer Herr Meier. Entweder war der Name schlichtweg erfunden, oder er wusste, dass man ihm allein aufgrund des Namens nicht auf die Schliche kommen würde.

„Ich will gar nicht wissen, wie viele ‚Herr Meier‘ es in dieser Stadt gibt.“

Kirsten Klein nickte stumm. „Ich habe mir mal den Spaß

gemacht und im „Örtlichen“ nachgezählt: Es sind vierundneunzig mit ‚e-i‘, fast dreihundert mit ‚e-y‘. Und dazu noch die mit ‚a-i‘ und ‚a-y‘.“ Dann hatten sie Hurtigers kleines Büro erreicht.

„Ich bin sicher, dass unser Herr Meier, egal wie er sich schreibt, keinen Eintrag im Telefonbuch hat.“ Ernst Hurtiger griff nach dem Hörer. Kirsten Klein hatte die Tür ins Schloss gedrückt. Der Lärm der Gäste und das Klappern von Geschirr drangen nur noch gedämpft an ihre Ohren. Hurtiger ließ sich auf den Drehstuhl sinken und lauschte. Ein Atmen drang an seine Ohren.

„Hurtiger?!“

Schweigen. Jemand atmete schwer. Dann ein trockenes, heiseres Kichern. Jetzt wurde es Hurtiger zu bunt. Wut vertrieb seine Angst.

„Hallo, so melden Sie sich doch! Herr Meier?“ Er umklammerte den Hörer fester. Seine Unruhe wuchs. Mit der freien Hand lockerte er den Knoten seiner weinroten Krawatte und öffnete hastig den obersten Hemdsknopf. Ihm wurde glühend heiß.

„Herr Meier, was wollen Sie?“

Am anderen Ende der Leitung ertönte Gelächter. Es klang höhnisch.

„Sie sind der Nächste auf unserer Liste, wussten Sie das?“ Die Stimme klang verfremdet. Der Anrufer sprach anscheinend durch ein Taschentuch.

„Auf was für einer Liste?“ Hurtigers Schläfen pochten. Er warf Kirsten Klein, die mit verschränkten Armen an der Innenseite der Tür lehnte, einen hilfesuchenden Blick zu.

„Sie sollten vorsichtiger sein“, riet ihm der Anrufer. Hurtiger versuchte, die Stimme einzuordnen. Er schätzte den Mann am anderen Ende der Leitung zwischen dreißig und fünfzig Jahre.

„Sonst können wir nicht garantieren, dass Ihr Bier weiterhin nach dem Reinheitsgebot gebraut wird.“ Der Anrufer lachte amüsiert über seinen eigenen Scherz. „ Sie verstehen mich ...“

„Was wollen Sie damit sagen? Ich meine, wollen Sie behaupten, dass ...“

Es klickte im Hörer, dann herrschte Stille. Meier hatte aufgelegt. Ernst Hurtiger starrte auf den Hörer in seiner Hand, dann legte er ihn im Zeitlupentempo auf.

„Und?“, fragte Kirsten Klein. „War es derselbe ...“

Hurtiger nickte. „Ja“, murmelte er undeutlich. „Es wird schlimmer.“

„Was wollte er?“

Hurtiger blickte zu Kirsten Klein auf, die sich nun auf die Schreibtischkante hockte. Sie genoss sein Vertrauen. „Er will uns erpressen, glaube ich. Wir sollten vielleicht die Polizei einschalten.“

„Damit uns dann vielleicht das Brauhaus abbrennt oder sonst was passiert?“

„Das ist mir lieber, als wenn vielleicht jemand vergiftet wird.“

Freitag, 21:45 Uhr, Biergarten, Wuppertaler Brauhaus

„Was ist denn mit Hurtiger los?“, fragte Heike und nahm einen großen Schluck Wupper Hell. Sie kannte den Geschäftsführer des Brauhauses seit Jahren. Irgendwann hatte sie mal ein Interview für einen Beitrag mit ihm gemacht. Ernst Hurtiger stand nachdenklich im Eingang des Lokals und blickte ins Leere. Normalerweise suchte er den Kontakt zu seinen Gästen, doch heute wirkte er sehr in sich gekehrt.

„Was soll denn sein?“, fragte Stefan kauend und tunkte die Gabel Brauhausfritten in die Aioli. „Er hat die Bude voll und viel zu tun.“

„Nein“, erwiderte Heike. „Sonst sucht er das Gespräch mit den Gästen und gibt sich leutselig. Aber heute?“

„Du hast ihn halt lange nicht gesehen“, erwiderte Stefan und spülte mit einem großen Schluck Wupper Hell nach. An den umliegenden Tischen herrschte gute Stimmung. Es war eine laue Sommernacht, und am Freitag musste niemand früh nach Hause. Entsprechend viel Betrieb herrschte unter den weit ausladenden Kastanienbäumen hinter dem Rathaus. Hurtiger marschierte sichtlich nachdenklich durch die Reihen der Klapptische und Bänke.

Er schien die anwesenden Gäste gar nicht wahrzunehmen. Erst als er den Tisch von Stefan und Heike erreicht hatte, erwachte er aus seiner Lethargie und lächelte.

„Ah, das Radio ist heute Abend auch wieder vertreten. Schönen guten Abend, die Herrschaften." Hurtiger gab sich charmant wie immer. Doch sein Blick huschte fahrig umher.

Die Radioreporter erwiderten den Gruß und baten ihn, Platz zu nehmen.

„Einen Augenblick gern", erwiderte Hurtiger und setzte sich auf die Bank. Hurtiger war Anfang fünfzig, nicht sonderlich groß und von schmaler Statur. Die grauen Augen, die hinter seiner Brille sonst immer unternehmungslustig funkelten, blickten unsicher umher.

„Sie habe ich ja schon lange nicht mehr gesehen", sagte er nun, an Heike gewandt. Sie berichtete ihm, dass sie zwei Jahre in Berlin gelebt und gearbeitet hatte. Nun aber hatte es sie wieder zurück ins Tal gezogen.

„Das hört man gern", lächelte Hurtiger.

„Und wie laufen die Geschäfte?", fragte Stefan.

Hurtiger wiegte den Kopf und deutete in die Menge.

„Nicht schlecht, bei diesem herrlichen Wetter. Es gibt Gastronomen in Wuppertal, die größere Probleme haben. Allerdings ..." Er zögerte und trommelte nervös mit den Fingern auf dem Holztisch herum. „Allerdings habe ich ein ganz anderes Problem."

Heike warf Stefan einen vielsagenden Blick zu. Siehst du, ich hab's doch gleich bemerkt, dass ihn etwas bedrückt!, sollte das heißen.

„Geht Ihnen das Bier aus?", wagte Stefan einen Scherz und drehte sein Glas zwischen den Händen. Hurtiger ging nicht darauf ein. Er zupfte an seiner Krawatte herum. „Ich glaube, jemand ist uns nicht wohlgesinnt", murmelte er dann.

„Inwiefern?", fragte Stefan.

„Nun, seit einigen Tagen bekomme ich seltsame Anrufe. Meistens meldet sich niemand. Dann wieder gibt es Anrufe von einem ominösen Herrn Meier. Keine direkte Drohung, keine Erpressung. Es scheint, als wolle man mich zum Narren halten. Aber heute war es anders. Man hat mich bedroht. Anscheinend plant jemand, unser gutes Bier zu vergiften."

Jetzt war es also raus. Hurtigers Blick wechselte zwischen Heike und Stefan. Er versuchte, jede Regung in den Mienen der beiden jungen Radioreporter zu deuten. Stefan stellte sein Glas auf den Tisch und stierte in das goldgelbe Gebräu.

„Eine Erpressung?" Hurtiger zuckte die schmalen Schultern.

„Ich fürchte, dass es darauf hinausläuft. Erst will man mich mürbe machen und dann vermutlich eine hohe Summe fordern."

„Haben Sie die Polizei schon verständigt?"

„Noch nicht. Vielleicht kann man dem Täter ja mit einer Fangschaltung auf die Schliche kommen. Ich kenne mich mit solchen Dingen nicht aus. Es gibt hunderte Telefonbucheinträge mit dem Namen Meier in allen möglichen Schreibweisen in Wuppertal. Und wenn der Name nicht echt ist ..." Hurtiger winkte entmutigt ab. „Das ist wie die Suche nach einer Stecknadel im Heuhaufen. Noch ist nichts passiert, aber ..."

Stefan leerte sein Bierglas nun doch.

„Möchten Sie noch eins?", fragte Hurtiger. „Geht aufs Haus."

„Nein danke", sagte Stefan schnell und deutete mit dem Kinn auf den Parkplatz, wo der Käfer stand. „Ich muss noch fahren."

„Das ist ja zum Mäusemelken!", rief Heike euphorisch, als sie wenig später in den Käfer stiegen und Stefan auf die Ausfahrt des Parkplatzes zusteuerte. „Das Brauhaus wird erpresst."

„Noch nicht", dämpfte Stefan sie. „Hurtiger hat nur davon gesprochen, dass er bedroht wird. Niemand hat eine Summe genannt. Genauso gut könnte es möglich sein, dass sich jemand einen makabren Scherz erlaubt." Er tippte sich bezeichnend an die Stirn. „Wenn du mich fragst, Meier ist ein total bescheuerter

Name für einen Erpresser."

„Ich fand Dagobert für einen Kaufhauserpresser damals auch ziemlich dämlich", entgegnete Heike. „Und trotzdem genial. Das Ergebnis kennen wir ja."

Stefan nickte. „Und dann haben sie ihn doch geschnappt. Wenn ich mich recht erinnere, wurde er 1996 zu neun Jahren Gefängnis verknackt."

„Jedem das, was er verdient." Heike strich Stefan zärtlich über die Wange. „Und Hurtiger hat es verdient, dass wir nichts darüber senden, wenn er es nicht möchte. Also werden wir alles erst mal für uns behalten." Sie kannte ihn und wusste, was Stefan dachte.

„Bleibt zu hoffen, dass nichts passiert", erwiderte Stefan und beobachtete die Schranke an der Ausfahrt, die surrend nach oben glitt. Er legte den ersten Gang ein und fuhr an. „Aber du hast Recht: Ich möchte Hurtigers Vertrauen auf gar keinen Fall missbrauchen."

Heike nickte. Während der Käfer über die Talachse zurück nach Elberfeld rollte, kurbelte sie das Seitenfenster herunter und hielt die Nase in den Fahrtwind. „Das tut gut." Der Wind spielte mit ihren Haaren.

Stefan warf ihr einen raschen Seitenblick zu. „Was tut gut?"

Heike lächelte ihn glücklich an. „Endlich wieder bergische Luft zu atmen."

Samstag, 8:00 Uhr, Redaktion der Wupperwelle

„Wissen Sie, was das ist?" Eckhardt war außer sich, als Stefan und Heike am nächsten Morgen die Redaktion des Radiosenders Wupperwelle betraten. Dass der Chefredakteur Heike Göbel seit fast zwei Jahren nicht mehr gesehen hatte, schien ihn augenblicklich nicht sonderlich zu interessieren.

Müde hatten Stefan und Heike das Großraumbüro des kleinen Senders erreicht, um von der in der Redaktion herrschenden Hektik beinahe erschlagen zu werden. Der Empfangstresen im Vorraum war nicht besetzt, und so waren sie direkt in das Großraumbüro der Redaktion durchmarschiert, um kurz darauf ihrem Chefredakteur in die Arme zu laufen. Sein modisches Hemd wies bereits erste Kaffeeflecken auf, und auch die Krawatte hing schon auf halb acht. Heike stellte amüsiert fest, dass der Chefredakteur des kleinen Senders trotz allen modischen Geschmacks, den er zweifelsfrei besaß, noch immer keinen vernünftigen Krawattenknoten binden konnte.

Eckhardt fuchtelte wild mit den Armen herum und hielt einen Gegenstand hoch. Er war rund, etwa fußballgroß und lief nach vorn in einer Spitze aus, die an einen Schnabel erinnerte. Heike und Stefan tauschten einen Blick. Natürlich kannten sie den Gegenstand. Und sie fragten sich, wie Eckhardt an den Pinguinkopf gelangt war.

Einige der Kollegen blickten neugierig auf, als sie Heike an Stefans Seite sahen. Weiter hinten im Raum lag das gläserne und schallisolierte Studio. Roland Kracht stand im Studio und moderierte die Morgensendung. Über der verschlossenen Eingangstür leuchtete in roten Lettern das „On Air"-Schild. Heike fühlte sich auf Anhieb wieder heimisch in der Redaktion und begrüßte hier und da die Kollegen, bevor Eckhardt sie und Stefan zu sich zitierte.

„Kommen Sie!" Eckhardt führte sie zu seinem Büro. „Also, das Ding hier kennen Sie beide doch, oder irre ich mich?"

„Es sieht aus wie der Kopf eines Pinguins", konstatierte Stefan und tauschte einen vielsagenden Seitenblick mit Heike. Brav folgten die beiden dem Chef in sein Büro. Hier angekommen, pfefferte er den abgetrennten Pinguinkopf in einen der ledernen Besuchersessel, warf die Tür ins Schloss, und im nächsten Moment drang der Lärm der Redaktion nur noch gedämpft an ihre Ohren. Nervös nestelte Eckhardt an seiner Krawatte herum. „Setzen Sie sich." Eckhardt verschanzte sich hinter seinem Schreibtisch, griff einen Kugelschreiber, tickerte ein paar Mal damit und warf ihn zurück auf den Schreibtisch. Langsam fiel die Nervosität von ihm ab.

Er musterte Heike.

„Schön, dass Sie wieder zu Hause sind."

„Danke."

Langsam entspannten sich seine Gesichtszüge. Michael Eckhardt war Anfang vierzig und von untersetzter Statur. Seine dichten, dunklen Haare standen zu Berge. Hinter seinem Rücken munkelten die Mitarbeiter der Wupperwelle, dass er sich stets die Haare zu raufen pflegte, sobald die neuesten Einschaltquoten auf seinem Tisch lagen.

Die metallisch glänzende Designer-Kaffeemaschine auf dem Beistelltisch röchelte asthmatisch. „Kaffee?" Eckhardt sprang auf und machte sich hektisch an der Maschine zu schaffen. Beide bejahten.

Draußen rumpelte eine Schwebebahn in Richtung Alter Markt vorbei. Es war der Sound der Stadt, dachte Heike fast wehmütig. Wie lange hatte sie das vertraute Geräusch der Schwebebahn nicht mehr gehört?

Lächelnd beobachtete sie ihren Chef, wie er drei Tassen mit dem schwarzen Lebenselexier füllte. Nachdem sie alle mit Kaffee versorgt waren, ließ er sich mit einem schweren Seufzer auf den Sessel sinken und betrachtete seine Mitarbeiter nachdenklich.

„Die Pinguinale 2006 hat hier einen wahren Pinguin-Hype ausgelöst, während Sie in Berlin waren, Frau Göbel. Herr Seiler wird Sie bestimmt gerne über Details informieren. Und jetzt ..." Eckhardts Kopf hatte eine tiefrote Färbung angenommen, während sein Blick auf den abgetrennten Kopf des Pinguins fiel. „Und jetzt das da. Wissen Sie, was das bedeutet?"

„Ärger?", fragte Heike zögernd.

„Exakt." Eckhardt nickte, sprang wieder auf und wanderte wie ein ruheloses Tier durch das Büro. Vor dem Stuhl, auf den er den Kopf geworfen hatte, blieb er stehen und massierte sich die Schläfen.

„Können Sie mir erklären, wer so etwas tut?"

„Ein Tierfreund jedenfalls nicht", versuchte Stefan ziemlich erfolglos einen Scherz und fing sich einen verächtlichen Blick von Eckhardt ein. Doch davon ließ sich Stefan nicht einschüchtern.

„Darf man erfahren, wie das da ...“, er deutete auf den Pinguinkopf, „wie das da in den Sender gekommen ist?“

„Dürfen Sie, mein lieber Seiler, dürfen Sie.“ Eckhardt nickte. Seine Kieferknochen mahlten. „Ich hatte gestern Nacht noch Besuch von meinem Freund Küppers.“ Er fixierte Stefan mit seinem Blick.

„Oha.“ Stefan drehte die Tasse zwischen den Händen und pustete in seinen Kaffee, bevor er in kleinen Schlucken trank. „Das hat man davon, wenn man ständig hier ist und kein gemütliches Zuhause hat.“ Küppers war der Pressesprecher der Wuppertaler Polizei und ein guter Freund des Wupperwelle-Chefredakteurs. Die beiden hielten zusammen wie Pech und Schwefel. Stefan konnte sich gut vorstellen, dass seine nächtliche Aktion bis zum Pressesprecher der Polizei vorgedrungen war. Und dieser hatte demnach nichts Besseres zu tun gehabt, als Eckhardt darüber zu informieren.

„Wir wurden zufällig Zeugen, wie der Täter gerade im Begriff war, zu flüchten“, versuchte Heike zu erklären.

„Ich weiß, ich weiß.“ Eckhardt winkte ab. „Das ist ja das Drama.“

„Was ist daran so verwerflich, dass wir Zivilcourage zeigen und den Täter stellen wollten?“

Der Chefredakteur der Wupperwelle lief puterrot an. „Eigentlich nichts. Was Küppers auf den Plan rief, war die Tatsache, dass Sie mal wieder vor der Polizei am Ort des Geschehens waren.“

„Das war reiner Zufall“, murmelte Stefan.

„Wie so oft, Seiler“, nickte Eckhardt gefährlich leise. „Wie stehe ich denn jetzt da? Wenn Sie Skandale aufdecken, dann ist das aus journalistischer Sicht sicherlich begrüßenswert. Aber hier geht es darum, einen Täter zu stellen, der sich an Sympathieträgern zu schaffen macht. Trotzdem ...“ Er deutete mit dem Zeigefinger erst auf Heike, dann auf Stefan. „Trotzdem müssen wir hier in der Stadt aufpassen, was wir tun.“

„Wie meinen Sie denn das nun wieder?" Heike legte die Stirn in Falten.

„Wenn Sie einen Skandal in Berlin aufdecken und den Täter in der Öffentlichkeit anprangern, dann ist das – bei seriöser Vorgehensweise – sauber recherchierter Journalismus. Anschließend verschwinden Sie und sind aus dem Schneider. Hier aber ..." Er trat an das Bürofenster und blickte auf das Schwebebahngerüst. Rechts neben dem Finanzamt Barmen lag das Gebäude einer Bank, ein wenig weiter das Gebäude des ehemaligen Kaufhofs. Links erkannte er die Hallen eines Supermarktes jenseits der Wupper. Eine Schwebebahn rumpelte vorbei und drosselte das Tempo, als sie die Kreuzung „Alter Markt" überquerte, um in die gleichnamige Schwebebahnstation einzulaufen. Der Verkehr auf der Friedrich-Engels-Allee war um diese Zeit eher mäßig. Die Sonne tauchte die chromglänzende Skulptur auf dem Mittelstreifen der Fahrbahn in gleißendes Licht. Ohne sich zu seinen Mitarbeitern umzuwenden, fuhr Eckhardt fort.

„Hier aber müssen wir vorsichtig vorgehen. Wuppertal präsentiert sich gerne als Großstadt, als bergische Metropole, ist aber eigentlich noch sehr dörflich. Eine Gemeinsamkeit, die alle drei bergischen Städte verbindet; so ist es übrigens auch in Solingen und Remscheid – mit allen Vor- und Nachteilen, Frau Göbel. Wir können nicht eine Schippe Dreck über dem Polizeipräsidium ausschütten und uns anschließend noch ernsthaft einbilden, mit den Leuten dort zusammenarbeiten zu können."

„Wie meinen Sie das?"

„Dass wir sehr, sehr sensibel vorgehen müssen, Frau Göbel."

„Sie sprechen in Rätseln", bemerkte Stefan und drehte die Kaffeetasse zwischen den Händen. „Das, was Sie uns erzählen, klingt nicht gerade nach einem Verrückten, der sich vielleicht einen dummen Scherz erlauben wollte und einem Plastikpinguin den Kopf abgesägt hat. Da steckt doch mehr dahinter, oder?"

„Das ist genau der Punkt." Eckhardt umrundete seinen Schreibtisch, sank seufzend in den Sessel und nippte nun auch von seinem inzwischen abgekühlten Kaffee.

„Wie Sie vielleicht wissen, wurde vorgestern Karlheinz Kötter tot auf dem Parkplatz neben der Historischen Stadthalle am Johannisberg aufgefunden – die Polizei spricht von einem Unfall mit Fahrerflucht. Kötters Pinguin wurde in der Nacht vor dem Unfall genauso geköpft wie dieser da." Eckhardt löste sich von der Aussicht aus dem Fenster und drehte sich zu Heike und Stefan um. „Ob es vielleicht einen Zusammenhang zu ... dem da gibt?" Er deutete mit dem Kinn auf den Pinguinkopf, der sie anklagend anzustarren schien. „Als Bauunternehmer war es eine Selbstverständlichkeit für Kötter, einen Pinguinale-Pinguin aufzustellen und mit den Hausfarben seiner Firma anzumalen. Firmen, die etwas auf sich halten, haben damals einen oder mehrere Pinguine gekauft. Es diente dem Prestige, und ..."

„Und? Haben das nicht viele Unternehmer im Tal getan?" Heike schlug die Beine übereinander und musterte den Chefredakteur des Senders.

„Richtig." Eckhardt nickte und blickte sie mit versteinerter Miene an.

„Und wo sehen Sie den Zusammenhang?" Stefan verschränkte die Arme hinter dem Kopf und lehnte sich im Besucherstuhl zurück.

„Ich weiß nicht, ob es einen Zusammenhang gibt", entgegnete Eckhardt. „Es hat in den letzten Tagen übrigens auch noch zwei weitere Pinguine erwischt."

„Wessen Pinguin musste noch daran glauben?"

„Der des Wuppertaler Fußball-Clubs. Er stand, angemalt in den Vereinsfarben des WFC, unweit der Ohligsmühle auf dem Grünstreifen der ehemaligen Straßenbahntrasse. Gesponsert wurde der Pinguin übrigens nicht vom Verein, sondern von seinem Präsidenten, Fritz Plunger."

„Und nun?" Stefan schob die Unterlippe vor.

„Nun haben Sie das große Glück, heute Nachmittag live im Stadion zu sein, um über das Spiel des WFC gegen Rotweiß Eifel zu berichten." Eckhardt grinste. „Und sicherlich werden Sie einen Weg finden, Plunger zu interviewen. Bei dieser Gelegenheit ... fragen Sie ihn doch einfach mal, was mit seinem Pinguin passiert ist. Stellen Sie sich einfach dumm. Und dann ..."

„... wird mich Plunger auflaufen lassen, sobald ich das Thema auf den geköpften Pinguin des WFC lenke", beendete Stefan den von Eckhardt begonnenen Satz. Plunger war dafür bekannt, dass er sehr geschickt im Umgang mit den Medien war. Ihm rutschte kein Wort heraus, das nicht über seine Lippen kommen sollte.

„Und wem gehört dieser Pinguin hier?", fragte Heike nun und deutete auf den Kopf des Pinguins. Er war dunkelgrün angemalt, die Augen leuchteten in einem tiefen Orange.

„Der Spedition Wittwer", erklärte Eckhardt. „Der Laden ist alteingesessen und läuft auch recht gut, wie ich gehört habe."

„Eine Spedition kann gar nicht gut laufen, bei den Spritpreisen", warf Stefan ein. „Vielleicht steckt mehr dahinter."

„Und morgen ist der Chef der Spedition tot, die Frau des Chefs Witwe, und dann kann sie die Firma umbenennen", unkte Heike und fing sich einen vernichtenden Blick von ihrem Chef ein.

„Ich möchte, dass Sie herausfinden, wer sich an den Pinguinen zu schaffen gemacht hat. Das ist eine spannende Geschichte, und ich wäre froh, wenn wir den Kollegen von der schreibenden Zunft diesmal einen Schritt voraus wären."

„Deshalb ist Ihr Freund Küppers also mit dem Kopf zu Ihnen gekommen ...", brummte Stefan und erntete ein wütendes Kopfschütteln von Eckhardt.

„Nicht ganz, mein lieber Seiler, nicht ganz. Küppers hat mich über den Vorfall letzte Nacht informiert. Die Polizisten waren dem Täter, der die Pinguine beschädigt, nämlich schon auf der Spur, als Sie ihn verscheucht haben."

„Und jetzt denkt die Polizei, wir würden schon an dem Fall

arbeiten um herauszufinden, wer die Pinguine killt", kombinierte Stefan mit säuerlicher Miene. „Herzlichen Glückwunsch."

„Dann war es aber nicht sonderlich klug von den Beamten, sich um uns zu kümmern, anstatt die Verfolgung des Täters aufzunehmen", stellte Heike fest.

„Wie dem auch sei", murmelte Eckhardt. „Wenn uns dieser Fall schon in den Schoß gelegt wird, sollten wir die Gelegenheit nutzen." Er hob beschwörend beide Hände. „Bleiben Sie von mir aus am Ball. Aber gehen Sie diskret vor."

„Ich glaube nicht an einen Zusammenhang." Heike ließ sich an ihrem Schreibtisch nieder und schaltete den Computer ein. „Es könnte ebenso gut ein Trittbrettfahrer sein." Ihre Handtasche verstaute sie im Fach unter der Tischplatte.

„Dann müsste der Trittbrettfahrer aber wissen, wie der wirkliche Täter handelt." Stefan lehnte sich an Heikes Schreibtisch und beobachtete sie. Wenn sie sich in Rage redete, kamen ihr oft die besten Ideen. Also ließ er sie mit einem süffisanten Lächeln auf den Lippen gewähren, während er mit den Beinen baumelte. „Also: Wer ist so krank und köpft Plastikpinguine?"

„Ein Verrückter, der ins Rampenlicht will, was weiß denn ich?" Heike rollte mit den Augen. „Wir müssen uns mit den Pinguinen beschäftigen."

Stefan lachte. „Also, was ist mit dem geköpften Pinguin? Hatte er Feinde? Eine unglückliche Liebe? Hat er seine Partnerin mit dem Ei sitzen lassen? Wie war sein persönliches Umfeld?"

Heike ging nicht auf seine Ironie ein. „Der Pinguin gehörte der Spedition Karl Wittwer", brummte sie. „Das hat Eckhardt erzählt. Und jetzt, Herr Meisterdetektiv?"

„Jetzt sollten wir diesem Spediteur mal einen Besuch abstatten."

„Immer der Reihe nach. Ich übernehme Kötter, du kannst diesem Wittwer auf den Zahn fühlen. Vielleicht kann mir Kötters Familie etwas erzählen. Wie war sein Umfeld – sowohl privat als auch geschäftlich? Wie war seine geschäftliche Situation? War er beliebt oder verhasst? Und du kannst ja mal versuchen, ob du später im Stadion an Plunger heran kommst."

„Getrennt marschieren und gemeinsam schlagen." Stefan lachte.

„Wie immer", lachte Heike zurück. Die Spannung war von ihr abgefallen. „Und wie machen wir daraus eine Geschichte fürs Radio?"

Stefan grinste. „Wir berichten über einen rätselhaften Pinguin-Mörder."

„Es ist zehn Uhr dreißig. Sie hören Lokal im Tal mit Roland Kracht, schönen guten Tag." Der Nachrichtenredakteur verlas routiniert die Schlagzeilen und nannte die aktuelle Temperatur am Alten Markt, die er zuvor am Außenthermometer des Studios abgelesen hatte. Dann kam Kracht zum Topthema des Tages. „Unbekannte Täter scheinen es auf die Stars der Pinguinale 2006 abgesehen zu haben. Bereits zum dritten Mal innerhalb kürzester Zeit wurde in einer Nacht-und-Nebel-Aktion einem Plastik-Pinguin der Kopf abgetrennt. Bei dem zuletzt beschädigten Pinguin handelt es sich um den des Wuppertaler Spediteurs Karl Wittwer. In den letzten Nächten sind bereits die Pinguine von Fritz Plunger, dem Präsidenten des WFC, und des Bauunternehmers Karlheinz Kötter beschädigt worden. Besonders brisant: Karlheinz Kötter wurde in der Nacht zu Freitag auf dem Parkplatz neben der Stadthalle tot aufgefunden. Anscheinend ist er bei einem Verkehrsunfall ums Leben gekommen. Der Fahrer des verursachenden Fahrzeugs ist nach wie vor flüchtig."

„Genau das wollte ich hören", strahlte Stefan Seiler und drehte die Lautstärke seines Autoradios zurück. Entspannt sank er in die Polster seines Käfers und wartete auf grün. Er wusste, dass Eckhardt toben würde. Dies waren genau die Nachrichten, die sein Chefredakteur nicht mochte. Trotzdem war Stefan gespannt, wie Karl Wittwer und Fritz Plunger auf die Nachricht reagieren würden.

Samstag, 11:35 Uhr, Werth, Wuppertal-Barmen

An diesem Vormittag herrschte mäßiger Betrieb auf dem Werth. Junge Leute saßen in einem Café unweit des Barmer Rathauses und unterhielten sich angeregt. Langsam wurde es voller auf der Einkaufsmeile. Nachdem sie samstags erst länger geschlafen und danach gemütlich gefrühstückt hatten, zog es die Barmer in die City.

Thea Gatz stand rauchend hinter dem Tresen und beobachtete das Treiben draußen und im Bistro. Zwei Kolleginnen bedienten an den Tischen und kehrten regelmäßig zu ihr an den Tresen zurück, um die georderten Getränke abzuholen und an den Tischen zu verteilen. Über Lautsprecher wurde das Radioprogramm der Wupperwelle übertragen. Soeben waren die Lokalnachrichten gelaufen, und man hatte vom Tod des Baulöwen Karlheinz Kötter berichtet. Schlagartig war das Geschehene wieder vor ihrem geistigen Auge lebendig geworden. Jede Farbe war aus ihrem fein geschnittenen Gesicht gewichen. Hastig strich sie sich eine widerspenstige schwarze Haarsträhne hinter das rechte Ohr. Ihre Haare hatte sie zu einem Pferdeschwanz zusammengebunden.

„Thea, wo bleiben denn die Coke und der Cappuccino für Tisch siebzehn?“ Eine wieselflinke Kollegin war an die Theke getreten und trommelte mit den Fingerkuppen auf die blankpolierte Glasplatte.

„Mist, die habe ich total vergessen“, murmelte Thea und machte sich an der Kaffeemaschine zu schaffen. Ihr entschuldigendes Lächeln wirkte halbherzig. Innerlich mahnte sie sich zu mehr Konzentration. Letzten Endes bemerkten die Kollegen noch, dass sie mit ihren Gedanken bei den Erlebnissen an der Stadthalle war. Über den Tod von Karlheinz Kötter war sie immer noch nicht hinweggekommen. Sie fühlte sich, als hätte man ihr den Boden unter den Füßen weggezogen.

Tausend Gedanken rasten durch ihren Kopf. Suchte man bereits nach ihr? Sollte sie sich bei der Polizei melden?

Dass Karlheinz Kötter tot war, wusste sie. Aber dass man zuvor seinen Pinguinale-Pinguin geköpft hatte, das war ihr neu. Was hatte das alles zu bedeuten?

„Thea, ist dir nicht gut?“ Eine Hand legte sich auf ihre Schulter. Jeanette, eine Kollegin, war hinter sie getreten. Sie war fast zwei Köpfe kleiner als Thea Gatz, hatte ein rundes Gesicht und kurze, dunkle Haare. Wie alle Mitarbeiter, trug auch sie die dunkle, lange Schürze mit dem dunkelroten Logo des Bistros. „Mein Gott, du bist ja weiß wie eine Wand. Was ist denn los mit dir?“

Thea wandte sich im Zeitlupentempo um und wischte sich die Finger an der Schürze ab. Sie wirkte geistesabwesend und spürte, wie ihr das Blut bis unter die Haarspitzen schoss.

Jeanette betrachtete sie sorgenvoll. „Komm, setz dich erst mal. Ist dir nicht gut?“

„Es geht schon“, stammelte Thea.

„Bist du etwa schwanger?“, versuchte Jeanette einen gut gemeinten Witz. Fast hätte Thea entgegnet, dass sie das viel lieber wäre, als sich mit den Erlebnissen von Donnerstagnacht herumzuplagen. Ihr mattes Lächeln wirkte wie eine Maske. „Ist wieder Kreislaufwetter. Die verdammte Hitze bringt mich noch um.“

„Mach mal einen Moment Pause, rauch ‘ne Zigarette oder trink ‘nen Kaffee“, riet Jeanette ihr. „Unten im Pausenraum ist es auch erträglich kühl.“

„Danke, das werd ich tun. Hältst du so lange hier die Stellung?“

„Aber sicher doch.“

„Danke.“ Thea lächelte die Kollegin an und verschwand im Pausenraum. Sie drückte die Tür ins Schloss und blickte zu den schmalen Fenstern auf, die knapp unter der Decke lagen und nur wenig Licht in den Raum eindringen ließen. Sie trat an den einfachen Tisch, der in dem spartanisch eingerichteten Aufenthaltsraum stand. Auf dem Tisch befanden sich einige halb geleerte Mineralwasserflaschen und benutzte Kaffeetassen. Auf einem Stuhl lag ein Hochglanzmagazin. Sie blätterte lustlos ein wenig darin herum, legte die Zeitschrift weg und ließ sich auf einen der harten

Stühle sinken. Sie barg das Gesicht in den Händen. Was hatte sie nur getan? Sie gab sich eine Mitschuld an dem, was auf dem Johannisberg geschehen war. Hätte sie sich nicht mit Karlheinz Kötter verabredet, würde er vielleicht noch leben.

Sie überlegte fieberhaft, wie sie aus dieser schrecklichen Geschichte wieder herauskam, fand aber keine Lösung. Ein ungutes Gefühl beschlich sie. Stand sie unter Mordverdacht?

Samstag, 11:50 Uhr, Industriegebiet Hölker Feld

Das Gelände der Spedition befand sich am Hölker Feld im Industriegebiet Nächstebreck. Stefan musste nicht lange suchen. Der Laden war ziemlich groß, und auf dem Verwaltungsgebäude prangte der Name der Spedition in übergroßen Lettern. Er lenkte den Käfer auf das weitläufige Gelände und studierte die Aufschrift.

„Karl Wittwer – International Transport and Logistics", gab man sich weltoffen auf dem Reklameschild am Eingang des gläsernen Hauptgebäudes. Hier wurde auch samstags gearbeitet. LKW wurden für Sonntagabend beladen, Mechaniker in ölverschmierten Overalls kümmerten sich weiter hinten im Werkstattbereich der Spedition um die schweren Fahrzeuge und musterten den Fremden argwöhnisch. Der Geruch von Diesel hing schwer über dem Hof. Stefan parkte den Käfer zwischen zwei dicken Mercedes-Limousinen vor dem Verwaltungsgebäude. An den Laderampen herrschte geschäftiges Treiben. Gabelstapler surrten in der Lagerhalle herum und beluden die wartenden Lastwagen. In einer Ecke des Hofes standen einige Fahrer zusammen, tranken Kaffee aus Pappbechern, rauchten und spannen Fernfahrergarn. Sie musterten den Radioreporter und erwiderten seinen Gruß verhalten und fast misstrauisch. Doch davon ließ sich Stefan nicht einschüchtern. Mit einem freundlichen Grinsen näherte er sich den Truckern. „Hallo", grüßte er in die Runde. „Wo finde ich denn hier den Chef?"

Die Fahrer tauschten einige vielsagende Blicke. „Der Alte scheint aber heute ein gefragter Mann zu sein“, brummte ein dunkler Hüne und strich sich über den Dreitagebart. „Und das am Samstag.“ Seine Kollegen lachten. „Bist nicht der Erste, der heute nach ihm fragt. Was bist du denn für ein Schnüffler?“

„Schnüffler? Schönen Dank auch. Ich bin von der Wupperwelle.“

„Radio? So so.“ Der Hüne zog mit gespielter Anerkennung die Mundwinkel nach unten und rieb sich durch die verschlafenen Augen. Wie er aussah, war er die ganze Nacht durchgefahren.

„Warum ist Wittwer denn so gefragt heute?“

„Das musst du ihn schon selber fragen“, brummte der Hüne. „Vorhin war jedenfalls jemand von der Kripo da.“

Stefan war also auf der richtigen Spur. „Habt ihr eine Ahnung, was die vom Boss wollten?“ Seine Neugier war erwacht. „Hat er etwa einen Fleck auf seiner weißen Weste?“

Die Trucker lachten. „Wer hat denn heutzutage keine Leiche im Keller? Bei der Politik und der Bürokratie bleibt das gar nicht aus. Seitdem es die Maut gibt, ist das BAG wie wild hinter uns her. Mit Abfangjägern lauern sie uns auf und sind ständig auf der Jagd nach Mautprellern. Und den Alten kostet der ganze Mist ein Vermögen.“

„BAG steht für Bundesamt für Güterkraftverkehr und ist eine Einrichtung, die uns Kutschern draußen mit Polizeigewalt und Kontrollen Tag und Nacht das Leben zur Hölle macht. So was gibt es in keinem anderen Land, nur in Deutschland“, wurde Stefan von einem anderen Fahrer belehrt, der gerade dabei war, sich in Rage zu reden. „Die sollten lieber mal die Polen und die Russen von der Bahn ziehen, die zu Dumpinglöhnen arbeiten, aber uns in Ruhe lassen.“ Doch Stefan hatte keine Lust, mit Wittwers Fahrern über die Gesetzeslage in Deutschland und deren Gerechtigkeit oder Ungerechtigkeit zu diskutieren. „Mag sein. Ich werd mal versuchen, eine Audienz zu kriegen, was?“ Stefan grinste jovial.

„Na, dann versuch mal dein Glück.“ Ein schlaksiger Fahrer mit dünnem Haar, Stefan schätzte ihn auf Anfang vierzig, zeigte auf das

Verwaltungsgebäude. „Er sitzt in der obersten Etage. Wenn du Glück hast, lässt dich Frau Vogel, seine Sekretärin, zu ihm durch – aber das hängt von ihrer Laune ab." Die Fahrer kicherten.

„Mein unwiderstehlicher Charme wird sie sicherlich überzeugen", säuselte Stefan, tippte mit zwei Fingern an den Rand seiner Schirmmütze und wandte sich ab. Mit forschem Schritt marschierte er die breiten Treppen zum Eingang des Verwaltungsgebäudes hinauf, stets zwei Stufen mit einem Schritt nehmend. Am Empfang saß niemand. Stattdessen stand ein Telefon mit einer Liste der möglichen Gesprächspartner auf dem Tresen bereit. Stefan zögerte einen Moment, warf einen Blick auf die in Folie eingeschweißte Liste und fand schließlich den Eintrag „Sekretariat Wittwer". Er überlegte, ob er Frau Vogel anrufen und seinen Besuch ankündigen sollte, entschied sich schließlich dagegen und nahm kurz entschlossen das Treppenhaus. Stefan wollte die Gunst eines Überraschungsangriffs nutzen. Im obersten Stockwerk stand er ein wenig atemlos vor einem Schreibtisch, hinter dem eine drahtige Endvierzigerin saß und auf einer Computertastatur herumhackte. Gebannt starrte sie auf den Monitor und schien fasziniert von dem zu sein, was sie da fabriziert hatte. Erst als Stefan vor ihrem Schreibtisch stand, löste sich ihr Blick vom Monitor. Sie schaute ihn irritiert an. Der Ansatz eines Lächelns huschte um ihre Mundwinkel, um im nächsten Augenblick schon wieder zu verblassen. Offenbar war sie es nicht gewohnt, dass Besucher unangemeldet bei ihr auftauchten. Und samstags schien sie überhaupt nicht mit Besuchern zu rechnen. Stefan blickte sich unauffälig um. Auf ihrem Schreibtisch herrschte Chaos. Ein halb gegessenes Käsebrötchen, eine halbvolle Kaffeetasse mit dem Aufdruck „Beste Chefsekretärin der Welt", in einem Köcher verschiedene Stifte, ein Locher, ein Tacker und ein Behälter mit Büroklammern. Die Papiere auf ihrem Schreibtisch trugen durchweg das Logo der Spedition Wittwer. Links vom Schreibtisch ein Stehpult, hinter der Sekretärin zwei Palmen, an den weiß getünchten Wänden historische

Schwarz-Weiß-Aufnahmen aus Wuppertal um 1900. Das Schwebebahngerüst im Bau, der schwarze Fluss, wie er sich durch Fabrikgebäude hindurchschlängelte, Frauen und Männer vor einer typisch bergischen Kulisse. Fachwerk- und Schieferhäuser mit windschiefen Giebeln, im Hintergrund ein Pferdefuhrwerk. Die Menschen trugen altertümliche Bekleidung und blickten unverwandt in die Kamera. Und wieder Fotos vom Bau der Schwebebahn, diesmal an der Landstrecke, irgendwo zwischen Sonnborn und Vohwinkel.

„Ja bitte, Sie wünschen?“ Eine kalte, abweisende Stimme.

Stefan löste sich vom Anblick der Fotografien und wandte sich der Frau zu, die ein mausgraues Kostüm trug. In ihren Augen lag das pure Misstrauen. Sie war dezent geschminkt und roch nach dem gleichen Parfum, das Stefans Grundschullehrerin genutzt hatte. Er hatte es schon damals gehasst. Ihre rot lackierten Fingernägel spielten mit einem dünnen, goldenen Kugelschreiber. Irritiert blätterte sie in einem Terminplaner herum, ihre spitzen Finger huschten über die Einträge. Sie schüttelte den Kopf, bevor sie lauernd zu Stefan aufblickte.

„Mein Name ist Stefan Seiler, von der Wupperwelle. Ich möchte bitte zu Herrn Wittwer.“

„Haben Sie einen Termin?“ Das Lächeln war aufgesetzt. Eine starre Maske, die ihr nur die Höflichkeit abverlangt hatte. „Es ist Samstag“, wurde er überflüssigerweise belehrt. „Und da haben Sie einen Termin mit Herrn Wittwer?“ Spott lag in ihrer Stimme.

Eins zu null, dachte der Reporter und lächelte freundlich. „Noch nicht, deshalb bin ich ja hier“, erwiderte Stefan. „Es ist ... privat.“

„So so, privat.“ Sie nickte, als würde sie jetzt plötzlich alles verstehen. Dann erhob sie sich. „Ich kann Herrn Wittwer ja mal fragen. Aber viel Zeit wird er nicht haben. In ein paar Minuten hat er ein Meeting mit den Disponenten, und ...“

„Danke, es wird auch nicht lange dauern“, beeilte sich Stefan zu sagen und überlegte, wie wichtig eine Besprechung an einem

Samstagvormittag wohl sein möge. Er blickte ihr nach, als sie in ein angrenzendes Büro verschwand. Sie klopfte höflich an und wartete einen Augenblick, bevor sie den Kopf durch den Türspalt steckte, leise sprach, um dann durch den Spalt in das Büro zu huschen. Türe zu, Stille.

Stefan zuckte die Schultern. Es dauerte nicht lange, und Frau Vogel erschien wieder auf der Bildfläche. Ihr künstliches Lächeln war wie weggeblasen. „Sie können kurz rein." Vergeblich gab sie sich Mühe, ihre Niederlage erhobenen Hauptes zu ertragen.

„Danke." Stefan trat in das Büro, klopfte an den Rahmen der bereits offenen Tür und wartete. Karl Wittwer saß hinter einem wuchtigen Mahagoni-Schreibtisch und blätterte geschäftig in einem Aktenordner. Stefan schätzte ihn auf Ende fünfzig. Wittwer war hochgewachsen, breitschultrig und hatte eine Halbglatze. Er trug einen edlen Anzug und strahlte einen Hauch von Eleganz aus. Hinter seinem Tisch stand eine Bronzestatue. Vermutlich war sie ein sündhaft teures Souvenir aus Indien. Als Wittwer den Besucher registrierte, deutete er auf einen der beiden Besucherstühle. „Kommen Sie herein, nehmen Sie Platz."

Stefan wunderte sich ein wenig über die Höflichkeit, mit der er hier empfangen wurde. Normalerweise wurden insbesondere unangemeldete Besuche von Reportern als lästig und unangenehm empfunden. Stefan bedankte sich und ließ sich in einen der beiden Stühle sinken. Das dunkle Leder unter ihm knirschte leise. Sein Blick blieb auf dem Modell eines Wittwer-Trucks haften, das in einer edel anmutenden Glasvitrine auf dem Schreibtisch des Chefs stand. Schon als Kind hatten ihn diese detailgenauen Miniaturen fasziniert. Ein dunkelgrüner MAN TGA mit gelber Schrift und orangefarbener Plane. Die Felgen glänzten verchromt. Fast hätte Stefan gefragt, ob das Modell ein Präsent für ihn sei. Er blickte sich weiter um. Auf dem Schreibtisch stand ein gläserner Bilderrahmen. Darin das Foto einer jungen, hübschen Frau mit schulterlangen roten Haaren. In ihren Augen lag etwas unendlich

Trauriges, das Stefan nicht zu deuten vermochte. Vermutlich handelte es sich bei der jungen Frau auf dem Foto um Wittwers Tochter.

„Also“, riss ihn der Spediteur aus den Gedanken und beugte sich vor. „Was kann ich für Sie tun, Herr Seiler? Wie mir Frau Vogel mitteilte, sind Sie vom Radio?“ Er sprach langsam und wohlakzentuiert.

„Ja, das ist richtig. Von der Wupperwelle. Es geht um die geköpften Pinguine.“ Stefan lächelte unverbindlich.

„Eine sehr unangenehme Geschichte.“

Stefan nickte. „Jemand vergreift sich an den Pinguinen ... und das nicht zum ersten Mal.“

„Die Polizei hat es offenbar mit einem Serientäter zu tun“, lächelte Wittwer ein wenig süffisant. „Ich hörte davon.“ Den Besuch der Kripo verschwieg er.

„Als Journalist verfolge ich die Geschichte mit großem Interesse.“

„Was kann ich für Sie tun?“, wiederholte er mit einem Blick auf die goldene Armbanduhr und lehnte sich in seinem Sessel zurück.

„Der letzte geköpfte Pinguin gehörte Ihnen. Karlheinz Kötters und Fritz Plungers Pinguine wurden ebenfalls beschädigt.“

„Allerdings – aber was hat das eine mit dem anderen zu tun?“

„Kötter kam vor zwei Tagen bei einem äußerst mysteriösen Verkehrsunfall auf dem Johannisberg ums Leben.“

Kurz sah Stefan Überraschung in Wittwers Blick auftauchen, dann hatte sich der Spediteur wieder unter Kontrolle. „Er hatte nicht nur Freunde“, stellte Wittwer fest. Scheinbar zweifelte er die Unfalltheorie an und glaubte an ein Verbrechen.

„Haben Sie nur Freunde?“

„Was wollen Sie damit sagen?“ In seinem Augenwinkel zuckte es nervös. Wittwer hatte Mühe, sich unter Kontrolle zu halten. Hinter seiner hohen Stirn arbeitete es.

„Bitte verstehen Sie mich nicht falsch“, sagte Stefan schnell. „Aber ich glaube, dass vielleicht jemand einigen Unternehmern unserer Stadt nach dem Leben trachten könnte, um es mal so auszudrücken. Und letzte Nacht wurde Ihr Pinguin geköpft."

„Aus polizeilicher Sicht eine reine Sachbeschädigung. Ärgerlich, aber bestimmt nicht lebensbedrohlich", entgegnete Wittwer abweisend und legte die Fingerspitzen beider Hände aneinander, ohne seinen Besucher aus den Augen zu lassen.

Doch Stefan ließ sich nicht irritieren. „Also haben Sie die Polizei eingeschaltet?"

„Natürlich, ich habe Anzeige gegen Unbekannt erstattet."

„Machen Sie sich keine Gedanken?"

„Warum sollte ich?"

„Weil es einen Zusammenhang geben könnte."

„Sie haben eine lebendige Fantasie, Herr Seiler." Wittwer lachte, doch es klang nicht wirklich amüsiert. „Die Polizei hat keine Vermutungen in diese Richtung. Sie können also beruhigt sein."

Doch Stefan gab noch nicht auf. Aus Wittwers Mund hatte es geklungen, als wäre Kötter nicht bei einem Unfall ums Leben gekommen. War er das Opfer eines Tötungsdeliktes geworden? Er hakte nach. „Ist Ihnen in den letzten Tagen etwas aufgefallen? Eine Besonderheit, eine Unregelmäßigkeit? Hat man Sie beobachtet, gab es irgendwelche Drohbriefe oder Anrufe?"

„Ich bitte Sie, Herr Seiler!" Wittwer machte eine wegwischende Handbewegung. „Nichts dergleichen, absolut nichts." Nervös rang er mit den fleischigen Fingern und starrte auf seine rotbraune Schreibtischplatte. „Absolut nichts", wiederholte er dann, etwas leiser.

Stefan spürte, dass er log. Dennoch erhob er sich. Er reichte Wittwer seine Karte mit dem roten Doppel-W der Wupperwelle. „Wenn Ihnen doch noch etwas einfällt, rufen Sie mich einfach an."

„In Ordnung." Wittwer betrachtete das Logo des Senders, dann ließ er die Karte kommentarlos in der Brusttasche seines Hemdes verschwinden.

Stefan verabschiedete sich. Frau Vogel hielt es nicht für nötig, aufzublicken, als er an ihrem Schreibtisch vorbeiging. Sie klapperte auf ihrer Tastatur herum wie ein Specht am Baumstamm. Stefan war es egal. Er hatte genug erfahren. Als er zu seinem Käfer ging, stoppte ein Lieferwagen in den Hausfarben der Spedition Wittwer vor dem Lager. Zwei Mitarbeiter stiegen aus. Die Hecktüren des dunkelgrünen Sprinters wurden geöffnet, der geköpfte Pinguin ausgeladen und ins Lager geschleppt. „Das hat er nun davon", lachte einer der Arbeiter. „Was treibt er sich auch mitten in der Nacht draußen rum, der blöde Pinguin?"

Sein Kollege kicherte. Er deutete mit dem unrasierten Kinn zum Verwaltungsgebäude, aus dem Stefan eben gekommen war.

„Das sollte man mit dem Alten auch mal machen – verdient hätte er es."

Stefan hatte genug gehört. Nachdenklich schloss er die Fahrertür des Käfers auf und klemmte sich hinter das Steuer. Es war schon spät, und am Nachmittag würde er das Fußballspiel des WFC live aus dem Stadion Zoo kommentieren. So stand es jedenfalls auf dem Dienstplan der Wupperwelle, den er selber geschrieben hatte.

Samstag, 12:45 Uhr, Schwebebahnhof Kluse

Der hagere Junge, der am Bahnsteig der Schwebebahnstation Kluse auf und ab lief, war etwas über zwanzig Jahre und hätte dem Video eines Musiksenders entsprungen sein können. Seine Gesichtszüge waren weich, fast mädchenhaft. Darüber konnte auch der Flaum, der so etwas wie Bartwuchs andeuten sollte, nicht hinwegtäuschen. Er trug ein Kapuzenshirt, viel zu weite Jeans und ein verkehrt herum aufgesetztes Baseballcap. Sechzig Prozent Arsch, vierzig Prozent Hose, so nannte man das wohl. Es war die Art Hose, die schon im Regal des Kaufhauses vollgeschissen aussieht. Er wartete mit einer Rentnerin und zwei schwatzenden Müttern auf dem Bahnsteig. Unruhig marschierte er auf und ab und betrachtete den Zeiger der Uhr, der beständig wanderte. Es war Mittag. Ein sonniger Tag. Er hasste diese verdammte Hitze.

In den Zeitungen standen täglich neue Horrormeldungen rund um die nicht mehr aufzuhaltende Klimakatastrophe. Die Polkappen schmolzen, und unten auf der B7 staute sich der Verkehr. Hatten diese Idioten denn noch nie die Werbung mit der furzenden Kuh gesehen? Manchmal wunderte er sich über diese bescheuerte Gesellschaft. Aber augenblicklich kreisten seine Gedanken um ein anderes Thema. Die Bahn lief ein, mit leisem Summen öffneten sich die Türen des leicht pendelnden Zuges. Passagiere stiegen aus, ohne ihn eines Blickes zu würdigen.

Als der Weg frei war, bestieg er die Schwebebahn und suchte sich einen Sitzplatz im hinteren Teil des Zuges. Niemand beachtete ihn, und das war ihm auch ganz recht. Laut ratternd schlossen sich die Türen. Mit einem leisen Surren der Triebwerke auf dem Dach der Bahn setzte sich der orange-blaue Zug in Richtung Elberfeld in Bewegung. Während die Bahn die Bundesallee überquerte, dachte er an das, was hinter ihm lag. Vielleicht war er einen Schritt zu weit gegangen, aber er bereute nichts. Jemand musste endlich ein Zeichen setzen. Ein siegessicheres Grinsen lag auf seinem Gesicht. Dort vorne, links hinter dem Sichtschutz zum Fahrerstand der Bahn, saß sie. Ein strubbeliger blonder Wuschelkopf, strahlend blaue Augen. Sie trug knallenge Jeans, darüber ein kurzes Top. Obwohl fast zehn Jahre älter als er, empfand er sie als attraktiv. Sie hatte ihn nicht bemerkt und blickte durch das Fenster der Schwebebahn hinaus. Unter ihnen lag die Wupper, weiter vorn zeichnete sich das 1926 eröffnete Gebäude des Schwebebahnhofes Döppersberg ab. Die Zeit wurde knapp, wenn er noch etwas erreichen wollte. Er war kein Stümper und hatte sorgfältig recherchiert. Dabei hatte er herausgefunden, dass sie üblicherweise hier ausstieg. Hastig sprang er auf und rempelte sich den Weg nach vorn frei. „Ich glaub' es nicht", rief er dann, als er am vorderen Türpaar des Zuges angelangt war, in ihre Richtung. Die blonde Frau wandte den Kopf und musterte ihn mit fragendem Blick.

„Heike Göbel – die Heike Göbel!", rief er beeindruckt. Einige

Fahrgäste in der Bahn starrten sie an. Vermutlich kannten sie den Namen aus dem Radio und freuten sich nun, einmal das dazugehörige Gesicht zu sehen.

Heike stutzte. Ihr war die Situation peinlich. Sie kannte den jungen Mann mit der tiefsitzenden Jeans und dem Kapuzenshirt nicht. Anfang zwanzig und unrasiert, unterschied er sich kaum von zahlreichen anderen jungen Männern in seinem Alter. Dunkelblonde Haare lugten unter seinem Cap hervor. Seine strahlend blauen Augen funkelten.

„Kennen wir uns?", fragte Heike. Sie betrachtete den Knaben, der sie an Oliver Pocher von vor zehn Jahren erinnerte.

„Noch nicht", erwiderte der junge Mann und schob sich das falsch herum aufgesetzte Baseballcap in den Nacken. „Ich bin Mike Müller."

„Müller, wie Meier?" Heike hatte Mühe, sich ein Grinsen zu verkneifen. „Oder andersrum?"

Er nickte. „Ja, sozusagen", grinste er. „Ein ziemlich spießiger Name, findest du nicht? Aber ich kann ja nichts dafür, und ..."

„Und woher kennen wir uns?"

„Vom Sender, ich bin der neue Praktikant. Hab' dich heute früh kurz in der Redaktion gesehen. Eckhardt war ja außer sich, wegen dem blöden Pinguinkopf."

„Tut mir leid", erwiderte Heike und lächelte. Ihr war der junge Kollege in der Redaktion nicht aufgefallen. „Ich war lange im Hauptstadt-Studio und weiß noch nicht, wer jetzt zu meinen Kollegen im Sender zählt."

„Das macht nichts", erwiderte er. „Ich habe schon so viel von dir gehört. Die Schwebebahn-Erpressung, der Korruptionsskandal, der Mord an dem Filmschauspieler, all das hast du aufgetan. Allesamt heiße Storys." Der Junge zog respektvoll die Mundwinkel nach unten. „So gesehen bist du mein großes Vorbild." Müller blickte sich um, als der orange-blaue Zug in den Döppersberg einfuhr.

„Ich muss hier raus. Kommst du mit?"

„Wie bitte?" Heike runzelte die Stirn.

„Darf ich dich einladen? Ich hab' so viel gehört von dir. Und jetzt würde ich die berühmte Heike Göbel gern auf ein Bier einladen."

Heike, die zu Stefans Wohnung in der Marienstraße unterwegs war, erhob sich. Es war Samstagmittag, und Stefan hatte die Sportsendung übernommen. In einer Stunde begann das Spiel des WFC. Stefan berichtete für die Hörer der Wupperwelle live aus dem Stadion am Zoo. Und der junge, flippige Kollege war ihr sympathisch. Sie lächelte ihn an. „Warum eigentlich nicht?"

Mike Müller strahlte. „Eben. Und du musst mir verdammt viel erzählen."

Samstag, 15:20 Uhr, Zoo Stadion

„Schade, schade, das wäre eine so schöne Torchance gewesen, meine Damen und Herren. Ich bin sicher, dass ... jetzt kann Björn Felder im Strafraum des Gegners, nein, das kann nicht gehen, das muss doch ... nein, das ist doch ... er setzt an, ist allein vor dem gegnerischen Tor, zielt, setzt an, und ... Toooor, das ist das dritte Tor für den WFC!" Stefans Stimme überschlug sich. Während er die Ereignisse im Stadion Zoo aus der Pressetribüne voller Leidenschaft kommentierte, linste er zur Uhr. Noch anderthalb Minuten. Er presste das Mikrofon mit dem schwarz-roten Logo der Wupperwelle fester gegen die Lippen: „Er schießt, und was dieser Spieler anfängt, das bringt er auch konsequent zu Ende, meine Damen und Herren. Das ist einfach unglaublich!" Stefan brach ab und warf einen Blick nach rechts. Dort stand Fritz Plunger, der Präsident des Wuppertaler Fussballclubs, und schüttelte erbost die Fauste. Stefan verstand nicht, warum der Präsident sich nicht über das Tor seines Stürmers freuen konnte, und beschloss, ihn später im Interview danach zu fragen.

Samstag, 15:25 Uhr, Von-der-Heydt-Museum

„Ich steh' auf Provokationsjournalismus", erklärte Mike mit leuchtenden Augen. Sie saßen sich an einem Tisch in Fensternähe des Cafés im Von-der-Heydt-Museum gegenüber. Draußen zogen die Menschen durch die Fußgängerzone am Turmhof, ohne das Museum eines Blickes zu würdigen. Am Samstagnachmittag, zudem bei prächtigem Sonnenschein, war die Elberfelder Fußgängerzone proppenvoll. Mütter zirkelten mit ihren Kinderwagen durch das Gewühl, ältere Damen plapperten aufgeregt durcheinander, und ein paar elegant gekleidete Geschäftsleute betrachteten die Fassade eines gegenüberliegenden Wohn- und Geschäftshauses. Nur noch wenige Wuppertaler wussten, dass im heutigen Von-der-Heydt-Museum einst das Elberfelder Rathaus untergebracht war. Heute wurden in dem prächtigen klassizistischen Quaderbau von 1842 bedeutende Kunst- und Gemäldesammlungen präsentiert, die Besucher von überall ins Tal lockten. Prächtige metallene Skulpturen in Form von übergroßen Greifvögeln an den vier Ecken flankierten, verbunden durch eine schmiedeeiserne Reling, die Dachkanten. Heike liebte den Charme des altehrwürdigen Gebäudes. Im Museumscafé, das seinerzeit vom französischen Künstler Daniel Buren gestaltet worden war, herrschte um diese Uhrzeit nur mäßiger Betrieb.

Heike hatte sich am Vormittag eine kleine Wohnung am Sedansberg angesehen, die sie jedoch nicht mieten wollte, weil das Haus in einem schlechten Zustand war und ihr die Miete zudem überteuert vorgekommen war. Egal, sie würde weiter suchen. Jetzt saß sie hier und hörte dem jungen Mann zu, der so für sie schwärmte.

Heike beobachtete Mike amüsiert. „Was meinst du mit Provokationsjournalismus?", nahm sie den Faden auf und betrachtete den jungen Kollegen.

„Nenn es, wie du willst. Ich provoziere gern. Ich will die Reaktionen der Menschen haben, wenn sie in die Enge getrieben werden, und dann zeigen, wie sie wirklich sind."

„Du willst dich profilieren", stellte sie schmunzelnd fest.

„Eine gesunde Profilneurose gehört zum Job."

„Kannst du mir mal ein konkretes Beispiel nennen?"

„Könnte ich", grinste er. „Aber ich möchte nicht. Noch nicht. Derzeit arbeite ich an einer ganz heißen Geschichte, mit der ich bei Eckhardt richtig punkten werde. Dann ist mir das Volontariat im Sender bestimmt sicher."

Eine Kellnerin kam und brachte ihnen zwei Bier. Sie fragte, ob sie auch etwas zu essen ordern wollten, doch beide verneinten. Heike fragte sich inzwischen, was dieser junge Kollege eigentlich von ihr wollte. Erst suchte er den Dialog mit ihr, und jetzt machte er dicht. Mike Müller schien ihre Reaktion bemerkt zu haben, denn er lenkte ein. „Aber genug von mir", sagte er schnell. „Jetzt will ich was von dir erfahren, etwas von dir lernen!"

Heike musste lachen. „Was willst du denn hören? Ich habe den gleichen Weg hinter mir wie du. Abi am Gymnasium der Siegesstraße, heute Ganztagsgymnasium Johannes Rau. Wusstest du, dass Rau tatsächlich dort bis 1948 die Schulbank drückte?"

„Also hast du ihn ganz knapp verpasst?" Mike grinste.

„Schönen Dank auch", lächelte Heike.

„Das mit Rau wusste ich ehrlich gesagt nicht."

„Er verließ die Schule nach dem neunten Schuljahr auf Drängen seines Vaters, weil der Gute wohl öfters dort die Schule geschwänzt hatte. Das unterscheidet ihn übrigens von mir." Sie lächelte nachdenklich, als sie an den ehemaligen Bundespräsidenten dachte, dessen Wurzeln in Wichlinghausen gelegen hatten. Obwohl sie mit Politik nicht allzu viel am Hut hatte, war Rau ihr schon immer sympathisch gewesen. Weil er nie seine Wurzeln vergessen hatte und stets ein Mensch geblieben war. Mit seinen „Dönekes", die er gern bei jeder Gelegenheit an den Mann, beziehungsweise an die Frau, gebracht hatte, konnte er jeden in seinen Bann ziehen. Obwohl er Wuppertal und seinem Haus am Katernberg aus beruflichen

Gründen den Rücken gekehrt hatte, so war sein Herz stets in Wuppertal geblieben. Und kurz vor seinem Tod im Jahr 2006 hatte Heike in Berlin ein Interview mit ihm führen dürfen. Eine hohe Ehre für sie und die Wupperwelle. Umso schwerer hatte sie die Nachricht von seinem Tod getroffen. Heike räusperte sich und fuhr fort: „Na ja, danach habe ich ein paar Semester studiert, zuerst hier in Wuppertal, dann in Köln. Im Anschluss ein Praktikum und ein Volontariat bei den Kollegen von der schreibenden Zunft, und dann kam über den Bürgerfunk der Einstieg bei der Wupperwelle. Radio hat mich schon immer fasziniert. Es gibt kein schnelleres Medium, niemand ist aktueller. Daraufhin noch mal ein schlecht bezahltes Volontariat, und danach bin ich erst als freie, dann als feste Mitarbeiterin bei der Wupperwelle gestrandet." Bei der Wupperwelle gestrandet, wiederholte sie in Gedanken. Wie blumig! „Und bis heute bin ich dem Sender treu geblieben. Nicht typisch, denn viele Kollegen wechseln wegen der besseren Bezahlung zu den öffentlich-rechtlichen Sendern."

„Das ist also kein dummes Gerede? Wird man bei den öffentlich-rechtlichen Sendern wirklich besser bezahlt?" Mike blickte sie erstaunt an. Seine Augen leuchteten fasziniert, und beinahe hätte Heike ihm gegenüber so etwas wie einen mütterlichen Instinkt entwickelt, bei so viel Naivität. Sie lachte auf. „Ja, das ist wirklich so. Aber ich habe es jetzt bei meinem Aufenthalt in Berlin gesehen: Die Welt ist so verdammt groß, doch ich liebe Wuppertal. Hier bin ich geboren, und hier werde ich mit großer Sicherheit auch sterben. Diese Stadt hat zwar viele Macken und hässliche Ecken, aber sie ist auch so verdammt schön. Diese Schönheit erkennt man zugegebenermaßen oft erst auf den zweiten Blick, aber es gibt sie!"

„Du bist verliebt in deine Stadt?"

„Das klingt fast wie Else Lasker-Schüler", lachte Heike. Dann nickte sie. „Aber es ist wirklich so. Und ich liebe es, für die Bewohner dieser Stadt über all die interessanten Dinge, die hier geschehen, zu berichten."

„Hey, du bist ja eine richtige Lokalpatriotin."

„Sozusagen, ja", räumte Heike ein, als ihr Handy vibrierte. Sie murmelte eine Entschuldigung und zog das Telefon hervor. Wie sie mit einem Blick auf das Display feststellte, rief Stefan an.

„Ich dachte, du machst die Liveübertragung vom Spiel des WFC im Stadion?"

„Die mach' ich auch", erwiderte Stefan. „Das Spiel ist zu Ende, und ich wollte ein Interview mit Fritz Plunger, dem Präsidenten, führen."

„Und? Was hindert dich daran?"

„Er ist tot. Plunger wurde ermordet in seiner Kabine gefunden. Und zwar von mir. Sobald Kommissar Verdammt hier auftaucht, geht es mir an den Kragen. Es wird ein gefundenes Fressen für Ulbricht sein, dass ausgerechnet ich die Leiche entdeckt habe. Sag schon mal dem Chef Bescheid, dass ich später komme. Und telefonier mit meinem Anwalt. Heike, verdammt, mir geht der Arsch auf Grundeis." So etwas hatte Stefan schon einmal erlebt. Damals, bei dem wohlhabenden Harald Spielberg, der sich vor seinen Augen das Leben genommen hatte.

„Was?" Heike wurde es heiß. Das Blut schoss in ihr Gesicht.

„Plunger ist tot", wiederholte Stefan aufgewühlt. „Du musst sofort zum Sender und einen Beitrag vorbereiten. Ich werde dir dann am Telefon Rede und Antwort stehen. Schaffst du das bis zu den nächsten Lokalnachrichten?"

Heike nickte, was er am anderen Ende der Leitung natürlich nicht sehen konnte. „Klar, ich bin schon unterwegs." Ohne eine Antwort abzuwarten, drückte sie den roten Knopf am Handy.

„Ich muss leider sofort weg", sagte sie an Mike Müller gewandt und winkte der Bedienung.

„Lass mal, das übernehme ich", erwiderte er schnell und zückte seine Geldbörse. „Ist etwas Schlimmes ... ich meine ..."

„Ich kann noch nicht darüber reden, sei nicht böse!" Heike sprang auf. „Und danke dir für das Bier!" In Gedanken war sie schon bei dem ermordeten Präsidenten des Fußballclubs. Obwohl sie keine näheren Umstände kannte, beschlich sie eine düstere Ahnung.

Samstag, 16:05 Uhr, Redaktion der Wupperwelle

Die Kollegen musterten Heike mit fragendem Blick, als sie atemlos in der Redaktion der Wupperwelle auftauchte. „Hast du kein gemütliches Zuhause?“, wurde sie von Karin Dahl begrüßt. Karin hatte gleich Sendung. Sie hielt einen Stapel Manuskripte unter dem Arm und einen Kaffeebecher in der rechten Hand. Karin Dahl war ein Jahr jünger als Heike. Das lange dunkle Haar reichte ihr bis zu den Schultern. Zu einem Trägershirt trug sie eine figurbetonende weiße Caprihose und Flip-Flops. Heike wusste, dass Karin schon seit langer Zeit ein Auge auf Stefan geworfen hatte. In letzter Zeit hatte sie ja genug Gelegenheit gehabt, Stefan anzumachen, dachte Heike und bezweifelte, dass Karin sich über ihre Rückkehr in die Redaktion der Wupperwelle wirklich freute.

„Nicht wirklich“, erwiderte Heike nun. „Das Appartement in Berlin ist mir zu weit weg. Jetzt bin ich auf Wohnungssuche. Wenn du eine schöne Wohnung für mich weißt?“

Karin Dahl überlegte kurz und schüttelte dann die dunkle Mähne. „Leider nicht, aber ich halte Augen und Ohren offen. Wo schläfst du jetzt?“

„Ich werde wohl bei Stefan wohnen, bis ...“

„Klar“, unterbrach Karin sie. „Bietet sich ja an. Er freut sich ja auch riesig, dass du endlich wieder zurück in der Stadt bist.“ Spott lag in ihrer Stimme, während sie Heike anlächelte. „Sicherlich wird er traurig sein, dass du etwas Eigenes suchst.“

„Das glaube ich nicht. Er möchte sich auch mal zurückziehen können. Und die Wohnung an der Marienstraße ist sein Reich, und dass soll auch so bleiben. Wir sind schließlich nicht verheiratet.“ Heike hatte keine Lust, das Gespräch fortzuführen, und blickte sich in der Redaktion um. Momentan befanden sich nur drei Kollegen in dem Großraumbüro des Senders. Roland Kracht, den Nachrichtenredakteur, nahm sie sich gleich zur Seite. „Komm mal mit“, rief sie und zupfte an seinem Ärmel herum.

Im gläsernen Studio stand Manfred Jordan und winkte ihr zu, während er moderierte.

Karin Dahl, die in einer Stunde die Wuppercharts moderieren würde, ordnete ihre Moderationen und musterte Heike und Roland mit fragendem Blick. Dann ließ sie sich an ihrem Schreibtisch nieder.

„Was ist denn so wichtig?“ Kracht hatte eben die Sechzehn-Uhr-Nachrichten verlesen und musste sich auf die Lokalnachrichten vorbereiten. Zwischen den Sendungen hatte er kaum zwanzig Minuten. Der Job des Nachrichtenredakteurs war Stress pur. Dennoch folgte er Heike, die sich an ihrem Schreibtisch niederließ. „Plunger ist tot“, entfuhr es ihr atemlos. „Ermordet. Stefan ist dort und hat das Spiel kommentiert. Als er Plunger nach Spielende in seiner Kabine interviewen wollte, fand er ihn tot auf. Ist das nicht ...“

„Krass ...“, entfuhr es Roland Kracht, während er seinen Bart zupfte. Seine Augen funkelten durch die Gläser seiner Brille. „Wie wäre es mit einer Live-Schalte?“

„Deshalb bin ich hier“, erwiderte Heike. „Du machst die Nachrichten, und ich kümmer mich um Stefan und den Stand der Dinge im Stadion.“

Kracht sprang auf. „Ist gebongt.“ Er stürmte zu seinem Schreibtisch. „Hey“, rief er dann, drehte sich um und grinste Heike dankbar an. „Schön, dass du wieder da bist.“

Sie lächelte. „Finde ich auch.“ Dann googelte sie Fritz Plunger. Er war verheiratet, ein Kind. Fußball hatte er schon immer gespielt, anfangs in der Jugendmannschaft, später dann als Amateur im WFC. Es folgte der Einstieg als Profifußballer und schließlich Mannschaftskapitän. Irgendwann war er in den Vorstand des Vereins aufgestiegen. Gekrönt wurde seine Vereinskarriere, als er zum Präsidenten des WFC gewählt wurde. Auf dem Höhepunkt seiner Karriere dann der eiskalte Mord. Doch davon stand noch nichts im Internet.

Samstag, 16:20 Uhr, Zoo Stadion

Ihn empfing die übliche Betriebsamkeit am Tatort. Norbert Ulbricht bahnte sich den Weg durch die Ränge des Stadions. Die fast viertausend Zuschauer verließen das Stadion bereits. Die Fußballfans hatten nichts vom Tod des WFC-Präsidenten Plunger mitbekommen. Einige Gäste suchten noch den Gastronomiebereich auf. Uniformierte Polizisten wiesen Kommissar Verdammt den Weg zu den Kabinen. Hier befand sich auch der Raum von Fritz Plunger. Rot-weißes Flatterband mit der Aufschrift „Polizei-Absperrung“ war quer über den Gang gespannt. Ulbrichts Laune war auf dem Tiefpunkt. Es war ein sonniger Samstagnachmittag, und er hatte es sich gerade auf dem Balkon seiner Mietwohnung in Barmen gemütlich gemacht, als das Telefon geklingelt hatte. Eigentlich wollte er ein paar Stunden Schlaf nachholen, denn die Ermittlungen im Mordfall Karlheinz Kötter liefen immer noch auf Hochtouren, ohne dass bisher etwas dabei herausgekommen wäre. Sicherlich würde es nicht mehr lange dauern, bis einer der Presseleute dahinter kam, dass Kötter ermordet worden war. So lange wie möglich sollte die Version, dass es sich bei Kötters Tod um einen tragischen Verkehrsunfall mit Fahrerflucht handelte, aufrechterhalten werden. Es wurmte ihn, dass er in dem Fall nicht weiterkam.

„Mahlzeit, Männer“, begrüßte er die Kollegen, die dafür sorgten, dass keine ungebetenen Besucher am Tatort Spuren verwischten.

„So allein?“, wurde er von einem Streifenpolizisten begrüßt. „Wo ist denn Heinrichs?“

Ulbricht verzog keine Miene.

„Zurück im Kindergarten. Ich konnte ihn nicht mehr ertragen. Wo ist der Tote?“

„In seiner Kabine. Der Notarzt ist auch schon da.“ Der Kollege führte Kommissar Verdammt am Absperrband vorbei in den hinteren Teil des Ganges. Seite an Seite betraten sie Plungers Kabine. Das Opfer lag rücklings auf dem Boden. Die Augen weit aufgerissen, schien er im Angesicht des Todes anklagend zur Zimmerdecke heraufzustarren. In Brusthöhe war sein Jackett blutdurchtränkt. „Erschossen?“

Dr. Dirkes, der über den Toten gebeugt war, blickte zu Ulbricht auf und nickte. Er erhob sich, zog die Handschuhe aus und reichte dem Kommissar die Hand. „Schuss aus nächster Nähe. Ziemlich kaltblütig, wenn Sie mich fragen.“

„Wenn Sie mich fragen, sehen wir uns in letzter Zeit zu oft“, brummte Ulbricht.

Dirkes lächelte. „Das liegt nicht an mir. Wenn Sie ...“

Ulbricht winkte ab. „Ja ja, ich weiß. Wenn wir den Täter von Donnerstagabend schon hätten, dann könnten wir jetzt den Samstagnachmittag vielleicht an einem schöneren Platz genießen.“

„Das klingt, als würden Sie vermuten, dass es sich hier um den gleichen Täter handelt, wie bei Karlheinz Kötter“, stellte der Notarzt fest.

„Ich vermute gar nichts“, schüttelte Ulbricht den Kopf. Die Klugscheißerei des Arztes begann ihn zu nerven. „Aber dafür sind ja die Kollegen der Spurensicherung und der Kriminaltechnik da. Also – immer schön der Reihe nach für einen alten Mann. Was haben Sie festgestellt, Dirkes?“

„Wie gesagt – Tod durch einen gezielten Schuss aus nächster Nähe, anscheinend direkt ins Herz. Näheres muss die Rechtsmedizin klären.“

Ulbricht wandte sich zu den uniformierten Polizisten um. „Gibt es Zeugen?“

Kopfschütteln. Ulbricht seufzte. Er hatte es geahnt. Viertausend Personen im Stadion, und niemand hatte mitbekommen, dass der Präsident des Wuppertaler Fußballclubs erschossen wurde.

„Wer hat ihn gefunden?“

Die Männer drucksten herum. „Ein Herr Seiler.“

„Seiler?“ Ulbricht runzelte die Stirn. Das war ein Griff in die Kloschüssel. „Der Seiler vom Radio?“

Die Polizisten nickten. „Er wollte nach dem Spielende zu Plunger, um ein Interview mit ihm zu machen. Als er die Kabine betrat, lag Plunger tot da.“

„Wo ist Seiler jetzt?“

„In einem Nebenraum.“

Ulbricht ließ sich den Weg erklären und machte auf dem Absatz kehrt. Draußen auf den Rängen war es ruhig geworden. Ulbricht stand auf der überdachten Haupttribüne. Weiter hinten sah er die sanften grünen Hügel, an denen auch der Zoo lag. Gedämpft drang Straßenlärm von der Sonnborner Straße an seine Ohren. Aus den Lautsprechern des Stadions drang jetzt Musik. Man übertrug das Programm der Wupperwelle. Ulbricht bekam ein flaues Gefühl im Magen. Auf dem Weg zu Seiler friemelte er eine Zigarette aus der Tasche seines dünnen Sommermantels. Er hoffte, dass Seiler noch keine Dummheiten gemacht hatte.

Samstag, 16:30 Uhr, Lokalnachrichten der Wupperwelle

„Es ist halb fünf. Sie hören Lokal im Tal, mein Name ist Roland Kracht, schönen guten Tag! Wie wir vor wenigen Minuten erfahren haben, ist Fritz Plunger, der Präsident des Wuppertaler Fußballclubs, tot aufgefunden worden. Alles deutet derzeit auf einen Mord hin. Mehr nach den Kurzmeldungen aus aller Welt.“

Sie standen zu zweit am Pult im Studio. Heike trug ein Headset, ebenso der diensthabende Nachrichtenredakteur der Wupperwelle. Unmittelbar vor der Sendung hatte Heike noch mit Stefan telefoniert. Und jetzt war Showdown. Heike liebte solche Momente, denn dann konnte sie beweisen, dass es kein schnelleres Medium als das Radio gab.

Inzwischen hatte Roland Kracht die Schlagzeilen der anderen

Nachrichten verlesen. Kurze Pause, er blendete einen „Wupperwelle Exklusiv"-Jingle ein, dann fuhr er fort.

„Meine Kollegin Heike Göbel ist jetzt bei mir im Studio." Er nickte Heike zu. „Heike, was ist denn da genau im Stadion passiert?"

„Ja, Roland, nachdem der WFC das Regionalligaspiel gegen Rotweiß Eifel mit einem sensationellen drei zu null gewonnen hatte – die Wupperwelle hat das Spiel ja live übertragen –, bemerkte unser Reporter im Stadion einige Auffälligkeiten."

„Auffälligkeiten?" Kracht zog eine Augenbraue hoch.

„Ja, Roland. Unserem Reporter Stefan Seiler war aufgefallen, dass Fritz Plunger mit dem Erfolg seines Vereins in keiner Weise zufrieden war, im Gegenteil: Er schien sich über die drei Tore zu ärgern. Ein sehr seltsames Verhalten, das uns inzwischen auch durch andere Augenzeugen bestätigt wurde."

„Es heißt, dass Plunger nach dem Spiel tot in seiner Kabine aufgefunden wurde."

„Das ist richtig. Unbestätigten Berichten zufolge starb Plunger an einem Schuss aus nächster Nähe, den der Täter vermutlich aus einer Waffe mit Schalldämpfer abgegeben hat, da niemand den Mord bemerkt hat. Auch in den Nachbarkabinen hat niemand einen Schuss gehört."

„Gibt es schon eine offizielle Stellungnahme?"

„Nein, noch nicht. Aber wir bleiben am Ball, und sobald sich im Mordfall an Fritz Plunger etwas Neues ergibt, erfahren Sie es hier auf der Wupperwelle zuerst."

„Vielen Dank, das war meine Kollegin Heike Göbel zum wahrscheinlichen Mord am Präsidenten des WFC, Fritz Plunger. Nun zu den weiteren Themen."

Heike setzte das Headset ab und verschwand mit einem Kopfnicken aus dem Studio, während ein vorproduzierter Beitrag lief. Sie musste recherchieren. Und um jeden Preis der Welt wollte sie den Fall der ungeklärten Morde aufdecken.

Samstag, 16:40 Uhr, Stadion Zoo

„Verdammte Scheiße, Seiler, was bilden Sie sich ein?“, wetterte Ulbricht, als er in den kleinen, fensterlosen Raum stürmte. Die Tür schlug laut knallend an die dahinterliegende Wand und schwang zurück. Stefan Seiler hockte zusammengesunken auf einem einfachen Stuhl und tippte einige Zeilen auf dem Laptop. Sein Baseballcap hatte er tief in den Nacken geschoben. Jetzt blickte er erschrocken auf. „Was habe ich gemacht?“ Er grinste schief. „Kommissar Ulbricht, herzlich wie immer!“

„Warum geht der Tod von Plunger über den Sender, obwohl Sie mich nicht gefragt haben?“

„Weil die Nachrichten schon um halb gelaufen sind und wir noch keine Gelegenheit hatten, um ...“

„Das habe ich gehört, verdammt!“ Ulbrichts Gesicht hatte eine gefährliche Zornesröte angenommen. „Die Lautsprecher im Stadion übertragen ja das Programm der Wupperwelle!“

„Das hat niemand mehr gehört, weil die Fußballfans das Stadion längst verlassen hatten. Und außerdem“, fuhr Stefan unbeeindruckt fort. „... gibt es keine Nachrichtensperre.“

„Ab jetzt gibt es eine.“ Ulbricht schlug mit der Faust auf den Tisch. Stefans Notebook vollführte einen kleinen Hüpfer, woraufhin er das Gerät zuklappte. „Nichts geht mehr über den Tod von Plunger über den Sender, ist das klar?“

„Klar“, erwiderte Stefan etwas kleinlaut. Er ahnte, dass es Ärger mit Michael Eckhardt geben würde, wenn sich der Polizeisprecher bei seinem Freund Eckhardt ausheulen würde.

Ulbricht zwang sich zur Ruhe. Er atmete ein paar Mal tief durch, dann plumpste er wie ein nasser Sack auf den Stuhl neben Stefan. „So“, sagte er. „Und jetzt erzählen Sie mal, was da los war. Ich will jedes Detail wissen!“

Stefan berichtete ihm, wie er nach Spielende von der Tribüne aufgebrochen war, um Plungers Kabine aufzusuchen. Immerhin wollte er der Erste sein, der über das seltsame Verhalten des WFC-

Präsidenten berichtete. Das konnte ihm schließlich niemand verübeln. Immerhin war er Journalist.

„Ist Ihnen niemand aufgefallen?"

„Keiner", murmelte Stefan. „Zumindest ist mir niemand flüchtenderweise in die Arme gerannt, wenn Sie das meinen." Stefan strich über die Klappe seines Notebooks und dachte nach. „Das heißt ... da war eine Putzfrau. Sie trug die übliche Kleidung: Latschen, einen weißen Kittel. Sie hat einen Schrubber in der einen Hand, und einen Eimer in der anderen Hand. Somit hatte sie keine Hand mehr frei für 'ne Knarre."

„Ziemlich dürftig, Ihre Personenbeschreibung."

Stefan überlegte. Er hatte die Frau nur im Vorbeigehen gesehen und sich das Gesicht der Reinigungskraft nicht eingeprägt. Der Schock tat sein Übriges. „Sie war kleiner als ich", setzte er dann an. „Zierliche Erscheinung, schwarze Haare, etwa mein Alter."

„Lange oder kurze Haare?"

„Schulterlang. Sie trug einen Pferdeschwanz, ist vermutlich bei der Arbeit praktischer."

„Wo ist diese verdammte Putzfrau jetzt?"

„Woher soll ich das wissen?" Stefan blickte zu Ulbricht auf. „Fragen Sie die Leitung des Stadions. Da gibt es bestimmt Dienstpläne für das Reinigungspersonal. Es müsste doch ein Kinderspiel sein, die Putzfrau ausfindig zu machen."

Kommissar Ulbricht zog sein Handy aus der Tasche und tippte eilig eine Nummer ein. „Es gibt eine weitere Zeugin, vielleicht sogar eine dringend Tatverdächtige. Schickt mir jemanden, der ein Phantombild anfertigen kann!" Ohne eine Antwort abzuwarten, drückte er den roten Knopf und ließ das Handy in der Tasche seines unmöglich gemusterten Hemdes verschwinden. Stefan fragte sich, warum der Kommissar einen derartigen Aufwand trieb. Er war sicher, dass ein Blick in den Personaleinsatzplan schneller Hilfe brachte. Es sei denn ... es sei denn, die Putzfrau war gar keine echte Putzfrau. Damit würde sie auch nicht im Dienstplan stehen. Infolgedessen hätte sie dann vermutlich etwas mit dem Mord zu tun.

„Eine Frage noch, Kommissar.“

„Was?“ Es klang wie das Knurren eines wütenden Hundes.

„Hat Plunger auch einen Pinguin besessen, den man geköpft aufgefunden hat?“ Obwohl er die Antwort bereits kannte, freute er sich auf Ulbrichts Gesichtsausdruck.

Samstag, 17:15 Uhr, Briller Viertel

Eine verdammt vornehme Wohngegend, dachte Ulbricht, als er den dezent lackierten Dienstwagen unter einem der Schatten spendenden Kastanienbäume parkte. Nachdem er die Wagentür verschlossen hatte, verharrte er kurz und sog die Luft duch die Nase ein. Von weitem hörte man den Lärm der Autobahn als ein leises Rauschen. Ulbricht blickte sich um und bewunderte die eleganten Patrizierhäuser und prachtvollen Villen. Einst hatten hier reiche Fabrikanten am Rande von Wuppertal gelebt, die sich zu vornehm waren, um mit den Arbeitern in einem Viertel zu leben. Deshalb hatten sich die Fabrikanten zu Beginn des 19. Jahrhunderts auf den Nützenberg zurückgezogen. Einst in Randlage, befand sich das Briller Viertel heute durch das Wachstum der Stadt inzwischen fast schon in Elberfelder Zentrumsnähe. Die Reichen waren teilweise weggezogen, ihre Villen zu Mehrfamilienhäusern umgebaut worden. Nur noch vereinzelte Villen waren im Besitz wohlhabender Mitbürger.

Nachdem die Spurensicherung im Stadion ihre Arbeit aufgenommen hatte, war auch Heinrichs auf der Bildfläche erschienen und hatte die Ermittlungen an sich gerissen. Ulbricht konnte das nur recht sein, denn Stefan Seiler, dieser umtriebige Radioreporter, hatte eine Bemerkung gemacht und damit seine schlimmsten Vermutungen ausgesprochen. Vermutlich hatte es jemand auf die High Society der Stadt abgesehen. Das Köpfen der Plastikpinguine konnte er nun als Vorwarnung verstehen oder nur als einen

Dummejungenstreich, der zufällig stattgefunden hatte. Doch Ulbricht wollte nichts mehr riskieren. Und da der Pinguin der Spedition Wittwer geköpft worden war, befand sich sein Besitzer in Lebensgefahr.

Vom Stadion aus hatte es kaum zehn Autominuten gedauert, bis Ulbricht das Briller Viertel erreicht hatte. Hier wohnte der steinreiche Unternehmer Karl Wittwer in einem der alten Herrenhäuser. Dass er ihn am frühen Samstagabend in der Spedition am Hölker Feld antraf, war recht unwahrscheinlich, und so hatte Ulbricht sich zu seiner Privatadresse aufgemacht. Der Kommissar ging auf die mondäne Villa zu. Es gab einen kleinen, aber sorgsam gepflegten Vorgarten mit penibel gestutztem englischen Rasen. Zwei Lärchen spendeten Schatten. Eine breite Treppe mit drei Stufen führte hinauf zum Portal. Ulbricht schritt die breiten Stufen hinauf und legte seinen Finger auf den goldglänzenden Klingelknopf. Drinnen ertönte dumpf ein Gong. „Wittwer“ stand auf dem messingfarbenen Schild neben der Klingel. Kurz darauf näherten sich Schritte, und die Tür wurde geöffnet. Eine Frau mittleren Alters mit schulterlangen roten Haaren öffnete die Tür. Heller Hauttyp, eher unscheinbar, aber sehr hübsch, wie Ulbricht fand. Unauffällig glitt sein Blick an ihr herab. Obwohl sie ein geblümtes Sommerkleid trug, ging etwas Bedrücktes von ihr aus. Sie war dezent geschminkt und wirkte trotzdem blass.

„Ja bitte?“

Kommissar Verdammt zückte seinen Dienstausweis. „Kriminalpolizei, mein Name ist Ulbricht. Ich möchte Karl Wittwer sprechen.“

„Kripo?“ Die Frau errötete und betrachtete Ulbrichts Dienstausweis. Ihre Hände begannen zu zittern, und sie warf irritierte Blicke über Ulbrichts Schultern, fast so, als hätte sie Angst davor, dass die Nachbarn sie beobachten würden. Der Kommissar war solche Reaktionen auf seine Hausbesuche gewohnt und ging nicht darauf ein. Er setzte ein unverbindliches Lächeln auf. „Sie müssen keine Angst haben, es ist nichts geschehen. Es handelt sich lediglich um eine Präventivmaßnahme, wenn Sie so wollen. Es dauert auch nicht lange. Frau Wittwer, nehme ich an?" Um ein Haar hätte er die junge Frau für Wittwers Tochter gehalten. Im letzten Moment hatte er den goldenen Ehering an ihrer rechten Hand bemerkt und seine Schlüsse gezogen. Sie war sicherlich zwanzig Jahre jünger als Karl Wittwer, und kurz überlegte Ulbricht, ob sie ihn wohl nur wegen seines Vermögens geheiratet haben könnte.

„Jessica Wittwer, ja. Kommen Sie herein." Die Frau gab den Eingang frei und führte ihn durch die Halle, die von einer dunklen Holztäfelung beherrscht wurde, in ein riesiges lichtdurchflutetes Wohnzimmer. Im Haus herrschte eine angenehme Kühle. Die Decken waren hoch und stuckverziert, das Mobiliar strahlte eine kalte Eleganz aus. Ulbricht schätzte, dass allein das Wohnzimmer die gleiche Quadratmeterzahl wie seine ganze Mietwohnung in Barmen besaß.

„Ich hätte gern Karl Wittwer gesprochen", wiederholte er nun.

„Mein Mann ist verreist." Sie war hinter ihn getreten und lehnte am Türrahmen. Mit vor der Brust verschränkten Armen betrachtete sie den Kommissar.

„Darf ich wissen, wohin?"

„Er ist geschäftlich in Polen unterwegs." Ihre Miene wirkte versteinert, ihre Lippen waren zu einem schmalen Strich zusammen gepresst.

„Übers Wochenende?", wunderte sich Ulbricht.

„Er ist Spediteur, und das Geschäft kennt kein Wochenende." Etwas Schnippisches lag in ihrer Stimme. Jessica Wittwer schien ihre Selbstsicherheit wiedergefunden zu haben.

Ulbricht ärgerte sich über die kurz angebundene, arrogant wirkende Spediteursgattin. „Das mag sein. Wann kommt er zurück?"

„Vermutlich erst Ende nächster Woche. Ich habe vor einer Stunde mit ihm telefoniert. Er ist in Warschau gelandet und müsste inzwischen in seinem Hotel angekommen sein."

„Das ist gut", erwiderte Ulbricht erleichtert. „Dann möchte ich Sie nicht länger aufhalten." Er wandte sich zur Tür. „Eine Frage noch. Ist Ihnen in letzter Zeit etwas Außergewöhnliches aufgefallen?"

„Was meinen Sie?"

Ulbricht zuckte die Schultern. „Anrufe, bei denen sich niemand meldet, Drohbriefe ... Unbekannte, die ums Haus schleichen. Etwas in dieser Richtung."

Sie kaute auf der Unterlippe und schüttelte schließlich den Kopf. „Nein, nichts dergleichen. Warum – ist irgendwas?"

„Bitte halten Sie Augen und Ohren offen." Jetzt überreichte er ihr seine Karte. „Und wenn Sie etwas Seltsames beobachten, rufen Sie mich an. Tag und Nacht."

„In Ordnung", nickte sie leise. Jessica Wittwer wollte Ulbricht zur Tür bringen, doch er winkte ab. „Keine Umstände, ich finde alleine hinaus."

Draußen blinzelte er in die Sonne. Langsam spazierte er zu seinem Dienstwagen zurück und dachte angestrengt nach. Er überlegte, ob Wittwer sich tatsächlich in Polen aufhielt. Und wenn, war das tatsächlich aus geschäftlichen Gründen, oder wusste Wittwer, dass er sich in Gefahr befand, und war Hals über Kopf aus Wuppertal geflüchtet? Als er an seinem Opel angekommen war und die Fahrertür öffnete, nahm sich Ulbricht vor, an die Theorie zu glauben, dass die Besitzer der geköpften Pinguine auf einer Todesliste standen. Und dieser Gedanke machte ihn nervös. Er klemmte sich hinter das Steuer und zog sein Handy hervor. Eilig tippte er die Nummer seines Assistenten. „Und?", fragte er, nachdem Heinrichs sich gemeldet hatte.

„Die Putzfrau steht nicht auf der Gehaltsliste des Stadions."

„Also steht sie unter Mordverdacht", kombinierte Kommissar Verdammt. „Die Frau hat sich verkleidet eingeschlichen, Plunger erschossen und ist nach der Tat diesem verdammten Seiler in die Arme gelaufen. Was ist mit dem Phantombild?"

„Brauchbar. Die Fahndung nach der Frau läuft bereits."
Mit wenigen Worten berichtete Ulbricht seinem Assistenten, was er in der Villa der Wittwers erfahren hatte. „Finden Sie heraus, ob sich Wittwer tatsächlich in Polen aufhält. Ich will eine Aufstellung all seiner Termine und möchte wissen, was er dort genau treibt."

„Warum haben Sie nicht einfach seine Frau gefragt?"

„Vielleicht würde sie lügen."

„Wann brauchen Sie die Infos?"

„Gestern." Ulbricht brummte noch etwas Unverständliches in den Hörer, dann beendete er das Gespräch und machte sich auf den Weg ins Präsidium. Jetzt begann die verdammte Schreibtischarbeit. Er verabscheute diesen bürokratischen Kram.

Nachdenklich blickte die blasse Frau dem Kommissar hinterher. Ulbricht marschierte zu seinem Dienstwagen, einem unauffällig lackierten Opel Vectra, ohne sich noch einmal zu ihr umzusehen. Nachdem der Wagen um die nächste Straßenecke verschwunden war, wandte sich die junge Frau von dem großen Fenster ab. Der Kommissar hatte ihr Angst gemacht. Etwas schien nicht zu stimmen. War ihr Mann in krumme Geschäfte verwickelt?

Nein, daran wollte sie nicht denken.

Dennoch – jemand machte ihnen das Leben schwer. Ständig diese Anrufe, manchmal auch mitten in der Nacht. Karl verzweifelte förmlich, er fluchte und schimpfte wie ein Rohrspatz, wenn er wieder einen dieser Anrufe erhielt. Je länger sie jetzt darüber nachdachte, desto sicherer war sie sich: Sie wurden erpresst. Jemand, oder vielleicht sogar eine ganze Organisation, machte ihnen das Leben schwer. Und Karl hatte nichts Besseres zu tun, als sich ihr gegenüber auszuschweigen, anstatt sie einzuweihen.

Sie machte sich an der Bar zu schaffen und goss sich einen doppelten Martini ein. Die Eiswürfel klimperten im Glas, als sie es zu den Lippen führte. Jetzt fühlte sie sich noch einsamer als zuvor in der großen, leeren Villa. Natürlich, sie liebte Karl. Und sie war stolz, mit ihm einen wohlhabenden Mann geheiratet zu haben. Und dennoch war ihre Liebe schon lange nicht mehr das, was sie einmal gewesen war. Der Alltag hatte sich in ihre Beziehung eingeschlichen. Karl arbeitete oft bis spät in die Nacht, und wenn er dann nach Hause kam, war er mürrisch und müde. Schon lange redeten sie kaum noch miteinander, nicht so wie früher, als sie nächtelang bei einer guten Flasche Wein beisammengesessen und über Gott und die Welt geplaudert hatten. Er hatte sich verändert. Natürlich – sie genoss das luxuriöse Leben, das er ihr bieten konnte. Trotzdem fühlte sie sich in letzter Zeit einsam und vernachlässigt. War es richtig, sich das, was sie bei Karl vermisste, bei einem anderen Mann zu suchen? Wohl kaum. Sie nahm sich vor, mit ihm zu reden, sobald er zurück in der Stadt war. So konnte es nicht weitergehen, dachte sie verbittert und leerte das Glas in einem Zug, um es sofort neu zu befüllen.

Samstag, 23:20 Uhr, An der Bergbahn

Er hasste es, in der Öffentlichkeit zu stehen. Und morgen würde er unweigerlich im Blickpunkt der Öffentlichkeit sein. Der Polizeipräsident hatte für morgen Nachmittag eine Pressekonferenz wegen des ermordeten WFC-Präsidenten anberaumt. Die Mediengeier warteten schon auf Neuigkeiten. Und da er die Ermittlungen in den Mordfällen Kötter und Plunger leitete, würde er dem verdammten Journalistenpack Rede und Antwort stehen müssen. Morgen. Noch ein paar Stunden, um Kräfte zu sammeln. Er atmete tief durch und versuchte die laue Nachtluft zu genießen. Ulbricht lehnte sich an die eiserne Balkonbrüstung und blickte hinunter auf die verlassen daliegende Straße, während er nachdenklich an seiner Zigarette zog. In der rechten Hand hielt er eine Dose Bier. Er nahm einen tiefen Schluck und rülpste – viel zu laut für diese Uhrzeit. Grinsend zog er sich in den Schatten seines Balkons zurück. Ein peinlicher Fauxpas, wie er sich eingestehen musste. Erst als er feststellte, dass keiner der Nachbarn seinen Rülpser vernommen hatte, lehnte er sich wieder über die Brüstung. Unten schlenderte ein junges Paar eng umschlungen die steile Straße hinauf in Richtung Barmer Anlagen. Von 1894 an war hier einst die Bergbahn zwischen der Straße Am Clef bis hinauf zum Toelleturm gefahren. Obwohl sie seinerzeit als erste elektrische zweigleisige Zahnradbahn weltweit eine Sensation gewesen war, hatte man ihren Betrieb aus wirtschaftlichen Gründen 1959 eingestellt, trotz des Protestes zahlloser Bürger.

Die junge Frau stützte ihren Freund, der scheinbar viel zu tief ins Glas geschaut hatte. Ulbricht dachte unwillkürlich an früher. Immer wenn er an der Zigarette sog, leuchtete die Spitze des Glimmstängels tiefrot auf und tauchte sein unrasiertes Gesicht in ein rotes Zwielicht. Der Rauch stieg zum sternenklaren Nachthimmel über Barmen auf. So langsam wurde es Zeit, an die Pensionierung zu denken. Und was hatte er in seinem Leben erreicht? Eine Karriere bei der Polizei, gut. Ein selbstironisches Lächeln huschte um seine Mundwinkel. Damals, mit Birgit, war die Welt noch in Ordnung gewesen. Sie waren frisch verliebt; alle Freunde hatten das junge Paar beneidet. Ständig waren sie überall gemeinsam aufgetaucht, immer mit einem verliebten Lächeln auf den Lippen, stets händchenhaltend. Und wie verrückt sie damals aufeinander gewesen waren. In den Achtzigern hatten sie jede Kneipe und jede Disco besucht. Egal ob in den Discotheken Tiffany's oder Elate, egal ob Café Hund oder Tanzschule Fern – überall hatten sie es getrieben. Selbst in der Toilette der Discothek Blue Note an der Klotzbahn. Dieser Schuppen mit der schwulen Einrichtung. Sie hatten ihre Umwelt vergessen und nur Augen füreinander gehabt. Doch zu oft waren die beiden hart in die Realität zurückgeholt worden. Immer dann, wenn sein Job rief. Bis es Birgit zu bunt wurde. Er war ständig zum Dienst gerufen worden, wenn es in der Stadt ein Tötungsdelikt gegeben hatte. Tag und Nacht, egal ob in der Woche oder am Wochenende. Richtig Feierabend hatte er nie gehabt. Birgit hatte ihn wild beschimpft.

„Du bist verheiratet mit deinem Job, bist ein mieser Scheißbulle durch und durch. Warum vögelst du eigentlich noch mit mir?“

Einmal waren sie wegen ihrer Auseinandersetzungen sogar aus dem Dudelsack am Alten Markt geflogen. Der Türsteher hätte sie um ein Haar die Treppe ins Freie hinaus geprügelt. Birgit war mit einer Mischung aus Wut und Trauer im Bauch nach Hause gegangen, während Ulbricht sich in die Schwebebahn in Richtung Polizeipräsidium gesetzt hatte, weil ein Irrer versucht hatte, seine Frau umzubringen. Insgeheim hatte er Birgit stets Recht gegeben. Immer war er den untersten Weg gegangen, um wenigstens die paar freien Stunden, die er zu Hause verbringen durfte, seine Ruhe haben zu können.

Bei einer Geiselnahme in einem Aldimarkt in Unterbarmen hatte Ulbricht wieder einmal rund um die Uhr Dienst geschoben, weil sich ein Mann stundenlang in dem Discountmarkt verschanzt hatte. Als er völlig übernächtigt in den frühen Morgenstunden nach Hause gekommen war, hatte Birgit bereits ihre Klamotten gepackt und war abgehauen. Lange hatte er an der Trennung zu knabbern gehabt und sich Hals über Kopf in die Arbeit gestürzt. Doch über den Verlust seiner Birgit war er nie ganz hinweggekommen. Letztes Jahr hatte er ihre Todesanzeige in der WZ gelesen. Sie war nach einer „langen schweren Krankheit“ gestorben, so hatte man geschrieben. Er tippte auf den verdammten Krebs.

Ulbricht schüttelte den Kopf und leerte die Bierdose mit einem tiefen Schluck. Jetzt war es zu spät. Er konnte nicht mehr um Birgits Liebe kämpfen. Sie war nicht nur aus seinem Leben verschwunden – sie war von dieser Welt gegangen. Ohne einen letzten Gruß, ohne alles. Zur Beerdigung, die auf dem Friedhof Schellenbeck stattgefunden hatte, war er nicht erschienen. Nicht, weil er es nicht für nötig gehalten hatte, ihr die letzte Ehre zu erweisen. Er hatte sich schlichtweg nicht an ihr Grab getraut. Vermutlich hatte sie längst einen anderen Mann gefunden, der um sie trauerte. Der Gedanke daran bereitete ihm heute noch Magenschmerzen. Sicherlich hätten auf der Beerdigung alle hinter seinem Rücken getuschelt. Jetzt konnte er es nicht mehr gut machen. Er hasste es, in der Öffentlichkeit zu stehen. Trotzdem hatte er sie bis zum Schluss geliebt. Seine Birgit ...

Das Einzige, was ihm geblieben war, war der verdammte Job. In den wenigen Stunden, in denen er sein Privatleben genießen konnte, fiel er in ein tiefes Loch. Jedes Mal griff die Einsamkeit mit eiskalten Klauen nach ihm. Erst jetzt wurde ihm bewusst, dass er die leere Bierdose in der Faust zerquetscht hatte.

Sonntag, 0:10 Uhr, Marienstraße

„Mach mal Platz, Dicker!" Heike kletterte unter die leichte Bettdecke. Lange hatte sie bei einer Flasche Wein mit dem Laptop in der Küche gesessen und recherchiert. Jetzt war sie um einiges schlauer und wusste, was zu tun war. Es war spät geworden, und Stefan war alleine ins Bett gegangen. Er schlief bereits tief und fest. Die kleine Nachttischlampe verbreitete einen diffusen Lichtschein. Das Futonbett stand direkt am Fenster. Durch die halb offenen Lamellen der Jalousie drang das kalte Licht von der Straßenbeleuchtung der Marienstraße herein. Heike rüttelte an Stefans Schulter und drehte seine Nase, doch Stefan schnarchte nur leise weiter. Er ließ sich nicht stören. Heike ließ nicht locker. „Rutsch rüber, oder soll ich auf dem Fußboden nächtigen?"

Er rührte sich nicht. Heike beschloss, ihn auf ihre eigene Art zu wecken und schickte ihre Finger unter der Bettdecke auf Wanderschaft.

„Was ist?" Er war von einem Moment zum anderen hellwach und saß senkrecht im Bett.

„Deine Gastfreundschaft lässt sehr zu wünschen übrig", rügte sie ihn mit gespieltem Vorwurf und verschränkte die Arme vor der Brust.

„Das würde ich so nicht sagen", erwiderte Stefan und grinste breit. Bevor Heike sich wehren konnte, zog er sie nach unten und verschloss ihren offenen Mund mit einem leidenschaftlichen Kuss. Jetzt konnte er ihr beweisen, wie wach er noch war. Und wie sehr sie ihm gefehlt hatte. Sie waren sich endlich wieder so nah wie schon seit einer Ewigkeit nicht mehr. Er strich durch ihr gut duftendes Haar, knabberte an ihrem Hals und an den Ohrläppchen. Seine Hände glitten zärtlich über ihren Körper, suchten sich den Weg unter den dünnen Stoff des T-Shirts, das sie als Nachthemd zweckentfremdet hatte. Sie erbebte unter seinen Liebkosungen. Er genoss es, ihre sanften Lippen endlich wieder auf seiner Haut zu spüren. Darüber vergaßen sie die Welt, und fast war es so, als wäre Heike nie in Berlin gewesen.

„Und?", fragte Stefan später.

„Was – und?" Sie schmiegte sich verschlafen an ihn. Ihre Finger zogen kreisrunde Bahnen auf seinem Oberkörper. „Willst du wissen, ob du gut warst, alter Macho?" Sie grinste zu ihm hinauf.

„Unsinn", winkte er ab und wuschelte in ihrem Haar. „Das weiß ich doch." Dafür fing er sich einen leichten Boxhieb von Heike ein, die spöttisch den Kopf schüttelte.

Er lächelte, dann wurde er ernst und deutete mit dem Kinn in Richtung Küche. „Hast du noch etwas herausgefunden?"

„Natürlich. Aber erst du! Was gibt es Neues?"

„Nachrichtensperre, nichts geht mehr. Putzfrau entweder Zeugin oder dringend tatverdächtig."

„Geht das auch in ganzen Sätzen?" Heike legte die Stirn in Falten und stemmte sich halb in die Höhe.

Stefan grunzte. „Kommissar Verdammt glaubt, dass eine falsche Putzfrau den WFC-Präsi auf dem Gewissen hat. Sie hat sich, getarnt als Putze, in den Backstagebereich eingeschleust und ihn kaltblütig aus nächster Nähe erschossen."

„Wo ist die Frau jetzt?" Heike hatte große Augen bekommen.

„Trag ich Sandalen? Kann ich über Wasser gehen? Bin ich Jesus?" Stefan kicherte. „Keine Ahnung, Heike. Morgen, alles morgen."

Er gähnte herzhaft und legte sich wieder hin.

„Morgen hab ich ein Date." Es klang wie ein Geständnis.

„Entweder ist er schwul oder über achtzig", brummte Stefan gleichgültig. Er wusste, dass er Heike vertrauen konnte.

„Zweiteres", erwiderte Heike, sichtlich peinlich berührt, und löschte das Licht.

Sonntag, 10:30 Uhr, Von-der-Heydt-Museum

„Danke, dass Sie so schnell kommen konnten. Und zunächst einmal mein herzliches Beileid. Ich finde es einfach schrecklich, wozu Menschen in der Lage sein können. Skrupellos, wenn jemand nach einem derartigen Unfall einfach Fahrerflucht begeht." Heikes Stimme klang hohl von den hohen Decken der lichtdurchfluteten Ausstellungsräume zurück. Es war ein Leichtes gewesen, herauszufinden, dass Johann Kötter, der Vater von Karlheinz Kötter, der einzige noch lebende Verwandte des Opfers war. Sie hatte gestern Abend noch recherchiert und schnell herausgefunden, dass Kötter sen. im Altenheim an der Blankstraße am Rand der Elberfelder Südstadt lebte. Kurzfristig hatte sie ihn angerufen und den 82-jährigen Herrn zu einem Treffen im Von-der-Heydt-Museum eingeladen. Anfangs skeptisch, hatte er ihrem Wunsch schließlich zugestimmt, und Heike hatte den Eindruck, dass der vornehme alte Herr das dringende Bedürfnis gehabt habe, sich jemandem mitzuteilen.

Heike fühlte sich plötzlich unwohl in ihrer Haut, doch der alte, vornehm gekleidete Herr nickte bedächtig und lächelte sie sanft an. Dann ließ er den Blick über die hier ausgestellten Kunstwerke streifen.

„Ich liebe diese Räume", sagte er, ohne auf Heikes Beileidsbekundung einzugehen. „Sie strahlen eine heute nicht mehr vorhandene Würde aus. Bei modernen Gebäuden findet man allenfalls eine kalte, unpersönliche Eleganz, die mich, offen gestanden, erschaudern lässt." Der alte Herr legte den Kopf in den Nacken und blickte hinauf zu den schräg zulaufenden Fenstern in der Dachkonstruktion. „So etwas“, sagte er und deutete nach oben. „So etwas muss man sich erst mal einfallen lassen. Heute aber denkt man beim Bau nur kostenorientiert. Ich sage Ihnen was, junge Frau: Diese Geiz-ist-geil-Mentalität ist der Untergang unserer Gesellschaft.“

„Waren Sie zu Ihrer aktiven Zeit auch als Architekt tätig?“

Johann Kötter schüttelte den Kopf. „Ich habe als kleiner Baustoffhändler in Unterbarmen angefangen, wissen Sie. Ich war immer dort, wo unsere Stadt ein neues Gesicht bekam. Es hat Spaß gemacht, alles neu zu erschaffen. Nach dem Krieg boomte die Baubranche – schlecht für die Leute, aber gut für mich. Deutschland war zerbombt, auch Elberfeld und Barmen lagen in Schutt und Asche. Und obwohl wir kaum Material hatten, mussten wir damals einen Neuanfang schaffen.“

„Das dürften Sie ja durchaus geschafft haben“, erwiderte Heike lächelnd.

„Es ging. Der Durchbruch für mein Unternehmen kam im Jahr 1955. Friedrich Hetzelt war zwei Jahre zuvor nach Wuppertal gekommen und wurde dann mit dem Bau der Schwimmoper beauftragt. Mit damals zweiundfünfzig Jahren war er im richtigen Alter, um Großes zu schaffen – im wahrsten Sinne des Wortes.“

„Wer war Friedrich Hetzelt?“

„Ein echter Gentleman. Ein Mann von Welt, wie wir damals zu sagen pflegten.“ Kötter senior lächelte versonnen. „Er gehörte zum Planungsstab des Wiederaufbaus deutscher Städte. Zunächst hat er in Kassel, Duisburg, Essen, Mülheim und Oberhausen Pionierarbeit geleistet. Das gefiel den Wuppertalern, und so wurde er berufen, die Stadt wieder aufzubauen und zu dem zu machen, was sie vor dem Krieg gewesen war. Er kam also nach Wuppertal und plante das Neubaugebiet am Uellendahl und einen Teil-Neubau des Opernhauses. Ein brillanter Architekt, und die Schwimmoper sollte ihm zu weiterem Ruhm verhelfen.“ Kötter senior lächelte nachdenklich. Er war vor einer kreisrunden Schieferformation am Boden des Museums stehen geblieben und musterte das Kunstwerk der „Cornwall-Schieferkreise“ von Richard Lang. „Professor Hetzelt kam auf mich zu und bat mich, am Bau der Schwimmoper mitzuwirken.“

„Es gab keine Ausschreibung, so wie das heute bei öffentlichen Bauvorhaben üblich ist?“ Heike wunderte sich.

Johann Kötter zuckte die Schultern. „Keine Ahnung.“ Er zwinkerte der Reporterin schelmisch zu. „Und Paul Grotejohann vom Rott hatte das Nachsehen. Er war ein Konkurrent der übelsten Sorte. Und ich war offen gestanden froh, ihn ausgestochen zu haben. So wurde ich vom Baustoffhändler endlich zum Bauunternehmer.“

„Und das war Ihr Durchbruch?“

„Allerdings. Nie zuvor hatte ich die Chance, an einem derartig großen Projekt mitzuarbeiten. In zwei Jahren Bauzeit wurden sechzehn Kilometer Rohre verlegt, dreißig Kilometer Kabelleitungen, unzählige Telefonapparate und sogar zwei Anzeigetafeln. Zweitausend Sitzplätze wurden erschaffen. Das Dach hat eine Spannweite von 65 Metern, so etwas hat es in der Stadt vorher noch nie gegeben. Ständig kamen Leute von der Presse, um vom Bau zu berichten. Sogar die Wochenschau kam, um uns bei der Arbeit zu filmen. Ich hatte es geschafft, wenn man so will. Ich konnte, nein, ich musste expandieren.“ Seine Augen funkelten und seine Wangen hatten sich gerötet, als er an die goldene Zeit dachte. Der alte Herr schien in die Vergangenheit entschwunden zu sein.

„Und so wurde das Bauimperium Kötter geboren“, vermutete Heike.

„Sagen Sie nicht Imperium, das klingt so negativ, nach Macht und Reichtum.“ Der alte Herr blickte zu Heike auf und winkte ab. Jetzt schmunzelte er sie väterlich an.

„Hatten Sie keine Macht?“

„Schon.“ Kötter senior nickte. „Und was hat sie uns gebracht? Nichts. Mein Sohn ist tot. Was jetzt aus der Firma wird, steht in den Sternen." Er machte eine wegwerfende Handbewegung.

„Gibt es keinen Nachfolger?"

„Mein Sohn war kinderlos. Gisela, seine Frau, konnte keine Kinder bekommen, müssen Sie wissen. Ein Umstand, der Martha und mir nie sonderlich behagte. Aber wo die Liebe nun mal hinfällt ..."

Sie waren weitergegangen und standen nun vor einer Plastik. Die Figur einer lebensgroßen Frau saß an einem runden Holztisch, auf dem sich blaue und rote Farbsegmente befanden, die von weißen Linien durchzogen waren. „Ruth am Tisch", stand auf einem Schild neben der Plastik. Heike fragte sich insgeheim, wann sie vor *Heinz auf dem Klo* stehen würden. „Was für ein Mensch war Ihr Sohn?", wagte sie einen zweiten Anlauf, das Gespräch in die richtige Bahn zu lenken.

Diesmal ruckte der Kopf des alten Mannes zu ihr hinüber. Der Blick seiner leuchtend blauen Augen, die trotz des hohen Alters eben noch wie die eines unternehmungslustigen Jungen gefunkelt hatten, wurde hart. „Er war ein eiskalter Geschäftsmann, ging über Leichen, wenn jemand nicht nach seiner Pfeife tanzte. Das war nie meine Unternehmensphilosophie, Frau Göbel. Dennoch – ich hatte mich aus dem Geschäft zurückgezogen und meinen Platz für die nächste Generation freigemacht."

„Hatte er Feinde?"

„Natürlich. Sicherlich mehr, als wir beide uns vorstellen können. Einer von ihnen hieß Grotejohann."

„Trauen Sie ihm einen Mord zu?" Sie überlegte, wie sich die Geschichte anhören würde, wenn der Unfall, bei dem Karlheinz Kötter ums Leben gekommen war, gar kein Unfall, sondern ein Mord war.

Johann Kötter wirkte von einem Moment zum nächsten um Jahre gealtert. Sein brauner, gesunder Teint war einem blassen Weiß gewichen. Er rang mit den Händen, und Heike bemerkte erst jetzt die braunen Altersflecken auf Kötters Handrücken.

„Sicherlich weht im Gewerbe ein rauer Wind. Aber ich glaube

nicht, dass ein Konkurrent meinen Sohn auf dem Gewissen hat."

„Haben Sie denn einen Verdacht?"

„Eigentlich wollte ich mit niemandem darüber reden. Aber ich bin ein alter Mann und habe niemanden mehr, dem ich mich mitteilen könnte." Jetzt lächelte er wieder und zuckte mir den Schultern. „Wer weiß, vielleicht bin ich morgen schon tot. Kann ich Ihnen vertrauen?"

„Natürlich, Herr Kötter."

„Ich habe meine Zweifel, weil Sie vom Radio sind, junge Frau."

„Nichts, was Sie nicht freigeben, geht über den Sender", versprach Heike.

„Gut. Dann lüfte ich jetzt ein Geheimnis, das ich lange mit meinem Sohn geteilt habe. Ich möchte es nicht mit ins Grab nehmen, müssen Sie wissen." Er zog Heike am Ärmel ihrer Jeansjacke in eine stille Ecke des Ausstellungsraumes. Erst als er sicher war, dass sich niemand der anderen Besucher für sie interessierte, fuhr er mit gedämpfter Stimme fort. „Mein Sohn hat ein uneheliches Kind. Niemand weiß, dass er der Vater ist. Und Gisela ahnte bis zu ihrem Tod vor sechs Jahren nichts davon, dass ihr werter Herr Gemahl ein Kuckuckskind in die Welt gesetzt hat."

„Was wurde aus dem unehelichen Kind?"

„Obwohl es eines der bestgehüteten Geheimnisse in der Familie war – wer weiß? Vielleicht hat das Kind recherchiert, weil es wissen wollte, woher es eigentlich abstammt?"

„Und wenn das Kind weiß, wer sein eigentlicher Vater ist ..."

„... könnte es doch sein, dass es hinter seinem Erbe herläuft?" Kötter blinzelte ihr verschwörerisch zu. „Das klingt alles sehr theoretisch, ich weiß."

Heike verstand. „Aber es wäre immerhin eine ernst zu nehmende Möglichkeit."

Sonntag, 11:20 Uhr, Ölberg

Er hatte die „Jungs", wie er seine vier Goldfische liebevoll nannte, gefüttert und tappte nun barfuß in die Küche. Die Dielen seiner Altbauwohnung an der Elberfelder Marienstraße knarrten unter seinen Füßen. Duschen würde er später. Noch genoss er den Dämmerzustand, in dem er sich befand. Stefan liebte es, sonntags auszuschlafen und den Tag in aller Ruhe zu beginnen. Heike hatte es schon recht früh aus den Federn gezogen. Sie wollte sich mit Kötter senior treffen. Schweren Herzens hatte er ihr den Käfer überlassen. Ihren roten Twingo hatte sie verkauft, bevor sie nach Berlin gegangen war. Während er den ersten Kaffee des Tages vorbereitete und die Kaffeemaschine einschaltete, dachte er über die letzten beiden Tage nach. Kaum dass Heike zurück im Tal war, überschlugen sich die Ereignisse. Jetzt stellten seltsame Todesfälle die Polizei vor ein Rätsel. Welchen Zusammenhang gab es zwischen den Besitzern der geköpften Plastikpinguine? Standen sie auf einer geheimen Liste? Trachtete jemand den meist wohlhabenden Mitmenschen nach dem Leben? Um halb zwölf schaltete er das kleine Küchenradio ein und setzte sich an den wackligen Tisch, während er der Kaffeemaschine zusah, die röchelnd ihren Dienst versah.

„Es ist halb zwölf." Die sonore Stimme seines Kollegen Manfred Jordan und der folgende Nachrichtenjingle rissen ihn aus seinen Überlegungen. Der Nachrichtensprecher verlas die Schlagzeilen. Natürlich ging es auch wieder um den ermordeten Präsidenten des WFC. Noch immer hatte die Polizei keine heiße Spur, noch immer wurde „in alle Richtungen ermittelt". Logisch, durchzuckte es Stefan. Immerhin hatte der tobende Kommissar Ulbricht gestern eine Nachrichtensperre in dem Fall des ermordeten Präsidenten verhängt. Stefan war sicher, dass es von Eckhardt Ärger geben würde. Fritz Plungers Leiche hatte man gestern noch in das Institut für Rechtsmedizin in Düsseldorf überführt. Er war aus nächster Nähe erschossen worden. Zeugen gab es keine, sah man einmal von der seltsamen Putzfrau ab, die Stefan gesehen hatte, als er den WFC-Präsidenten in seiner Kabine besuchen wollte. Er schloss die Augen und versuchte sich an die geheimnisvolle Frau zu erinnern. Sie war jung gewesen, höchstens in seinem Alter. Blass war sie gewesen, und blaue Augen hatte sie gehabt. Oder waren sie grün gewesen? Er wusste es nicht, schließlich hatte er sie ja kaum beachtet. Es war schlimm genug, dass er mit Kommissar Verdammt aneinandergeraten war, der ihn zur Anfertigung eines Phantombildes genötigt und zu allem Überfluss auch noch eine Nachrichtensperre verhängt hatte. Stefan überlegte, ob er an der Pressekonferenz, die heute Nachmittag im Präsidium stattfand, teilnehmen sollte. Das Klingeln des Telefons riss ihn aus seinen Überlegungen. Auf dem Display sah er, dass Heike anrief.

„Na", fragte er trocken, „Date schon vorbei?"

„Stefan – Kötter hatte ein uneheliches Kind!" Heike klang aufgebracht. „Ich habe es soeben von Johann Kötter, seinem Vater, erfahren."

„Sicherlich ein Skandal in seinen Kreisen. Aber er ist sicher nicht der Einzige, der ein uneheliches Kind hat."

„Ich habe da so eine Idee. Vielleicht weiß der Sprössling ja mehr."

„Und wie ich dich kenne, hast du Kötter senior sofort Name und Adresse von diesem ... Kuckuckskind aus den Rippen geleiert?"

„Leider nicht, das ist ja das Problem. Kötter ließ sich nicht dazu überreden. Stefan – ich weiß nicht einmal, wo ich die Mutter finden kann."

„Das ist vielleicht auch gut so. Möglicherweise will sie von ihrer Vergangenheit nichts mehr wissen. Und selbst wenn – was hast du vor?"

„Nichts habe ich vor", erwiderte Heike am anderen Ende der Leitung etwas zu schnell. „Jedenfalls noch nicht. Aber vielleicht ist dieses uneheliche Kind der Schlüssel zum Mord an Kötter."

„Und der Schlüssel zum Mord an Plunger? Und der Schlüssel zu den geköpften Pinguinen?“ Er lachte humorlos auf. „Nein, Heike, ich glaube, du verrennst dich da in etwas.“

„Ich will nichts außer Acht lassen. Kötter senior glaubt an Erbschleicherei. Kötter junior war ein Einzelkind, seine Frau ist seit sechs Jahren tot, und Kinder hatten die beiden nicht. Also: Das uneheliche Kind ist scharf auf den Reichtum der Kötters, und da es sonst keinen rechtmäßigen Erben gibt, wäre jetzt der richtige Moment, um sich an den leiblichen Vater zu erinnern, meinst du nicht?“

„Und was hast du jetzt vor?“

„Ich werde erst einmal ins Präsidium fahren und an dieser Pressekonferenz teilnehmen.“

„Das ist gut.“

„Warum?“

„Weil es nicht gut wäre, wenn ich nach den Vorkommnissen gestern im Stadion Kommissar Verdammt unter die Augen treten würde. Er hält mich doch schon seit langem für jemanden, der seine Arbeit anzweifelt. Also – übernimm das ruhig.“ Stefan hatte nichts vor und benötigte den Käfer nicht unbedingt. Vielleicht würde er später in die Stadt fahren und etwas trinken gehen.

„Und was machst du so?“ Ihre Stimme klang plötzlich weich und sanft. „Ich meine ...“

„Ich werde beten, dass du meinen Clemens heil nach Hause bringst“, lachte Stefan.

„Du bist ein blöder Macho“, entfuhr es Heike, dann hatte sie die Verbindung unterbrochen. Manchmal verstand Stefan die Frauen nicht und legte das Telefon aus der Hand.

Sonntag, 12:50 Uhr, Polizeipräsidium Wuppertal

Seine innere Unruhe wuchs. Daran konnte auch die Anwesenheit von Jürgen Küppers, dem Polizeisprecher, nichts ändern. Ulbricht hatte neben Heinrichs, seinem grinsenden Assistenten, noch ein paar Kollegen der Zentralen Kriminalitätsbekämpfung aufmarschieren lassen. Gemeinsam wollten sie sich nun den Vertretern der Medien stellen und ihre Fragen beantworten.

„Ich hasse diesen verdammten Rummel“, brummte Ulbricht, an Heinrichs gewandt. „Immer wollen diese Pressegeier Fragen beantwortet haben, auf die wir selbst noch keine Antworten wissen.“

„Bleiben Sie cool, Chef. Wir sind die Guten.“

„Und genau das werden wir den Vertretern der Medien jetzt auch verkaufen“, mischte sich Küppers mit einem jovialen Grinsen ein und legte eine Hand auf Ulbrichts Schultern. Kommissar Verdammt hatte schlecht geschlafen letzte Nacht. Zu sehr waren seine Gedanken um Birgit gekreist. In den frühen Morgenstunden war er schweißgebadet aufgewacht, weil er von ihr geträumt hatte.

„Wo müssen wir hin?“, fragte er, um die Erinnerung an seine Frau abzuschütteln.

„Wie immer bei Anlässen mit viel Publikum – Saal 300“, wurde er von Küppers belehrt. Seite an Seite schritten sie über die lichtdurchfluteten, weiß getünchten Korridore des Präsidiums. Hohl schallten ihre Schritte von den Wänden zurück. Saal 300 befand sich, wie die Zimmernummer schon verriet, im dritten Obergeschoss des Präsidiums. Nach Kriegsende hatte hier für einige Zeit der Rat der Stadt Wuppertal seine Versammlungen abgehalten; und Ende der Sechzigerjahre hatte der Raum sogar als Gerichtsraum gedient, da es im Wuppertaler Gerichtsgebäude zwischen 1967 bis 1968 keinen so großen Verhandlungsraum gegeben hatte. Erst später nutzte man den Raum als Besprechungsraum und für Feierlichkeiten und Veranstaltungen. So musste Saal 300 auch immer wieder für Pressekonferenzen mit vielen Medienvertretern herhalten. Normalerweise nutzten sie die Räumlichkeiten der Pressestelle für solche Zwecke. Doch diesmal waren zahlreiche Medienvertreter erschienen, und somit waren sie auf Saal 300 ausgewichen. Gemeinsam betraten sie den Raum. Ulbricht atmete tief durch, dann ließen sie sich an den einfachen Tischen am Kopfende vor den versammelten Wuppertaler Medienvertretern nieder. Neugierige Blicke waren auf die Polizisten gerichtet. Ulbricht ordnete seine Unterlagen und blickte nach rechts zu der Reihe von deckenhohen Fenstern. Die Sonne blendete mit ihrem grellen Licht. Es dauerte einen Moment lang, bis Stille im Saal einkehrte. Dann eröffnete Küppers die Pressekonferenz. Er begrüßte die Gäste, bedankte sich für ihr Interesse und das zahlreiche Erscheinen und appellierte an die vertrauensvolle Zusammenarbeit zwischen den Medien und der Polizei.

„Zunächst darf ich Ihnen versichern, dass fast alle Mitarbeiter des Kriminalkommissariats 11 in die Bearbeitung der beiden Todesfälle involviert sind. Die Ermittlungen laufen auf Hochtouren."

Ulbricht nutzte die Zeit, um sich unter den Besuchern umzusehen. Er erkannte einige Reporter der schreibenden Zunft, und auch der WDR hatte ein Kamerateam der Lokalzeit geschickt. Sogar ein Blaulichtreporter aus Essen, der alle deutschen TV-Sender mit Material versorgte, war anwesend. Die Fälle der auf rätselhafte Weise ums Leben gekommenen Wuppertaler schienen überregionales Interesse geweckt zu haben. Jemand auf den hölzernen Stühlen hob den Arm. „Bedeutet das, dass Sie noch immer keinen Hinweis auf die Täter haben?"

„Vielleicht dürfte ich Kommissar Norbert Ulbricht bitten, uns den aktuellen Stand der Dinge zu erläutern?" Küppers lächelte Ulbricht zu.

Ulbricht atmete tief durch und blickte der nach Informationen geifernden Jounalisten-Meute entgegen. Er hasste es, wenn fast hundert Menschen gebannt an seinen Lippen hingen und nur auf eine unbedachte Äußerung von ihm lauerten. Sekundenlang war es still im Saal 300; so still, dass man die vielzitierte Stecknadel hätte fallen hören können. „Wie Ihnen bekannt ist, haben wir es mit zwei Toten zu tun. Beide haben zu Lebzeiten hohes Ansehen in der Stadt genossen. Die Ermittlungen laufen, der Kollege erwähnte es bereits, in alle Richtungen."

„Bedeutet das, dass Sie keinerlei heiße Spur haben?" Die junge

Reporterin eines bergischen Blatts zückte ein Diktiergerät. Ihre Haare waren bunt gefärbt und zeigten eine neue Form des „Out of bed"-Looks.

„Davon kann keine Rede sein; was allerdings feststeht, ist die Tatsache, dass die Spurensicherung in beiden Fällen verschiedene Tathergänge rekonstruiert und dokumentiert hat." Er legte eine kurze Pause ein, bevor er fortfuhr. „Der Obduktionsbericht von Karlheinz Kötter liegt uns inzwischen vor. Demnach starb Kötter an mehreren Schussverletzungen, auch wenn er bei der Kollision mit dem Fahrzeug noch gelebt hatte. Die Schussverletzungen waren so schwer, dass er auch ohne den Zusammenprall mit dem Fahrzeug keine Überlebenschance gehabt hätte."

Ein Raunen ging durch die Menge der versammelten Journalisten. Jemand hatte Kötter angeschossen, bevor man ihn mit dem Auto angefahren hatte! Das klang nicht mehr nach einem Verkehrsunfall mit Fahrerflucht, auch nicht nach einem Amokfahrer, sondern nach einem gezielten Anschlag.

Heinrichs rutschte unruhig auf seinem Stuhl herum. Er wollte den anwesenden Journalisten keine Gelegenheit geben, Fragen zu stellen – noch nicht. Schnell ergriff er deshalb die Initiative und erhob sich.

Showtime, dachte Ulbricht mit säuerlicher Miene. Hoffentlich vermasselte sein Assistent jetzt nicht alles. Heinrichs rückte seine Designerbrille zurecht und richtete sich auf. „Obwohl beide Opfer zu den bekannteren Persönlichkeiten der Stadt zählten und obwohl beide Opfer erschossen wurden, bleibt festzustellen, dass die Schüsse mit unterschiedlichen Kalibern und aus verschiedenen Waffen abgegeben wurden."

Respekt, dachte Ulbricht. Sauber formuliert.

Ein Reporter sprang von seinem Stuhl auf. „Das bedeutet, dass sowohl Plunger, der Präsident des WFC, als auch der Baulöwe Kötter erschossen wurden?"

„So haben es unsere Untersuchungen bisher ergeben."

„Handelt es sich um verschiedene Täter?“ Ein schwergewichtiger Reporter mit lichtem Haar hatte sich erhoben und fuchtelte mit einem Bleistift in der Luft herum. Axel Grimm vom Wuppertaler Abendblatt. Er war kein Schreiberling – er war ein Schmierer und genoss das Ansehen einer Kakerlake. Entsprechend fiel die Reaktion auf seine Frage aus.

„Das ist Ihre Interpretation der Fakten“, wurde er von Ulbricht korrigiert. „Fest steht, nur, dass auf Kötter und Plunger aus unterschiedlichen Waffen geschossen wurde. Es kann sich trotzdem um ein und denselben Täter handeln, der nur verschiedene Waffen nutzt, um seine Spuren zu verwischen.“ Alle Blicke ruhten auf Ulbricht. Im nächsten Augenblick verließ den Kommissar seine Selbstsicherheit, denn soeben hatte er die Vertreterin der Wupperwelle, Heike Göbel, entdeckt. Gerade erhob sie sich, und alle Blicke richteten sich auf die junge Reporterin mit den kurzen blonden Haaren.

„Es heißt, dass ein Zusammenhang zwischen den Mordopfern und den geköpften Pinguinen der Pinguinale 2006 bestehen könnte. Hat sich dieser Verdacht inzwischen erhärtet?“

Ulbricht hatte es gewusst. Er wurde blass, und ihm wurde erst heiß, dann eiskalt. Diese Radioreporterin war mit allen Wassern gewaschen. Dennoch bemühte er sich, die Oberhand zu behalten. „Es gibt keine Beweise dafür, dass hier ein Zusammenhang besteht. Zunächst einmal haben wir es bei den Pinguinen nur mit einer Sachbeschädigung zu tun. Natürlich ermitteln wir auch in diese Richtung. Aber ich kann verstehen, dass Sie als Außenstehende voreilige Schlüsse ziehen.“

„Angeblich gibt es eine geheime Liste, auf der die Mordopfer genannt sind“, ergriff ein anderer Reporter nun das Wort. Heike setzte sich enttäuscht. Sie hatte etwas mehr Inhalt von Ulbricht erwartet.

„Wenn Sie diese Liste kennen – her damit!“, lachte Küppers. Die Pressevertreter stimmten in das Gelächter ein. Damit hatte der Polizeisprecher die Sympathien der anderen Journalisten gewonnen, und der Reporter hatte sich mit einer einzigen Frage zum Deppen gemacht.

„Gibt es weitere Gemeinsamkeiten zwischen den Morden an Kötter und Plunger, außer dass beide zu Wuppertals High Society gehört haben und beide einen Pinguinale-Pinguin besaßen, der geköpft wurde?“ Ein dunkelhaariger Mittvierziger war aufgestanden. Er trug einen dunklen Anzug und erinnerte in seinem Outfit eher an einen Banker als an einen Journalisten. Peer Finke war freier Journalist. Ulbricht hatte ihn ein paar Mal bei der Wupperwelle getroffen. Ein durchaus integrer Mann, der gründlich arbeitete und nicht wie viele seiner Kollegen reißerische Schlagzeilen suchte.

„Karlheinz Kötter scheint tatsächlich ermordet worden zu sein. Ein Zusammenhang mit Plungers Tod ist möglich.“ Heinrichs nickte zustimmend.

„Sehen Sie einen Zusammenhang zwischen den beiden Toten?“

„Wie gesagt – derzeit ermitteln wir in alle Richtungen. Wir überprüfen aus diesem Anlass sowohl das geschäftliche als auch das private Umfeld der Toten.“

Heike hatte nach der Pressekonferenz auf dem Gang im Präsidium auf Peer gewartet. Er war sichtlich erfreut und begrüßte die Kollegin herzlich.

„Wir haben uns ja eine Ewigkeit nicht mehr gesehen“, begrüßte Heike ihn. „Fast habe ich deine Spießigkeit vermisst.“ Sie zwinkerte ihm zu, und weil Peer wusste, wie sie es meinte, war er ihr wegen der Bemerkung auch nicht böse. Er lachte und setzte dann eine ernste Miene auf. „Wenn du nach Berlin verschwindest, ohne mich mitzunehmen ...“ Peer zog eine gespielt beleidigte Schnute. „Das hätte ich nie von dir gedacht!“

„Du hast mir so gefehlt im Hauptstadtstudio, deshalb bin ich auch wieder zurück nach Wuppertal gekommen“, lachte Heike. Dann wurde sie ernst. „Was macht denn der Bürgerfunk?“

„Wenig." Peer winkte ab. „Ich habe umgesattelt und fotografiere jetzt wieder mehr."

„Welcher Radiosender kauft dir denn um Himmels willen Fotos ab?", prustete Heike und fing sich dafür einen tadelnden Blick von Peer ein.

„Ich bin größtenteils zur schreibenden Zunft gewechselt", erklärte er. „Nachdem der Bürgerfunk vom Aussterben bedroht ist, fehlt mir irgendwie die Motivation, und so habe ich mein altes Hobby, die Fotografie, wiederbelebt. Und nun fotografiere und schreibe ich für verschiedene Zeitungen und Zeitschriften."

„Zeitung ist gut. Hast du 'nen guten Draht zur Anzeigenabteilung?"

„Warum? Willst du eine Kontaktanzeige schalten?" Peer grinste.

„Nein, aber ich suche eine kleine Wohnung. Wenn du etwas hörst, könntest du mir dann Bescheid sagen?"

„Klar – mach' ich doch glatt", versprach Peer.

„Dank dir." Heike lächelte. „Und?"

„Was und?" Peer Finke legte den Kopf schräg.

Sie deutete mit dem Daumen über die Schulter nach hinten. „Was hältst du von der Geschichte?"

„Die Nachrichtensperre dürfte ja jetzt aufgehoben sein. Allerdings habe ich den Eindruck, dass sich die Ermittlungen auf das private Umfeld der Opfer konzentrieren."

„Was sagt uns das?"

„Dass wir eine Menge Arbeit haben, wenn wir mit aktuellen Informationen am Ball bleiben wollen", lächelte Finke.

„Sag mal ...", wechselte Heike das Thema. „Was macht eigentlich die Liebe?" Sie erinnerte sich daran, dass Peer vor ihrer Abreise nach Berlin eine feste Freundin gehabt hatte. Sie war damals mit Stefan im Brauhaus gewesen, als Peer und Peggy ihre Verlobung bekannt gegeben hatten. Einen Ehering suchte sie nun vergeblich an Peers rechter Hand. Scheinbar hatte sich viel geändert, während sie in Berlin gewesen war.

„Menschen kommen und gehen." Ein dunkler Schatten huschte

über Finkes Gesicht. Er war ernst geworden, seine Miene wirkte versteinert. Heike kannte ihn lange und gut genug, um zu erkennen, dass er seinerzeit sehr verliebt gewesen sein musste. „Es hat irgendwie nicht funktioniert. Und nun ... sie ist im Ausland. Vermutlich ist es besser so. Sie hat ihr Haus noch hier, das Auto, aber sie ist eigentlich das ganze Jahr über weg. Peggy hat sich total verändert. Irgendwann begannen die ständigen Anrufe auf ihrem Handy. Manchmal klingelte es alle paar Minuten, Tag und Nacht. Dazu der SMS-Terror. Seitdem war sie auch fast Tag und Nacht mit ihrer besten Freundin zusammen. Ich weiß auch nicht, was da los war. Sie hat nie mit mir darüber geredet. Jedenfalls hat sie sich sehr zu ihrem Nachteil verändert, und deshalb haben wir uns zur Trennung entschlossen. Seitdem ist sie oft unterwegs – keine Ahnung, wo und warum." Er seufzte, hob und senkte die Schultern. „Außer ihrer Handynummer weiß ich nicht mehr viel von ihr."

„Das tut mir leid." Heike war wirklich betroffen.

„Muss es nicht." Peer strahlte. „Ich bin drüber hinweg. Manchmal ruft sie noch an oder schickt 'ne SMS. Ihrer besten Freundin leiht sie zu entsprechenden Anlässen sogar ihr BMW Cabrio, und ..."

„Moment", unterbrach Heike ihn. „Sagtest du, sie hat ein BMW Cabrio?"

„Ja, warum? Den Wagen wollte Peggy nicht verkaufen, weil sie sehr daran hängt. Er war ihr Traumauto."

„Was ist das für ein Auto?"

„Wie gesagt: ein dunkelblauer Z3. Warum?" Peer stutzte.

„Nur so. Ich habe da eine Idee", erwiderte Heike schnell. Seite an Seite betraten sie den Aufzug, der sie ins Erdgeschoss des Polizeipräsidiums brachte. „Ich habe vorhin mitbekommen, wie sich zwei Polizisten unterhalten haben. Es heißt, dass eine junge Frau dabei war, als Kötter getötet wurde. Offenbar war sie mit ihm verabredet."

„Und?" Peer verstand nicht. Die Aufzugtüren glitten auseinander, und Minuten später standen sie vor dem Eingangsportal. Der Pförtner hatte ihnen zugenickt, dann standen sie an der frischen Luft. Auf der Friedrich-Engels-Allee herrschte an diesem Sonntag nur mäßiger Verkehr. Dennoch war es unerträglich heiß. Die Luft flimmerte über dem Asphalt.

„Diese Frau fuhr auch ein BMW Cabrio." Heike war vor Aufregung rot geworden. Mit weit aufgerissenen Augen beobachtete sie Peer Finke, der angestrengt nachdachte.

„Lass mich raten", sagte Peer nach einem kleinen Moment. „Vielleicht einen dunkelblauen BMW Z3?" Seine Stimme vibrierte leicht. „Die Welt ist ein Dorf, und unsere Stadt sowieso. Meinst du ... ich meine, glaubst du, es war Peggy, die ..."

„Möglich ist doch alles, oder?"

„Nein, sie hat mich vor wenigen Tagen erst angerufen. Peggy ist gar nicht in der Stadt."

„Und – was denkst du?"

„Ich denke, dass ich sie zur Abwechslung mal anrufen sollte." Peers Miene glich einer Maske. Heike konnte fast sehen, wie die Gedanken sich in seinem Kopf überschlugen.

Sonntag, 14:15 Uhr, Goebenplatz

Stefan hatte es zu Hause nicht ausgehalten. Da Heike noch mit seinem Käfer unterwegs war, war er auf die „Öffis", die öffentlichen Verkehrsmittel, angewiesen, um zum Briller Viertel zu gelangen. Hier lebte die Familie Wittwer. Er war sicher, dass Wittwer in Gefahr war. Auch wenn der Spediteur es gestern, als er ihn in seinem Büro besucht hatte, nicht hatte wahrhaben wollen.

Das Briller Viertel lag am Osthang des Nützenbergs. Hier waren Hans Knappertsbusch und Else Lasker-Schüler geboren worden. Im Rahmen der Regionale 2006 hatte man rund um den Weyersbuschturm den Nützenbergpark eröffnet. Nach der Anleinpflicht für Hunde entstand hier ein Gebiet, in dem Hundebesitzer ihre vierbeinigen Lieblinge legal frei herumlaufen lassen durften. Hier war Stefan beim Joggen schon in so manche Tretmine gelatscht.

Nun stand er vor der Villa und betrachtete das Domizil von Karl Wittwer. Es gab einen schmalen Vorgarten rechts und links vom Eingangsbereich. Das Haus selber strahlte ein mediterranes Flair aus; das lag sicherlich auch an den charakteristischen Rundbogenfenstern mit leuchtend weißen Fensterläden und einem halbrund angelegten Balkon über dem Portal, der von angedeuteten weißen Steinsäulen gestützt wurde. Eine vornehme Wohngegend, dachte Stefan. Nachdem er die breiten Eingangsstufen erklommen hatte, legte er den Finger auf den Klingelknopf. Drinnen ertönte ein dezenter Gong, und es dauerte nicht lange, bis sich Schritte näherten. Die schwere Eichentüre wurde geöffnet. Eine Frau in seinem Alter öffnete. Der dünne Stoff eines Sommerkleides schmiegte sich um ihren Körper. Irgendwie kam sie Stefan bekannt vor. Er musterte sie so unauffällig wie möglich. Die Frau hatte ein apartes, aber etwas blasses Gesicht und blickte ihn unverwandt an. Die schulterlangen roten Haare hingen strähnig ins Gesicht. Blassblaue Augen musterten ihn unverwandt. „Ja bitte?"

„Mein Name ist Stefan Seiler von der Wupperwelle." Er setzte sein unwiderstehlichstes Lächeln auf. „Ich hatte einen Termin mit Herrn Wittwer. Es geht um eine Reportage über renommierte Wuppertaler Unternehmen, wie eben auch die Spedition Wittwer." Jetzt fiel es ihm wie Schuppen von den Augen. Stefan glaubte sich daran zu erinnern, wo er das fein geschnittene Gesicht schon einmal gesehen hatte: auf dem Schreibtisch Wittwers. Demnach musste es sich bei seinem Gegenüber um die Tochter des Spediteurs handeln. „Ist Ihr Vater zu sprechen?"

„Haben Sie einen Termin?" Die Frau wurde noch eine Nuance blasser und musterte ihn wie einen Außerirdischen. Ihre Brust hob und senkte sich aufgeregt. Ihre Handbewegungen wirkten fahrig, als sie sich durch das Gesicht fuhr. Krampfhaft ruhte ihre Hand auf der vergoldeten Türklinke, so, als müsste sie sich daran festhalten.

„Allerdings“, erwiderte Stefan schnell und hob das kleine digitale Aufnahmegerät in die Höhe. Daran war ein Mikro mit dem rot-schwarzen Logo der Wupperwelle angebracht. „Bringen Sie mich zu ihm?“

Die Tür wurde etwas weiter geöffnet. „Tut mir leid, aber mein Mann ist nicht da.“ Der leicht schneidende Unterton in ihrer Stimme war nicht zu überhören.

Sie hat „mein Mann“ gesagt, dachte Stefan. Wie groß muss ein Fettnäpfchen denn sein, damit ich nicht hineintrete? Stefan registrierte, dass sich der reiche Spediteur eine jüngere, attraktive Frau geangelt hatte, die aber anscheinend keinen Überblick über die Termine ihres Mannes hatte. Sekundenbruchteile grübelte er, ob sie den älteren Mann wirklich liebte oder ihn nur wegen seines Geldes geheiratet hatte. Es dauerte einen Moment, bis er sein Erstaunen in den Griff bekommen hatte. Stefan tat überrascht. „Aber das ist unmöglich. Wir waren doch verabredet.“

„Er musste dringend verreisen.“ Ihre Miene glich einer Maske.

„Darf ich fragen, wohin?“

„Darf ich Sie vielleicht hereinbitten?“, beantwortete sie seine Frage geschickt mit einer Gegenfrage und lächelte ihn jetzt an. „Vielleicht kann ich Ihnen ja helfen. Mein Name ist Jessica Wittwer. Kommen Sie?“

„Warum nicht?“, erwiderte Stefan erleichtert. Sie gab den Eingang frei. Er folgte ihr durch eine düstere Halle mit erdrückender Holztäfelung in ein helles Wohnzimmer. Durch große, fast deckenhohe Fenster mit klassischen Rundbögen drang die Sonne in das Zimmer ein und tauchte das elegante Mobiliar in ein gleißendes, fast unwirkliches Licht.

„Möchten Sie etwas trinken?“ Sie deutete auf die kleine Bar.

„Ein Wasser, wenn Sie haben.“

„Natürlich.“ Sie nickte lächelnd und machte sich an der Hausbar zu schaffen. Während sie dem Besucher den Rücken zuwandte, betrachtete Stefan sie. Jessica Wittwer hatte eine atemberaubende

Figur. Das luftige Sommerkleid schmiegte sich sanft um ihre Formen. Als sie sich mit dem Wasser zu ihm umwandte, sah er, dass sie keinen BH unter dem dünnen Stoff trug. Sie hatte kleine feste Brüste, die durch ihr Kleid hindurchschimmerten. „Tut mir wirklich leid, aber mein Mann musste ganz kurzfristig weg."

Stefan ahnte den Grund nur allzu gut. Vermutlich hatte er Karl Wittwer mit seinem Besuch in der Spedition verunsichert, als er die Sprache auf die geköpften Plastikpinguine gebracht hatte. Bestimmt war er deshalb Hals über Kopf von der Bildfläche verschwunden. Doch Stefan schwieg, trank von seinem Wasser und ließ Jessica Wittwer reden.

„Ich wusste gar nicht, dass er mit Ihnen verabredet war, Herr Seiler." Sie schenkte sich einen Sherry ein. Dann prosteten sie sich zu.

Stefan beobachtete sie. „Sie kennen seine Termine?"

„Nicht alle." Lächelnd beobachtete sie ihn. „Es ist allerdings ungewöhnlich, dass er in unserem Haus Besuch empfängt. Davon hätte ich bestimmt gewusst."

Den lauernden Unterton in ihrer Stimme hatte Stefan nicht überhört. Er dachte kurz nach, bevor er antwortete. „Ich habe ihn gestern in der Spedition besucht. Allerdings war unsere Zeit knapp, da er in eine Besprechung mit den Disponenten musste. Aus diesem Grunde haben wir das Treffen verschoben, um ..."

Irgendwo im Haus schlug ein Telefon an. „Bitte entschuldigen Sie mich einen Moment", sagte Jessica Wittwer eilig, stellte ihr Glas auf dem kleinen Beistelltischchen ab und verschwand mit wiegenden Hüften aus dem Wohnzimmer. Stefan blickte ihr nach. Sie war eine begehrenswerte Frau. Dennoch strahlte sie eine unerklärliche Kühle und Distanz aus, die sie unnahbar machte. Eigentlich war Stefan hergekommen, um etwas über das private Umfeld der Wittwers herauszubekommen. Jetzt hörte er, wie Jessica Wittwer in der Halle telefonierte. „Schön, dass alles geklappt hat ... Ja – so weit ganz gut. Ich habe gerade Besuch ...

Nein, du störst nicht. Da ist ein Herr Seiler vom Radio. – Was? Nein, weiß ich auch nicht."

Stefan begann zu schwitzen. So wie es sich anhörte, war ihr Mann am Apparat. Ausgerechnet jetzt! Er würde auffliegen. Was sollte er tun? Hals über Kopf türmen? Er entschied sich dagegen, wollte schließlich nicht sein Gesicht verlieren. Trotzdem – wenn er aufflog, würde er mächtig Ärger mit Eckhardt kriegen, so viel stand fest. In der Halle ging das Telefonat weiter, und er lauschte angestrengt.

„Er sagt, ihr hättet eine Verabredung heute? Nein? Komisch, dann muss ich noch mal nachfragen." Eine kurze Pause. „Ist gut. Ich melde mich dann."

Kein *mach's gut,* kein *ich liebe dich,* nur ein *ich melde mich dann.* Kalt und emotionslos, so, als würde sie mit einem Geschäftsfreund reden und nicht mit ihrem Mann. Sehr verliebt schien sie nicht zu sein. Unwillkürlich kam Stefan der Gedanke, dass sie Wittwer vermutlich nur wegen seines Geldes geheiratet hatte. Mit dem Telefon in der Hand erschien sie im Türrahmen und betrachtete Stefan misstrauisch. „Sagen Sie mal, kann es sein, dass Sie etwas verwechselt haben?"

Stefan zuckte die Schultern und nippte mit möglichst gleichgültiger Miene an seinem Wasser. „Warum?" Er hoffte, dass sein Gesicht sich nicht schon tiefrot verfärbt hatte, und bemühte sich, so unschuldig wie möglich dreinzuschauen.

„Mein Mann weiß nichts von einem Treffen mit Ihnen." Ihre Stimme klang schneidend, während sie den großen Wohnraum durchschritt und ans hohe Fenster trat. Scheinbar gedankenverloren blickte sie hinaus auf die Straße. Sonnenstrahlen brachen durch die alten Kastanien und tauchten die Umgebung in ein warmes Licht. „Er weiß auch nichts von einem Interview, das Sie mit ihm machen wollten."

„Das verstehe ich nicht."

„Ach nein?" Sie fuhr herum und betrachtete ihn mit einem süffisanten Lächeln. Ihre Augen blitzten ihn an. „Was wollen

Sie wirklich, Herr Seiler?“

Stefan räusperte sich. Es war an der Zeit, mit der Wahrheit herauszurücken. „Das ist eine lange Geschichte.“

„Wir haben Zeit.“ Das Lächeln war auf ihrem aparten Gesicht eingefroren. Jetzt wirkte sie wie eine dieser nostalgischen Puppen mit Porzellankopf; ihr ohnehin schon blasser Teint war noch eine Nuance weißer geworden. Früher war blass ja vornehm gewesen, aber heute sah die junge Frau des Spediteurs einfach nur ungesund aus. Und trotzdem wirkte sie sehr anziehend auf Stefan. Er räusperte sich.

„Gut. Sicherlich haben Sie schon davon gehört, dass es jemand auf die Plastikpinguine der Pinguinale 2006 abgesehen hat.“

„Unser Pinguin, Wittwuppi, wurde zerstört, ja, das hat mir mein Mann erzählt. Er hat Anzeige gegen Unbekannt erstattet. Es wird Zeit, dass man diesen Randalierern das Handwerk legt.“

„Parallel dazu beschäftigen zwei Morde die Wuppertaler Kriminalpolizei.“ Stefan atmete tief durch und achtete auf jede Regung in ihrem Gesicht.

„Was hat das eine mit dem anderen zu tun?“

„Auf den ersten Blick nichts. Aber auch wenn die Polizei das noch nicht bestätigt hat – ich sehe einen Zusammenhang zwischen den Sachbeschädigungen an den Pinguinen und den Morden.“

„Warum?“

„Auffallend ist, dass die Besitzer der beschädigten – oder sollte ich sagen, der geköpften? – Pinguine ermordet wurden. Vom Mord an Fritz Plunger, dem Präsidenten des WFC, haben Sie sicherlich gehört.“

Jessica Wittwer nickte nachdenklich. Sie wich seinem Blick aus und rang mit den feingliedrigen Händen. Plötzlich schien sie sehr nervös zu sein. „Ich habe es im Fernsehen gesehen.“

Er hätte lieber gehört, dass sie es in den Lokalnachrichten der Wupperwelle gehört hätte. Aber das Leben war kein Wunschkonzert.

„Und der zweite Mord?"

„Karlheinz Kötter, ein wohlhabender Bauunternehmer, wurde ebenfalls das Opfer eines Mordes. Letzten Donnerstag wurde er auf dem Parkplatz neben der Stadthalle erst angeschossen und dann überfahren."

„Wie grausam." Jessica Wittwer sank auf die Lehne der Ledercouch, griff nach dem Glas und leerte es in einem Zug. „Sie meinen also, dass es zwischen den Morden einen Zusammenhang gibt?" Sie stand auf, ging zu der kleinen Hausbar am Fenster und schenkte sich nach. Regungslos stand sie am Fenster und wandte ihm den Rücken zu.

„Davon bin ich sogar überzeugt", erwiderte Stefan und trat hinter sie. Die Frau des Spediteurs hatte einen grazilen Hals, um den sich eine feine Goldkette schmiegte. Der Ausschnitt ihres Kleides zeigte einen schönen Nacken. Eine feine Parfümwolke umhüllte Stefan. „Allerdings ist die Polizei anderer Meinung – zumindest offiziell."

Jetzt fuhr sie zu ihm herum. „Und inoffiziell?"

Er zuckte die Schultern.

„Man ermittelt bestimmt in alle Richtungen", antwortete Jessica Wittwer an seiner Stelle mit einem süffisanten Lächeln, „wie immer in solchen Fällen." Dann wurde sie ernst. „Meinen Sie, dass die Polizei eine heiße Spur verfolgt?"

„Ich weiß nicht. Die Ermittler geben sich sehr bedeckt und rücken kaum mit Informationen heraus."

„Aber Sie haben doch bestimmt gute Kontakte ins Präsidium?"

„Wie man es nimmt. Der Leiter der Mordkommission ist ein ... nun ja, ein sehr verschlossener Typ, um es vorsichtig auszudrücken."

„Darf ich Ihnen ein Geschäft vorschlagen?"

„Ich bin gespannt", lächelte Stefan.

„Sie sagen mir, warum Sie hier sind, ich meine, warum Sie wirklich hier sind, und was Sie über die beiden Morde wissen. Und ich beantworte Ihnen dann Ihre Fragen, so gut ich kann."

Stefan überlegte kurz und zuckte dann die Schultern. „So schrecklich viel weiß ich auch nicht, fürchte ich."

„Das ist doch schon mal eine Basis", erwiderte Jessica Wittwer. „Also?" Sie legte den Kopf schräg und musterte den Radioreporter mit einem Augenaufschlag wie ein Schulmädchen, das ihn nach den nicht gemachten Hausaufgaben ausfragen wollte.

„Wissen Sie ...", setzte Stefan an und nahm einen tiefen Schluck aus seinem Glas. „Ich bin mir nicht ganz sicher. Aber für mich sieht es danach aus, als würde jemand eine Liste abarbeiten. Als letzte Warnung köpft man die Plastikpinguine und gibt den Besitzern eine letzte Chance, wofür auch immer." Er blies die Luft durch die Backen aus und erzeugte ein unanständiges Geräusch. Rasch murmelte er eine Entschuldigung und bemerkte, dass ihn die Hausherrin amüsiert betrachtete.

„Und jetzt wurde unser Pinguin geköpft."

„Sie sagen es." Stefan nickte. „Deshalb bin ich hier."

Jessica Wittwer ging nicht darauf ein. „Diese Organisation hat es auf die oberen Zehntausend der Stadt abgesehen, wenn Sie mich fragen." Sie dachte einen Moment lang nach, bevor sie ihre Idee aussprach. „Mafia?"

„Wie bitte?" Stefan stutzte und hätte sich fast an seinem Wasser verschluckt. Daran hatte er noch gar nicht gedacht. Das war ihm eine Nummer zu groß, und genau das sagte er Jessica Wittwer auch. „Ich könnte mir eher vorstellen, dass ein Psychopath dahintersteckt. Von mir aus auch eine Bande durchgeknallter Jugendlicher, die es aus purem Neid auf die Schönen und Reichen der Stadt abgesehen hat. Oder wer auch immer ..."

„Mein Mann ist aus Wuppertal abgehauen." Jessica Wittwer hatte die Lippen zu einem schmalen Strich zusammengepresst. Sie stellte das halbleere Glas auf die Minibar und rang nervös mit den Händen. „Er ist nach Polen geflogen, um den Mördern aus dem Weg zu gehen. Ja, wenn Sie so wollen: Er ist tatsächlich auf der Flucht." Sie versuchte, in Stefans Blick zu lesen, was er dachte.

Stefan Seiler nickte mit nachdenklicher Miene.

„Das ist nachvollziehbar", erwiderte Stefan. „Hat er denn einen Grund, Angst zu haben?"

Die Spediteursgattin lachte humorlos auf. „Wer hat den in seinen Kreisen nicht? Als erfolgreicher Unternehmer steht er ständig im Licht der Öffentlichkeit. Die Medien begleiten ihn auf Schritt und Tritt, und da ist es nicht so abwegig, dass ... gewisse Leute den Drang verspüren, nun ..."

„Sie meinen ...?"

Da war es wieder, dieses trockene Lachen. „Ich meine irgendwelche irren Mitmenschen. Geisteskranke, die erfolgreichen Menschen ihren verdienten Wohlstand neiden und ihnen nach dem Leben trachten." Ihre Augen sprühten Funken. „Was glauben Sie: Wie viele Verrückte laufen in dieser Stadt herum, die eigentlich nicht zurechnungsfähig sind und in eine Anstalt gehören?"

Plötzlich war sich Stefan seiner Sache gar nicht mehr so sicher. Hatte er sich unbewusst in die Höhle des Löwen begeben?

„Karl, mein Mann, ist inoffizieller Sponsor des WFC. Das hätten Sie früher oder später sowieso herausgefunden." Sie lächelte. „Vielleicht sollten Sie mal in diese Richtung recherchieren. Hatte Kötter noch Verbindungen zum WFC? Er war nämlich Gründungsmitglied des Wuppertaler Fußballclubs. Wussten Sie das etwa nicht, Herr Reporter?" Süffisant lächelnd fuhr sie sich durch das schulterlange rote Haar.

„Offen gestanden – das klingt nach einem neuen Ansatzpunkt", räumte Stefan ein. „Vielleicht sollte ich mal ... verdammt, was ist denn da los?" Er deutete durch das Fenster nach draußen. Ein Fahrzeug raste in halsbrecherischem Tempo die Herwarthstraße in Richtung Goebenplatz herunter. Das Quietschen der Reifen durchschnitt die Stille im Briller Viertel und war bis ins Wohnzimmer zu hören. Wie Stefan irritiert feststellte, handelte es sich um einen dunklen Jaguar. Das Auffälligste an der Luxuskarosse war, dass die Kennzeichen abgeschraubt waren. Wer so etwas tut, führt nichts Gutes im Schilde, durchzuckte es Stefan. Die Bremsen kreischten, der Wagen schlitterte und kam schräg vor dem Haus am Goebenplatz zum Stehen. Im selben Moment sah Stefan, dass der Beifahrer einen dunklen Gegenstand aus dem offenen Fenster hielt. Eine brünierte Mündung wurde aus dem Seitenfenster gehalten und zeigte auf die Villa der Wittwers, genau auf das Wohnzimmerfenster, an dem sie gerade standen! Im nächsten Moment zuckte das Mündungsfeuer auf, und Stefans Herz setzte aus.

Sonntag, 14:30 Uhr, Friedrich-Engels-Allee

„Verdammt, ich erreiche ihn nicht!“ Heike drückte den roten Knopf des Handys, nachdem sich bei Stefan die elektronische Stimme der Mailbox gemeldet hatte.

„Vielleicht ist er gerade ...“ Peer Finke betrachtete die Kollegin von der Seite.

Heike war völlig außer sich. „Peer, er nimmt das Handy mit aufs Klo. Und wenn ich ihn nicht erreiche, dann ist das seltsam.“ Heike versuchte mit vor Aufregung zitternden Händen noch einmal, Stefan zu erreichen. Doch auch der zweite Versuch scheiterte. Wieder meldete sich nur die Mailbox. „Ach – vergiss es!“, rief Heike.

„Das muss nichts zu bedeuten haben“, versuchte Peer sie ein wenig zu beruhigen.

„Vielleicht ... ist ihm etwas zugestoßen.“ Heike hatte den letzten Satz leise gesprochen. „Was machen wir denn jetzt?“

„Wo wollte er denn hin?“

Schulterzucken. „Er hatte nichts vor. Ich habe seinen Wagen.“

„Das heißt, er müsste zu Hause sein.“

„Ja.“

Peer Finke wirkte plötzlich sehr entschlossen. „Na dann los! Worauf warten wir noch?“ Heike blickte ihn fragend an.

„Wo steht denn der gute alte Käfer?“ Peer grinste sie über den Rand seiner Brille hinweg an. „Weißt du eigentlich, wie lange ich schon nicht mehr mit einem Käfer gefahren bin?“

„Dann wird es höchste Zeit“, erwiderte Heike lachend und eilte mit ihm zur Wittensteinstraße. Dort hatte sie vor der Pressekonferenz einen der wenigen freien Parkplätze ergattert. Es dauerte nicht lange, und Peer bereute fast, dass er sich zu Heike in den Wagen gesetzt hatte. Sie trat das Gaspedal bis zum Bodenblech durch. Der Boxermotor im Heck heulte auf, und die Reifen quietschten, als sie in Richtung Marienstraße jagten.

Sonntag, 14:32 Uhr, Briller Viertel

„Der schießt auf uns!“, gellte Stefan Seilers Stimme durch den Raum. Er ließ das halbvolle Wasserglas fallen. Scheppernd krachte es auf den edlen Dielenfußboden. Rasch breitete sich ein dunkler Kranz auf dem Holz aus. Bevor Jessica Wittwer reagieren konnte, blitzte draußen das Mündungsfeuer auf. Ein dumpfer Schuss, und fast zeitgleich zerbarst die Scheibe des Wohnzimmerfensters. Ein wahrer Scherbenregen prasselte auf sie nieder. Stefan hatte sich zur Seite fallen lassen und riss Jessica Wittwer unsanft zu Boden. Ein spitzer Schrei löste sich aus ihrer Kehle. Stefan warf sich über sie. Mit seinem muskulösen Körper bedeckte er die zierliche Frau. Jessica Wittwer spürte einen brennenden Schmerz in ihrem Rücken und wand sich vor Schmerzen unter Stefans Last. Sie rang nach Luft. Spitze Glassplitter bohrten sich in ihren Rücken. Sicherlich waren lebenswichtige Nerven durchtrennt worden, und sie würde den Rest ihres Lebens im Rollstuhl verbringen müssen. Der brennende Schmerz wich einer nie da gewesenen Taubheit. Allein der Gedanke an eine mögliche Lähmung raubte ihr den Atem. Ihre Lunge brachte nichts außer einem asthmatischen Röcheln zustande. War das die Strafe für ...?

Nein, sie liebte Karl doch über alles. Und jeden Gedanken an einen Seitensprung versuchte sie in diesen Sekunden ungeschehen zu machen.

Draußen brüllte der Motor des Jaguar auf wie ein getretenes Tier, dann quietschten die Reifen, und das Motorgeräusch entfernte sich. Stefan erhob sich schwerfällig und blickte vorsichtig aus dem Fenster. Er sah im letzten Moment, wie der dunkle Jaguar über die Goebenstraße und dann talwärts verschwand. Über die Katernberger Straße würde er schnell in alle Richtungen verschwinden können. Jetzt tat sich etwas auf der Straße. Erschrockene und neugierige Nachbarn traten auf den Bürgersteig, blickten zur Villa hinauf und unterhielten sich angeregt. Eine alte Dame gestikulierte aufgeregt.

Stefan wandte sich zu Jessica Wittwer um und half ihr auf die Beine. „Wie geht es Ihnen?"

Jessica Wittwer schmeckte das Salz ihrer Tränen. „Was ... was war das?", wimmerte sie. Ihre Brüste hoben und senkten sich. Sie wandte den Kopf zur Seite und blickte ihn aus angsterfüllten Augen an. Ihr Kleid war hochgerutscht, und eilig strich sie den dünnen Stoff glatt. Ihre Kehle war trocken, sie schluckte. Die junge Frau fühlte sich, als wäre sie soeben gestorben. „Bitte", flüsterte sie. „Sagen Sie mir, was das war?" Tränen rannen über ihr hübsches Gesicht.

Stefan strich ihr eine Haarsträhne aus der Stirn. „Die Irren, so, wie Sie diese Leute genannt haben. Die sind mehr als einfach nur irre." Er klopfte sich einige Glassplitter aus der Kleidung und blickte sich um. Das Wohnzimmer sah aus, als hätte eine Bombe eingeschlagen. Glassplitter, so weit das Auge reichte. Dunkle, feuchte Flecken übersäten den edlen Holzfußboden. Gott sei Dank war Jessica Wittwer nicht in die Scherben seines Glases gefallen. „Sind Sie okay?"

Jede Bewegung bereitete ihr Höllenqualen, doch sie rang sich ein müdes Lächeln ab. „Ich nehme alles zurück. Das sind nicht einfach nur Irre. Recht haben Sie. Das sind Psychopathen, nein, das sind eiskalte Killer. Was war das gerade?"

„Vermutlich der geplante Mordanschlag auf Ihren Mann."

„Was ist?“, rief Heike, ohne den Blick von der Fahrbahn zu nehmen. „Was ist denn los? Bist so blass!“ Sie grinste.

„Nichts.“ Peer versuchte ein mattes Lächeln, das jedoch schändlich misslang. Gern hätte er beschwichtigend die Hände gehoben, doch dazu hätte er die Hände von dem Haltegriff über dem kleinen Handschuhfach nehmen müssen, und das wollte er bei Heikes Fahrstil lieber nicht riskieren. Der kleine Motor im Heck von Stefans heiß geliebtem „Clemens“ heulte auf. Heike kurbelte wie wild am Lenkrad und hatte zeitweise Mühe, den Käfer auf der Straße zu halten. Nachdem sie Stefan in seiner Wohnung nicht angetroffen hatten, gab es nur ein Ziel: Die Privatadresse der Wittwers. Stefan hatte den Spediteur gestern Vormittag in seinem Betrieb besucht und nichts erreicht. Also vermutete Heike, dass er versucht haben könnte, ihn in seinem Haus zu besuchen. Der Weg war nicht weit. Dennoch wollte Heike anscheinend einen neuen Streckenrekord aufstellen. Mit quietschenden Reifen bog sie von der Katernberger Straße links ab. Der Käfer nahm den Berg an der Moltkestraße ohne große Mühe. Das Villenviertel aus der Wuppertaler Gründerzeit hatten sie erreicht. Jetzt bogen sie rechts in die Goebenstraße ab.

„Da!“, gellte Peers Stimme nach einer scharfen Linkskurve durch das Wageninnere. Er riss aufgeregt die rechte Hand hoch und deutete auf ein altes Herrenhaus, das sich auf einer kleinen Anhöhe befand. Eine kleine Gruppe Neugieriger stand vor dem eingezäunten Grundstück. Eines der Fenster war geborsten. Was immer auch hier passiert war, plötzlich hatte Heike Angst um Stefan. Sie wendete, riss das Steuer nach rechts, zirkelte den Käfer in eine viel zu kleine Parklücke und blieb schräg zur Fahrtrichtung stehen. Bevor sie den Motor abschaltete, ließ sie die Kupplung kommen. Der Käfer vollführte einen kleinen Hüpfer, dann erstarb der Motor.

„Parkst du immer so ein?“, konnte Peer sich nicht verkneifen zu fragen und fing sich von Heike ein kurz angebundenes „Leck mich“ ein, bevor sie die Tür aufstieß und ins Freie sprang. Heike bahnte sich einen Weg durch die kleine Gruppe Schaulustiger. Obwohl er sich in seiner Freizeit manchmal sportlich betätigte, hatte Peer Mühe, Heike auf den Fersen zu bleiben. „Sind Sie Arzt?“, wurde er von einer Frau auf dem Bürgersteig angesprochen. Sie löste sich von der Gruppe der Schaulustigen.

Peer blieb kurz stehen. „Wenn Sie es wollen – gern.“ Er lächelte und stürmte weiter hinter Heike her. Die verdutzte Frau ließ er achtlos stehen. Die Haustür war verschlossen. Heike trommelte gegen das massive Holz und legte einen Daumen auf den vergoldeten Klingelknopf. Es dauerte eine gefühlte Ewigkeit, bis sich drinnen Schritte näherten. Stefan öffnete, blickte erst Heike erstaunt an, begrüßte dann Peer mit einem Kopfnicken und blickte an den beiden vorbei auf die Straße, wo der Käfer stand. „Parkst du immer so ein?“

Heike hatte ein Déjà-vu, hatte Peer ihr die gleiche Frage doch erst vor einer knappen Minute gestellt. „Du ... du bist echt das Letzte!“

„Ich liebe dich auch.“ Er grinste. „Um deine Fragen zu beantworten: Jemand hat auf Jessica geschossen. Sie ist nicht verletzt, und mir geht es auch gut. Nur das Wohnzimmer sieht aus wie nach einer Studentenparty am Campus Freudenberg.“

„Wer zum Teufel ist Jessica?“ Heikes Gesichtsfarbe war von Kreidebleich zu Puterrot gewechselt. Da war wieder dieses wütende Blitzen in ihren blauen Augen, das er so liebte: Eifersucht.

„Jessica Wittwer, die Frau des Spediteurs. Übrigens augenblicklich Strohwitwe, weil der Gute es in Anbetracht der Ereignisse um die geköpften Pinguine für besser hielt, das Weite zu suchen.“

„Der Mann hat Weitblick“, räumte Heike mit trockenem Humor ein.

„Was ist denn passiert?“, wollte Finke wissen. Stefan zog die beiden ins Haus, drückte die Tür ins Schloss und berichtete mit kurzen Sätzen, was geschehen war.

„Klingt, als wollte man die gute Jessica aus dem Weg räumen“, konstatierte Peer sachlich, nachdem Stefan seine Ausführungen beendet hatte.

„Wer will mich aus dem Weg räumen?"
Von allen dreien unbemerkt war Jessica Wittwer im Flur aufgetaucht. Die Haare hingen ihr wirr ins Gesicht, einer der Splitter hatte sie an der Wange erwischt. Ein feiner Blutfaden rann ihr apartes Gesicht herunter.

„Oh, entschuldigen Sie den Ton, aber ich dachte ..." Peer war von einer Sekunde zur anderen puterrot geworden und reichte der Spediteursgattin die Hand. „Ich bin Peer Finke, freier Journalist." Er zog ein kleines Etui mit Visitenkarten aus der Tasche seines Jacketts, öffnete es und überreichte Jessica Wittwer eine seiner Karten. Sie blickte ihn beinahe apathisch an, warf einen kurzen Blick auf die Karte und drehte sie in den Händen.

„Ich wusste gar nicht, dass ich zu einer Pressekonferenz eingeladen hatte", sagte sie sarkastisch und strich sich durch das schulterlange rote Haar.

„Das ist übrigens meine Kollegin Heike Göbel – und meine Freundin", beeilte sich Stefan zu sagen. Mit einem verlegenen Lächeln schob er sich das Baseballcap in den Nacken.

„Sie bluten ja", bemerkte Heike und deutete auf einen dunkelroten Blutfleck, der sich im Stoff von Jessica Wittwers dünnem Sommerkleid ausbreitete.

„Ja, ich bin wohl irgendwie in die Scherben gestürzt. Na ja, immerhin lebe ich – dank Ihres Freundes." Sie warf Stefan einen dankbaren Blick zu.

„Das sollten wir verbinden. Wo haben Sie einen Verbandskasten?"

„Im Keller. Wären Sie so nett ..."

„Aber natürlich." Peer lächelte hilfsbereit. Er ließ sich von der Hausherrin den Weg zum Keller beschreiben und war wenige Sekunden später verschwunden.

„Sie sollten die Polizei alarmieren", empfahl Heike, als sie gemeinsam das Wohnzimmer betraten.

Jessica Wittwer lachte humorlos auf. „Wozu? Glauben Sie ernsthaft, man gibt mir Geleitschutz?"

„Wenigstens könnte man verstärkt Streife fahren und öfters mal nach dem Rechten sehen."

„Vergessen Sie's", erwiderte die zierliche junge Frau. „Für so etwas hat die Polizei kein Personal. Die kontrollieren lieber unsere LKW. Das artet fast schon in Schikane aus. Aber dafür hat man Personal, obwohl wir genau auf die Einhaltung der Lenk- und Ruhezeiten unserer Fahrer achten. Ich habe neulich in der Zeitung gelesen, dass eine alte Dame zu einer Geldstrafe verdonnert wurde, weil sie ihren Hund nicht angeleint hatte. Es war kein Kampfhund, sondern ein Dackel."

„Ist das nicht die Aufgabe des Ordnungsamtes?", warf Heike ein.

„Wie dem auch sei – wenn ich hingegen das Opfer eines Mordanschlages werde und um Unterstützung bitte, werde ich belächelt und auf die dramatische Personalsituation unserer Ordnungshüter hingewiesen. Nein danke, das brauche ich nicht."

„Sie sollten trotzdem anrufen und ...", versuchte es Heike.

„Ich werde anrufen – bei meinem Glaser. Ich brauche nämlich ein neues Wohnzimmerfenster. Und nun entschuldigen Sie mich bitte."

„Sie stehen unter Schock", stellte Heike fest. So schnell ließ sie nicht locker. Stefan warf ihr einen vielsagenden Blick zu. *Vergebliche Liebesmüh,* sollte das bedeuten. Heike nickte unmerklich und gab auf.

„Hier ist der Verbandskasten." Peer war im Zimmer aufgetaucht und hielt den kleinen grauen Kasten mit dem weißen Kreuz auf grünem Grund in die Höhe wie eine Trophäe. „Schnittwunden sind nicht weiter schlimm, sie bluten halt nur ziemlich." Er öffnete den Kasten und zog Pflaster und eine gekröpfte Schere hervor.

„Wenn Sie das vielleicht machen würden?" Jessica Wittwer warf Heike einen hilfesuchenden Blick zu.

„Natürlich. Kommen Sie."

Stefan und Peer verließen den Raum. „Wir warten draußen."

„Hey", rief Jessica Wittwer ihnen hinterher. „Und Ihre Fragen?"

Stefan lächelte. „Ein anderes Mal. Lassen Sie sich erst mal verarzten." Dann waren sie draußen. Peer und Stefan warteten am Käfer auf Heike. „Meinst du, sie wäre was für mich?", fragte Peer schließlich mit rotem Kopf.

„Wer – Heike?"

„Quatsch, ich will doch keinen Ärger mit dir kriegen." Er lachte. „Ich meine Jessica."

„Die Wittwer?" Stefan blies die Luft durch die Backen. „Sie ist eine hübsche Frau, ja. Aber ich glaube, sie ist ein, zwei Nummern zu groß für dich, Peer. Sie liebt den Luxus, und genau den kannst du ihr mit deinem schmalen Journalisteneinkommen wohl kaum bieten."

„Aber sie ist …", begehrte Peer auf, wurde aber von Stefan unterbrochen.

„Sie ist verheiratet", rief Stefan und schloss die Wagentüren auf. Er stand neben der Fahrertür und blickte in Peers enttäuschtes Gesicht. Lange blickte er ihn über das runde Dach des Käfers an. „Keine Affäre mit einer verheirateten Frau, also: Schlag sie dir aus dem Kopf!"

„Wen soll er sich aus dem Kopf schlagen?"

Die Männer hatten nicht bemerkt, dass Heike hinter sie getreten war und die beiden charmant anlächelte. Als Heike jetzt Peers bedrücktes Gesicht sah, wusste sie, was Stefan gemeint hatte. Sie lachte. „Peer, du hast dich doch nicht in Jessica Wittwer verguckt?"

Peer Finke seufzte, während er auf die Rückbank des Käfers krabbelte. „Nein, habe ich nicht."

Sonntag, 15:00 Uhr, Langerfelder Straße

Die Batterien der Fernbedienung wurden langsam schwach. Er hatte den ganzen Tag im Fernsehsessel verbracht und die Flimmerkiste mit Dauerfeuer aus der Fernbedienung malträtiert. Seufzend leerte er seine Bierdose und erhob sich aus dem Sessel. Sonntags liefen entweder uralte Filme oder Dokumentationen. Zooreportagen waren der große Renner zurzeit und wurden nur noch von Kochsendungen übertroffen. Fast jeder Sender hatte ein derartiges Format im Programm.

Er wollte beides einfach nicht mehr sehen. Das passive Leben aus zweiter Hand nervte ihn nur noch. Robert Gatz warf einen Blick auf die Uhr. Drei Uhr nachmittags. Eine schwüle Hitze lag über Wuppertals östlichstem Stadtteil wie eine Glocke, die das Leben lähmen wollte. Durch das offene Fenster drang Verkehrslärm von der Langerfelder Straße ins Wohnzimmer. Staubpartikel tanzten im Sonnenlicht. Bald würde seine Frau nach Hause kommen. Gatz spürte ein Stechen in der Brust und atmete tief durch. Verdammtes Herz, dachte er und tastete über die schmerzende Stelle. Seine Gedanken kreisten um Thea. Einst waren sie das glücklichste Paar der Welt gewesen. Er hatte einen gut bezahlten Job in einem Unternehmen an der Dieselstraße gehabt, der aber von heute auf morgen wegrationalisiert worden war. Mit Thea und ihm war es seitdem abwärts gegangen. Er wusste nicht, was mit seiner Frau los war. Seit einigen Wochen verhielt sie sich seltsam distanziert und wortkarg. Zärtlichkeiten und innige Zuneigung kamen nur von seiner Seite, während sie ihn kaum noch so liebevoll anlächelte, wie sie das sonst immer getan hatte. Nur noch selten berührte sie ihn und fuhr ihm zärtlich durch das dichte, wellige Haar, so, wie er es liebte.

Robert Gatz stand vor einem Rätsel. Lange schon hatte er den Verdacht, dass sie einen anderen Mann kennengelernt hatte und ihm fremdging. Seitdem er arbeitslos war, war Gatz in ein tiefes Loch gefallen. Fast täglich fuhr er zum Arbeitsamt an der Hünefeldstraße, um einen Job zu ergattern. Vergeblich – und das, obwohl er mit seinen neununddreißig Jahren bestimmt nicht zu alt zum Arbeiten war. Vermutlich war er aber schon zu alt für den Arbeitsmarkt in Wuppertal. Die Sachbearbeiter bei der Arbeitsvermittlung waren überfordert und nicht in der Lage, ihn an einen neuen Arbeitgeber zu vermitteln. Wenn das so weiterging, war er, bevor er sich versah, Hartz IV-Empfänger. Und davor hatte er eine panische Angst. Denn was das bedeuten würde, wusste er. Einsparungen, Verzicht und ein Leben unter der Aufsicht der Behörden. Er müsste dem Amt Rechenschaft ablegen über jeden Schritt, den er fortan tun würde. Nein, das hatte wahrlich nichts Menschliches mehr. Er wusste, dass er seiner Frau nichts mehr bieten konnte. Thea mochte schöne Dinge und kleidete sich gern elegant; früher waren sie oft essen gegangen und hatten schöne Urlaube gemacht. Doch das alles war gestrichen, seitdem er den Job verloren hatte. Hatte sie sich deshalb von ihm abgewandt? Bedeuteten ihre Liebe und all die Jahre, die sie gemeinsam verbracht hatten, plötzlich nichts mehr für sie?

Heute würde er sie zur Rede stellen.

Oft schon hatte er sich vorgenommen, mit ihr über ihr Verhalten zu sprechen, doch ihm hatte der Mut gefehlt. Die Arbeitslosigkeit hatte ihn zu einem seelisch labilen Wrack werden lassen. Die Liebe zu Thea war alles, was ihm geblieben war, und unter ihrer Veränderung litt er. Deshalb war er in den letzten Wochen jeglicher Konfrontation aus dem Weg gegangen. Lieber hatte er getrunken – zu viel getrunken, um ruhig schlafen zu können. Wie oft er in den letzten Wochen schweißgebadet mitten in der Nacht aufgewacht war, konnte er schon nicht mehr zahlen. Sein Leben war ein einziger Scherbenhaufen. Und wenn ihm jetzt noch die Bank wegen nicht gezahlter Raten den Kredit kündigte, war er endgültig ein Fall fürs Sozialamt. Die Miete war fast drei Monate im Rückstand, und letzte Woche hatten sie ihm fast den Strom abgedreht. Er fühlte sich leer und ausgebrannt. Robert Gatz stand vor dem

Abgrund. Wenn Thea nicht wäre ... er dachte diesen Satz lieber nicht zu Ende. Er klammerte sich an das, was ihm von ihr geblieben war, klammerte sich an die letzten Überbleibsel ihres gemeinsamen Glücks. Doch heute würde er mit ihr reden.

In einer Stunde würde sie von der Arbeit kommen. Ruhelos wie ein Tiger in seinem Käfig marschierte er durch die Mietwohnung. Im Wohnzimmer blieb er am Fenster stehen und blickte hinunter auf die Straße. Auf der anderen Straßenseite befanden sich die Geschäftsräume einer Bank. Wie oft hatte er in den letzten Tagen mit dem Gedanken gespielt, diese Bank zu überfallen. Er hatte auf die ehrliche Art versucht, Geld zu verdienen, hatte alles dafür gegeben, ihnen ein sorgenfreies und finanziell unabhängiges Leben zu ermöglichen. Und er war bitter enttäuscht worden. Abserviert von den Bossen in der Chefetage, die seinen Posten wegrationalisiert hatten. Nein, dachte er verbittert, auf die ehrliche Art konnte man es in diesem beschissenen Land offenbar zu nichts mehr bringen. Aber er war nicht kriminell. Den Unterschied zwischen Gut und Böse kannte er sehr wohl. Daran änderte auch sein derzeitiges Dilemma nichts. Immerhin hatte Thea ihren Job noch. Seit er arbeitslos war, schob sie im Bistro Sonderschichten und nahm jede Überstunde mit. Sie brauchten jeden Cent, und Thea arbeitete wie eine Besessene, um ihr Überleben zu retten. Sie hätte es sicherlich leichter gehabt, wenn sie einfach abgehauen wäre und sich mit einem anderen Mann ein neues Leben aufgebaut hätte. Aber sie war bei ihm geblieben, wenn auch zähneknirschend.

Sie arbeitete auch samstags und sonntags im Bistro in der Barmer City. Sicherlich hatte sie dort auch Kontakt zu zahlreichen gutaussehenden Männern. Eifersucht keimte in ihm auf. Robert Gatz verdrängte den Gedanken an Theas männliche Gäste und versuchte sich auf das Gespräch vorzubereiten, das er heute mit ihr führen würde. Da war er wieder, der stechende Schmerz in seiner Brust. Gatz wusste sehr wohl, was das zu bedeuten hatte. Ein Alarmsignal, ein Hilferuf seines Körpers. Stress und Sorgen, zu viel Alkohol in Verbindung mit fettigem Essen. Dazu sein Übergewicht. Das alles waren Kriterien, die einen Herzinfarkt begünstigten. Gut, den Alkohol hätte er weglassen können. Aber für gesunde Ernährung fehlte ihm das Geld. Und Sorgen kamen mit jedem neuen Tag, den Gott werden ließ. Doch mit neununddreißig Jahren fühlte er sich einfach zu jung für einen Herzinfarkt. Außerdem würde er den Eigenanteil für den Krankenhausaufenthalt nie aus eigener Tasche bezahlen können. Was war bloß aus Deutschland geworden? Ein Land, das geradewegs auf eine Zweiklassengesellschaft zusteuerte und mittellose Menschen wie ihn einfach durch die immer größer werdenden Maschen des so oft gerühmten sozialen Netzes fallen ließ. Eine Mischung aus Wut und Hilflosigkeit keimte in ihm auf. Gatz ballte die Hände zu Fäusten. Dann hörte er, wie ein Schlüssel in die Wohnungstür geschoben wurde.

Thea, durchzuckte es ihn. Und prompt schlug sein Herz ein paar Takte schneller. Er strich sich die Haare aus der Stirn und atmete tief durch, bevor er ihr entgegenging. Im Korridor trafen sie sich. Theas Blick hellte sich auf, als sie ihn sah. „Hallo“, sagte er und drückte die Wohnungstür ins Schloss. „Schön, dass du da bist!“ Er lächelte und zog sie in seinen Arm. Zart strich er ihr durch das schwarze Haar und genoss ihren Duft und ihre Nähe. Doch dieses Gefühl von Geborgenheit hielt nur ein paar Sekunden, dann löste sie sich geschickt aus seiner Umarmung und warf den kleinen Rucksack auf die Kommode. „Puh“, sagte sie. „Das wäre geschafft.“ Sie vermied, ihm in die Augen zu blicken, und ihr Lächeln wirkte aufgesetzt. Nur ihr sinnlicher Mund schien zu lächeln, während die braunen Augen eine unerklärliche Kälte ausstrahlten. „Und? Wie war dein Tag?“

„Wie immer“, seufzte Gatz und zuckte die Schultern. „Und bei dir?“ Er folgte ihr in die kleine Küche und beobachtete, am Türrahmen lehnend, wie sie sich eine Milchpackung aus dem Kühlschrank nahm und trank. Dann wischte sie sich den weißen

Milchbart mit dem Handrücken fort und zuckte ebenfalls die Schultern. „Wie immer halt."

„Thea, wir müssen reden."

Sie fuhr zu ihm herum. „Ist was passiert? Haben sie uns die Wohnung gekündigt?"

„Nein. Noch nicht, auch wenn wir mit der Miete im Rückstand sind. Es geht um uns." Er trat näher und blickte ihr tief in die Augen. „Was ist eigentlich los mit dir?"

Thea verstand nicht. „Was meinst du?"

„Ich meine ... Du hast dich in letzter Zeit irgendwie total verändert." Er rang nervös mit den Händen und achtete auf jede Regung in ihrem Gesicht.

„Inwiefern?" Sie stellte die Milchtüte zurück in den Kühlschrank und lehnte sich an die Arbeitsplatte.

„Du bist so ... distanziert, so kalt."

„Es ist halt eine schwere Zeit für uns."

„Es ist schwer für mich, Thea. Ich kann dir nichts mehr bieten, seitdem ich meine Arbeit verloren habe. Das Geld ist knapp. Wenn ich dir Blumen mitbringen will, muss ich sie pflücken. Essengehen hängt schon lange nicht mehr dran, und Shopping sowieso nicht. Von Urlaub und einem neuen Auto ganz zu schweigen." Gatz winkte ab. „Dennoch war mir immer wichtig, dass wir zusammenhalten. Und seit einiger Zeit bist du so ... so verschlossen mir gegenüber."

„Du meinst, wir haben kaum noch Sex." Sie nickte. „Das ist es doch, was dich stört." Theas Stimme vibrierte. „Uns steht das Wasser bis zum Hals, und du denkst ans Bumsen. Verstehst du nicht, dass ich dafür einfach keinen Kopf habe zurzeit?"

„Ich rede nicht vom ... Bumsen. Das ist es nicht ... nicht nur." Er spürte, wie ihm das Blut bis unter die Haarspitzen schoss. „Aber ..."

„Doch, genau das ist es. Ich kann nachts nicht schlafen, verzichte auf alles und versuche, mit meinem Job unseren Lebensunterhalt zu sichern. Und du denkst nur daran, wie oft wir Sex haben!" Ihre braunen Augen schienen Funken zu versprühen. „Ihr Kerle seit doch alle gleich! Ficken, ficken, ficken!“ Es war ihr egal, was die Nachbarn mitbekamen.

„Thea, bitte – das ist es nicht. Ich spüre nur, dass du dich immer mehr von mir abwendest und ich machtlos zusehen muss, wie wir uns von Tag zu Tag weiter voneinander entfernen.“ Robert Gatz zitterte am ganzen Körper. Er hatte Angst vor ihrer Reaktion. Manchmal war Thea sehr impulsiv. Das war eine Folge ihrer derzeitigen Situation, deshalb war er ihr nicht böse. „Und die Sache letzten Donnerstag. Wo warst du Donnerstagabend?“

„Ich habe gearbeitet.“ Sie war bemüht, ihre Fassung zu bewahren, doch ihm war nicht entgangen, dass Thea wie unter einem unsichtbaren Peitschenhieb zusammengezuckt war. Ihre Wut war von einer Sekunde zur anderen verflogen. Angst war in ihrem Blick, als sie zu ihm aufblickte.

„Du warst nicht arbeiten.“ Robert Gatz’ Stimme klang jetzt ruhig und gefasst. Er sprach leise und wohlakzentuiert. „Ich war im Bistro und wollte dich besuchen, weil mir die Decke auf den Kopf gefallen ist. Weißt du, was es bedeutet, fast vierundzwanzig Stunden am Tag in dieser beschissenen Bude rumzuhängen?“ Seine Augen schimmerten feucht. „Ich war dort, um dich zu sehen. Du leider nicht.“

„Ich ... ich, nun, es war so, dass ...“ Nervös strich sie sich durch das dichte dunkle Haar und wich seinen bohrenden Blicken aus.

„Thea, hast du einen anderen?“ Seine Zähne knirschten, so fest presste er seine Kiefer zusammen.

„Unsinn, nein, ich liebe dich doch, Robert.“ Sie trat auf ihn zu und wollte sich an seine breite Brust schmiegen, doch er schob sie sanft, aber bestimmt fort. Er zweifelte plötzlich an ihrer Liebe. Verächtlich lachte er auf. „Du liebst mich? Bist du dir da ganz sicher?“

„Natürlich, Rob, ich ... ich hatte ein ...“

„Ein Date?“ Es klang nicht nach einer Frage, sondern nach einer Feststellung. „Du hattest eine Verabredung. Ist doch so, oder?“

Jetzt nickte sie. Mit tränenerfüllten Augen blickte sie ihn ängstlich an. „Ja, aber es war nicht so, wie du denkst." Ihre Schultern zuckten. Sie weinte lautlos. Dennoch empfand er kein Mitleid, sondern nur Hass für seine Frau, die er einst so sehr geliebt hatte.

„Das klingt wie in einem schlechten Film", entgegnete Robert spöttisch. „Wo warst du letzten Donnerstag? Und vor allem: Wer ist der Kerl?" Er hatte es gewusst. Thea hatte sich einen anderen gesucht. Einen Mann, der ihr all das bieten konnte, was er ihr nicht mehr bieten konnte, seitdem sie ihn rausgeschmissen hatten. Ihm war, als würde ihm der Boden unter den Füßen weggezogen. Robert Gatz stürzte in ein tiefes schwarzes Loch und fühlte sich elend.

„Was weißt du schon von mir?"

„Wie bitte?" Er spürte den stechenden Schmerz in der Brust und versuchte ihn zu ignorieren. Robert Gatz ergriff den Unterarm seiner Frau. „Was willst du mir jetzt für eine Geschichte auftischen?"

„Du kennst doch nur meine Mutter, richtig?"

„Was hat das jetzt noch für eine Bedeutung? Und was hat das mit Donnerstag zu tun, um Himmels willen?"

„Habe ich dir jemals von meinem Vater erzählt?" Ihr Makeup war verlaufen, sie bot einen jämmerlichen Anblick. „Nein, natürlich habe ich dir nichts von ihm erzählt." Thea war wie ein Häufchen Elend zusammengesunken.

Um ein Haar hätte er sie schützend in den Arm genommen. Doch eine unsichtbare Barriere zwischen ihnen hinderte ihn jetzt daran. „Willst du mir jetzt deine Familiengeschichte erzählen, oder was?"

„Wie du weißt, bin ich ohne Vater aufgewachsen. Habe ihn nie gesehen, und meine Mutter hat mir nicht viel von ihm erzählt. Natürlich wollte ich wissen, wer er ist. Vor einiger Zeit hat Mutter schließlich nachgegeben und mir erzählt, wer mein Vater ist."

Robert Gatz nickte nachdenklich. Schon öfters hatte er sie auf ihre Kindheit angesprochen, doch Thea hatte stets abgeblockt. Er hatte es schließlich aufgegeben, sie nach ihrem Vater zu fragen, da ihr dieses Thema wehzutun schien. „Und?“

„Er war, obwohl er mit meiner Mutter zusammen war, verheiratet. Ich bin das Kind eines Seitensprungs, Robert. Ungewollt und ungeliebt. Mein Vater hatte nur ein Verhältnis mit meiner Mutter und nicht im Traum daran gedacht, mit ihr zusammen alt zu werden.“

„Was hat das alles mit uns ...“, versuchte Gatz einen Einwurf, verstummte aber sofort, als Thea den Zeigefinger der rechten Hand auf die Lippen legte.

„Ich bin das Ergebnis eines One-Night-Stands zwischen meiner Mutter und einem verheirateten Mann! Das hat mir keine Ruhe gelassen. Vor drei Wochen habe ich endlich erfahren, wer mein Vater ist.“

„Und?“

„Er ist wohlhabend – das heißt, er war wohlhabend. Nein, er war steinreich. Und bekannt wie ein bunter Hund. Aber von mir wollte er nichts wissen. Ich fand, dass es höchste Zeit war, dass er seiner Tochter hilft. Gerade jetzt, wo uns das Wasser bis zum Hals steht.“

„Thea, was erzählst du mir hier für einen Mist?“ Gatz war ratlos.

„Ich habe ihn letzten Donnerstag zum ersten Mal getroffen. Vorher habe ich ein paar Mal mit ihm telefoniert. Doch es war ihm scheißegal, wer ich bin und was aus seiner unehelichen Tochter geworden ist. Donnerstag endlich wollte ich ihn dann persönlich kennenlernen. Von seiner Sekretärin hatte ich unter einem Vorwand erfahren, wo er sich abends aufhielt. Da war dieses Konzert in der Stadthalle. Deshalb war ich nicht im Bistro. Ich war unterwegs, um ...“

„... um deinen Vater zu treffen? Warum hast du mir das nicht gesagt?“

„Ich war noch nicht so weit.“

„Wo ist dein Vater jetzt?“

„Er ist tot. Ermordet, letzten Donnerstag, bei unserem Treffen. Und ich musste alles mit ansehen.“ Dann brach Thea schluchzend

zusammen, und Robert Gatz wusste, dass er einen Fehler gemacht hatte ...
Das Schrillen der Türglocke riss ihn aus den Gedanken. Robert Gatz nahm seine Frau stumm in den Arm. Bevor er zur Tür ging, tauschte er einen Blick mit Thea. Seitdem sie permanent knapp bei Kasse waren, brachten unangemeldete Besucher fast immer unangenehme Nachrichten. Deshalb hatten sie sich angewöhnt, gar nicht mehr zu öffnen, wenn sie keinen Besuch erwarteten.

Da weder Gerichtsvollzieher noch Inkassounternehmen sonntags arbeiteten, bestand relativ wenig Gefahr, einen ungebetenen Gast zu empfangen. „Ich erwarte niemanden", flüsterte Thea dennoch. Robert löste sich von ihr und tappte auf Socken zur Haustür. Er warf einen Blick durch den Türspion nach draußen. Dort stand ein adrett gekleideter Mann Anfang vierzig mit kurzen dunklen Haaren und einer silbernen Brille. Trotz der unerträglichen Hitze trug er einen dunklen Anzug und eine modische Krawatte. Was wollte ein Geschäftsmann an einem Sonntag von ihnen?

Seine innere Unruhe wuchs, und sofort spürte er wieder diesen stechenden Schmerz in der Brust. Robert Gatz hielt den Atem an. Anscheinend hatte der Besucher nicht bemerkt, dass Gatz ihn durch den Spion beobachtete. Er drückte ein weiteres Mal den Klingelknopf. Gatz, der genau unter dem Gong stand, zuckte zusammen und wandte sich zu Thea um. Sie stand im Türrahmen der Küche und warf ihm einen fragenden Blick zu, den er mit einem Schulterzucken beantwortete. Einem inneren Impuls folgend öffnete er schließlich die Wohnungstür. „Wir wollen nichts mit den Zeugen Jehovas zu tun haben", sagte er unwirsch und wollte die Türe schon wieder zuschlagen, als der Fremde eine Hand hob und freundlich lächelte.

„Guten Tag", sagte der Besucher schnell und lächelte freundlich. „Keine Angst, ich komme nicht von den Zeugen Jehovas. Aber vielleicht können Sie mir helfen: Ich suche eine Frau Thea Gatz, finde ich sie bei Ihnen?"

„Was wollen Sie von ihr?“ Gatz beantwortete die Frage des Fremden mit einer Gegenfrage. Was wollte dieser Schlipsträger von seiner Frau?

„Es geht um eine gemeinsame Bekannte, Peggy Bach. Sie ist mit Frau Gatz befreundet.“

„Thea Gatz ist meine Frau.“ Robert Gatz machte den Eingang frei und wandte sich zu seiner Frau um. „Thea, Besuch für dich!“ Thea nickte und bat den Besucher herein. Sie nahmen im Wohnzimmer Platz. Gatz verschloss das Wohnzimmerfenster. Augenblicklich drang der Verkehrslärm von der Langerfelder Straße nur noch gedämpft an ihre Ohren. Gatz war stehen geblieben. Er schaltete den Fernseher aus und betrachtete den Besucher, der offensichtlich sogar an einem Sonntagnachmittag in bulliger Hitze auf korrekte Kleidung Wert legte. Thea fragte ihn, ob er etwas trinken wolle.

„Ein kaltes Wasser wäre toll.“ Der Besucher nickte dankend. Thea verschwand in die Küche, brachte für sich und den Fremden zwei Glas Wasser mit Eis und für Robert eine Dose Bier. Gatz nickte ihr dankbar zu, riss der Verschluss auf und nahm einen tiefen Schluck. Dann drehte er die Dose zwischen den Händen. Nachdenklich verrieb er den Beschlag, der sich auf dem dünnen Weißblech gebildet hatte. Nach einem weiteren Schluck murmelte er eine Entschuldigung und blickte den Besucher mit lauerndem Blick an.

Dieser bemerkte den Blick. „Entschuldigen Sie, dass ich mich noch nicht vorgestellt habe: Ich bin Peer Finke.“

„Woher kennen Sie Peggy?“

„Wir waren vor ewiger Zeit gemeinsam in der Tanzschule.“ Finke lächelte versonnen. Von seiner Beziehung zu Peggy und den Hochzeitsplänen erwähnte er nichts. Er wollte keine alten Wunden in seiner eigenen Seele aufreißen, und außerdem wusste er nicht, was Peggy Thea Gatz von ihm erzählt hatte, immerhin war sie eine gute Freundin von Peggy. „Na ja, in den ganzen Jahren hat sich eine Freundschaft entwickelt."

Gatz ließ sich jetzt doch in den Fernsehsessel fallen.

„Wie Sie wissen, ist Peggy seit einiger Zeit verreist", begann Finke.

„Hier wartet niemand auf sie", erwiderte Thea emotionslos und nippte an ihrem Wasser. „Sie ist frei und ungebunden und kann tun und lassen, was sie will." Die Eiswürfel klimperten leise im Glas.

Peer wusste es besser, doch er schwieg. Es dauerte ein paar Sekunden, bis er zaghaft nickte. „Stimmt. Aber sie hat ein Problem mit der Polizei. Deshalb hat sie mich angerufen und um Hilfe gebeten."

„Was ist passiert? Wird sie gesucht?" In Thea schrillten sämtliche Alarmglocken. Schweißperlen glänzten auf ihrer Stirn, und in ihren braunen Augen stand das blanke Entsetzen. Hörte dieser Albtraum denn niemals auf?

„Na ja, eigentlich wird nur ihr Wagen gesucht." Finke druckste herum. „Jemand hat damit eine Straftat begangen, und Peggy hat mich gebeten, den Autoschlüssel an mich zu nehmen, damit sich die Polizei das Auto anschauen kann."

„Soll das heißen, dass Sie meine Frau verdächtigen ...", brüllte Gatz und fuhr von seinem Sessel in die Höhe. Eine steile Falte hatte sich zwischen seinen buschigen Augenbrauen gebildet. Seine Augen schienen Blitze in Peer Finkes Richtung zu versprühen. Seine aufbrausende Art war seiner Gesundheit nicht zuträglich, doch das vergaß er gern in Momenten wie diesem. Gatz hatte sich drohend vor Finke aufgebaut und beugte sich zu ihm herunter. Peer konnte jede Pore seiner Haut erkennen. Auch die kleinen roten Äderchen an seinen Wangen, ein Zeichen von zu viel Alkohol.

„Robert, lass gut sein." Thea stand auf und legte eine Hand auf seinen Unterarm. „Peggy hat mir tatsächlich vor einiger Zeit ihren Autoschlüssel gegeben. Und es spricht nichts dagegen, ihn Herrn Finke auszuhändigen."

„Kann ich dich kurz unter vier Augen sprechen?“

„Sicher.“ Sie folgte ihm in die Küche.

„Was ist eigentlich in dich gefahren?“, flüsterte er und hatte Mühe, seine Erregung zurückzuhalten. „Kennst du diesen Kerl da draußen?“

„Nein, nicht persönlich, aber Peggy hat mir von ihm erzählt. Finke ist so etwas wie ihr Exfreund. Es war ziemlich ernst, bis sie ... aber egal, das spielt jetzt keine Rolle.“

„Und deshalb händigst du ihm gutgläubig den Autoschlüssel aus? Den Schlüssel zu Peggys heißgeliebtem Cabrio, das sie dir anvertraut hat?“ Er schlug sich mit der flachen Hand vor die hohe Stirn. „Wie blauäugig bist du eigentlich? Glaubst du, dass der Knabe im Wohnzimmer clean ist, nur weil er einen scheißteuren Anzug trägt und scheinbar über gute Manieren verfügt?“

„Vielleicht hast du Recht.“ Thea nickte. „Ich sollte erst mit Peggy Rücksprache halten und mich versichern, ob es in Ordnung ist, dass Finke den Schlüssel mitnimmt.“

„So sehe ich das auch“, nickte Gatz zufrieden.

„Ich rufe sie an.“

„Ist gut. Ich kümmere mich in der Zeit um Finke.“ Gatz marschierte zurück ins Wohnzimmer. Er räusperte sich. „Es geht nicht gegen Sie, Herr Finke. Aber Thea sollte den Schlüssel nicht aus der Hand geben, ohne mit ihrer Freundin gesprochen zu haben. In der heutigen Zeit hört man zu viel. Und Sie könnten ja theoretisch ...“

„Kein Problem, natürlich“, erwiderte Finke und hob beschwichtigend beide Hände. „Sie kann gern mit Peggy sprechen. Immerhin muss sie sich absichern.“

Die Männer hatten nicht bemerkt, dass Thea wieder ins Wohnzimmer zurückkam. „Ich erreiche sie nicht“, sagte sie leise. „Tut mir leid, aber ohne sicher zu sein, dass ...“

Finke nickte verständnisvoll. „Kein Problem, Frau Gatz.“ Er griff in die Innentasche seines Jacketts und zog eine Visitenkarte aus dem Etui hervor. „Hier ist meine Karte. Sie können mich jederzeit anrufen. Ich wünsche Ihnen noch einen schönen Tag, und entschuldigen Sie bitte die Störung."

„Kein Problem." Thea und Robert Gatz begleiteten Finke zur Tür.

„Ein seltsamer Kauz", sagte Gatz leise zu seiner Frau, als er die Tür hinter dem Besucher ins Schloss gedrückt hatte.

„Warum?"

„Nun, erst taucht er völlig unangemeldet hier auf und verlangt nach dem Autoschlüssel einer gemeinsamen Bekannten, und dann verschwindet er, ohne etwas erreicht zu haben."

„Er hatte Verständnis dafür, dass ..."

„Trotzdem", unterbrach Gatz sie. „An der Sache ist etwas faul, glaub mir." Er wusste, dass er sich nicht täuschte.

Sonntag, 15:50 Uhr, Wichlinghauser Markt

In der gelben Telefonzelle am Wichlinghauser Markt herrschte eine Affenhitze. Schweiß rann ihm in feinen Bahnen die Schläfen herunter. Der junge Mann umklammerte den Hörer fester. Weiß traten die Knöchel unter der Haut hervor. „Sie wissen genau, was es bedeutet, wenn Sie nicht nach meiner Pfeife tanzen." Er hatte nur geflüstert, doch das hatte schon gereicht. Er hielt die Fäden in der Hand, war seinem Gesprächspartner überlegen. Alles verlief nach Plan.

Der Mann am anderen Ende der Leitung räusperte sich, dann hüstelte er verlegen. „Was wollen Sie von mir?"

Er kicherte. „Das wissen Sie genau, Hurtiger. Ihr Laden brummt. Pro Tag gluckern zig Liter Bier durch die durstigen Kehlen ihrer Gäste. Aber was ist, wenn mal mehr Zutaten drin sind als nur Hopfen, Malz, Hefe und Wasser?" Er machte eine kleine Pause, bevor er fortfuhr. „Ich sehe schon die Schlagzeilen: ‚Tote durch hausgemachtes Bier', ‚Vergiftetes Bier im Ausschank'. ‚Alkoholvergiftung der anderen Art', und so weiter. Ihr Laden kann dichtmachen und Sie werden Ihres Lebens nicht mehr froh. Wollen

Sie das wirklich riskieren?“

„Wir arbeiten mit naturbelassenen Bieren“, entgegnete Hurtiger und hatte Mühe, das Zittern in seiner Stimme zu unterdrücken. „Nährstoffe, Eiweiße, Mineralien und Spurenelemente garantieren unseren Kunden einen vollmundigen Trinkgenuss.“

Der Anrufer lachte trocken auf. „Das klingt wie in einem Werbeprospekt, Hurtiger. Sie müssten sich mal reden hören! Und trotzdem ... Schade, schade. Stellen Sie sich vor, dass halb Wuppertal erkrankt oder sogar Menschen sterben, weil sie Ihr Bier getrunken haben. Schrecklich.“ Hohn lag in seiner Stimme.

„Ich will endlich wissen, was das ganze Theater ...“

Er hatte genug gehört. Und er hatte alles gesagt, was zu sagen war. Es war nicht auszuhalten in der Telefonzelle. Eine Sauna war ein Dreck gegen das altertümliche Häuschen mit den kleinen Scheiben und dem Münztelefon. Telefonzellen waren selten geworden im Wuppertaler Stadtbild. Jeder besaß ein Handy, niemand war mehr auf die sogenannten Münzfernsprecher oder Kartentelefone angewiesen. Bewusst hatte er bei seinen Anrufen auf das Handy verzichtet und immer aus verschiedenen öffentlichen Telefonhäuschen angerufen. Sollte der Geschäftsführer des Brauhauses eine Fangschaltung eingerichtet haben lassen, gäbe es keine Spur zu ihm. Er spürte, wie sein Kreislauf schlapp machte. Nichts wie raus hier. Ohne Hurtiger ausreden zu lassen, hängte er ein und wischte mit einem Tuch die Fingerabdrücke von der Tastatur und dem Hörer. Teuflisch grinsend verließ er die Telefonzelle am Wichlinghauser Markt, rempelte eine alte Frau an, murmelte eine hastige Entschuldigung und marschierte zielstrebig zur Bushaltestelle an der Wichlinghauser Straße. Endlich wieder frische Luft. Rechts an der Ecke lag die Stadtteilbibliothek. Kurz dahinter Samen Rabe und eine Apotheke. Als er die Bushaltestelle „Wichlinghausen Markt“ erreichte, nahm niemand der anderen wartenden Fahrgäste Notiz von ihm. Ein Bus der Linie 646 mit Fahrtziel Ronsdorf rollte in die Haltebucht und kam mit zischender Feststellbremse zum Stehen. Die Türen glitten auf, und er ließ sich auf der letzten Bank im Bus nieder. Es stank bestialisch in dem überfüllten Bus. Ausdünstungen von billigem Parfum, Knoblauch und der penetrante Schweißgeruch einiger Fahrgäste lähmten seine Atemwege. Er fächerte sich mit der flachen Hand Luft zu und blickte scheinbar gedankenverloren aus dem Fenster. Mit einem zufriedenen Grinsen lehnte er sich zurück. Er hatte die Lage im Griff, und alles lief zu seiner Zufriedenheit. Phase zwei seines Plans hatte begonnen ...

Sonntag, 15:55 Uhr, Langerfelder Straße

Unten auf der Straße, warteten Heike und Stefan im Käfer. Peer verließ das Miethaus und blinzelte kurz geblendet in die Nachmittagssonne. Einen Augenblick lang verharrte er auf dem Bürgersteig, dann ging er zielstrebig auf den Käfer zu. Stefan lehnte lässig am vorderen rechten Kotflügel. Einen Fuß hatte er auf den Reifen gestützt. Heike lümmelte sich gelangweilt bei offener Tür auf dem Beifahrersitz herum.

„Und?“, empfing Stefan ihn.

„Gleich.“ Peer legte theatralisch den rechten Zeigefinger auf die Lippen, fast so, als befürchtete er, dass sie jemand belauschen könnte.

Heike war ausgestiegen. Peer klappte die Lehne des Beifahrersitzes vor und krabbelte etwas ungeschickt nach hinten auf die Rückbank. Dabei präsentierte er Heike unfreiwillig seinen Hintern, was sie mit einem gequälten Grinsen in Stefans Richtung quittierte. Breitbeinig hockte Peer schließlich auf dem Kardantunnel. Die Sonne brannte durch das kleine Heckfenster in seinem Rücken. Winzige Schweißperlen standen ihm auf der Stirn. Doch Peer grinste. „Ich hatte sie im Schwitzkasten.“

Stefan startete den Motor und blickte Peer über den Innenspiegel des Käfers an. „Was heißt das?“

„Nun, ich habe ihr von unserer gemeinsamen Bekannten berichtet und kein Geheimnis daraus gemacht, dass ich weiß, dass sie sich Peggys Cabrio geliehen hat.“ Peer grinste spitzbübisch.

„Der Schuss hätte auch nach hinten losgehen können, wenn sie feststellt, dass du ihr was vom toten Pferd erzählst“, lachte Stefan. „Jeder kennt jeden, und manchmal ist das nicht gut.“ Er ordnete sich in den Verkehr ein und fuhr los.

„Die Welt ist eben ein Dorf – und Wuppertal sowieso“, erwiderte Peer unbekümmert. „Ein solches Auto gibt es recht selten in unserer Stadt. Da ist es schon wahrscheinlich, dass Peggys BMW das Tatfahrzeug ist.“

„Und, wie geht es jetzt weiter?“, fragte Heike und drehte sich auf dem Beifahrersitz nach hinten.

„Ich denke, dass Thea Gatz mich schon sehr bald anrufen wird“, erwiderte Peer mit geheimnisvoller Miene. „Und dann wissen wir mehr.“

„Wir sind bestimmt schneller als Kommissar Verdammt“, feixte Stefan, während er den Käfer durch das sommerliche Langerfeld steuerte. „Darauf spendiere ich uns ein Bier.“

Sonntag, 16:10 Uhr, Polizeipräsidium Wuppertal

Ulbricht kochte vor Wut. Heinrichs hockte auf dem Besucherstuhl und blickte ihn aus kalten Schweinsaugen an. Ulbrichts Assistent knabberte an den Nägeln. Wütend hieb Ulbricht auf den Schreibtisch. Die Tasse mit dem längst erkalteten Kaffee hüpfte, die braune Brühe darin schwappte über und bildete einen hässlichen Kranz auf dem Schreibtisch. Ulbricht fluchte, sprang auf und nahm seine Unterlagen aus dem Gefahrenbereich. Dann tupfte er den Kaffee mit dem Taschentuch auf, bevor er sich wieder seinem Assistenten widmete. „Die Leute werden reihenweise ermordet, und wir tappen völlig im Dunkeln.“ Seine Stimme bebte unheilvoll. „Das kann doch alles nicht wahr sein. Was ist mit der Frau, die den Z3 fuhr? Wo ist der verdammte Jaguar, aus dem die Täter auf Kötter geschossen haben? Was ist mit der Putzfrau im Stadion?

Niemand kennt sie. Die Pressekonferenz wird die Journaille nicht lange zurückhalten. Die werden uns die Bude einrennen, wenn wir nicht bald erste Erfolge vorweisen können."

„Ich verwette meinen Hintern darauf, dass der Jaguar in irgendeiner Scheune versteckt wird. Die werden nicht so blöd sein und mit der Karre spazieren fahren. Die Karre ist mehr als auffällig, zumal die Fahndung läuft", erwiderte Heinrichs gelangweilt und wippte mit dem Stuhl.

„So schlau bin ich auch." Ulbricht sprang von seinem Sessel auf und taperte durch das Büro. „Was hat die Halteranfrage ergeben?"

„Halteranfrage ist gut", grinste Heinrichs. „Die Täter kamen in beiden Fällen ohne Nummernschilder am Fahrzeug. Offensichtlich wussten sie, dass der Parkplatz am Johannisberg videoüberwacht ist. Aber ein Geschäftsmann aus Düsseldorf hat einen baugleichen Jaguar vor drei Monaten als gestohlen gemeldet. Wir haben ihm Fotos aus der Videoüberwachung gezeigt, und er hat den Wagen eindeutig als seinen identifiziert."

„Ist seine Aussage glaubhaft?"

„Er ist sauber. Und den Wagen hat er an den markanten Alufelgen erkannt. Die Dinger hat er sich aus Großbritannien einfliegen lassen. Bei dem Eigentümer des Jaguars handelt es sich um einen Fabrikanten, der mit Textilmaschinen handelt."

„Schön", resignierte Ulbricht. Die Hoffnung auf einen rettenden Strohhalm, vielleicht sogar auf ein entscheidendes Teil des Puzzles, schmolz dahin wie Butter in der Sonne. Enttäuscht winkte er ab. Assistenten nervten ihn nur. Sie standen am Tatort immer im Weg herum, hatten keine Ahnung vom wirklichen Leben und wussten doch immer alles besser. Schließlich hatten sie die Polizeischule eben erst verlassen. Heinrichs nervte ihn mit seiner arroganten und selbstverliebten Art ganz besonders. Der Typ war überheblich und besserwisserisch. So was nannte sich Kommissar-Anwärter!

„Was ist mit diesem Radioreporter, diesem ...", versuchte Heinrichs einen neuen Anlauf.

„Seiler?" Ulbricht schüttelte den Kopf. „Der hat eine weiße Weste. Abgesehen davon ... nein, vergessen Sie's."

„Aber Sie mögen doch keine Reporter?"

„Deshalb sind sie noch lange keine Mörder."

„Es gibt keine Zeugen, außer Seiler." Heinrichs grinste blöde. „Er ist der Hebel, an dem wir ansetzen können."

„Soll ich ihn festnehmen lassen?" Ulbricht schnaubte. „So ein Schwachsinn."

„Dann sollten wir ihn uns zunutze machen."

Hinter Ulbrichts hoher Stirn begann es zu arbeiten. Manchmal war Heinrichs gar nicht so blöd, wie er aussah ...

Sonntag, 16:35 Uhr, Staubenthaler Höhe

Niemand beachtete den jungen Mann, der sich an dem blauen Cabrio zu schaffen machte. Der Wagen stand in einem hölzernen Carport direkt neben dem Einfamilienhaus. Die Rolladen des Hauses waren herabgelassen, ein sicheres Zeichen, dass niemand zu Hause war. Es war ein Leichtes gewesen, die Elektronik der Zentralverriegelung zu überlisten. Mit einem satten Klicken sprangen die Schließzylinder auf. Er grinste und klemmte sich hinter das Lenkrad, ohne sich umzublicken. Es konnte nichts mehr schiefgehen. Er hatte den Wagen entdeckt und würde ihn jetzt benutzen, um seinen Erfolg zu demonstrieren. Vielleicht würden sie ihn dann endlich ernst nehmen. Aber erst einmal musste die Karre verschwinden. Er hatte einen Stellplatz in einer anonymen Tiefgarage mitten in Barmen organisiert. Dort würde sich niemand um den abgestellten Z3 scheren. Damit hätte er Zeit, den richtigen Moment für seinen Erfolg abzuwarten. Jetzt musste er nur noch unbehelligt von Ronsdorf zum Alten Markt kommen.

Sonntag, 16:45 Uhr, Parkstraße

„Manche Leute sind unmöglich", schnaubte Polizeiobermeister Bernd Wagner und fuhr sich durch das bereits lichte braune Haar. Er blickte hinüber zu seinem Kollegen, Polizeimeister Ralf Brauer, der am Steuer des Streifenwagens saß und lächelnd nickte. Seit einiger Zeit teilten sie sich regelmäßig den Streifenwagen. Sie waren zu einem Team zusammengewachsen, das sich im Notfall auch ohne Worte verstand und sich hervorragend ergänzte. „Wie dieser Typ die Wohnung zu Brennholz verarbeitet hat, weil seine Frau ihn verlassen wollte."

Brauer nickte. „Aber welche Wahl hatte sie, außer abzuhauen? Er hat sie fast täglich geschlagen. Dabei waren die beiden eigentlich ein hübsches Paar."

„Ja", stimmte Wagner zu. „Wenn sie sich nicht gegenseitig wie der Teufel das Weihwasser gescheut hätten. Sie haben mit ihrer ‚Familienschlägerei' solch einen Höllenlärm veranstaltet, dass die Nachbarn uns wegen Ruhestörung gerufen haben." Als Polizist hatte er schon so einiges erlebt. Man beschimpfte ihn am einen Einsatzort als „Drecksbullen", während er eine Viertelstunde später, beim nächsten Einsatz, als willkommener Retter gefeiert wurde. Aber das gehörte zu seinem Job. Egal, ob es sich um einen herkömmlichen Verkehrsunfall handelte, bei dem es galt, sachlich und emotionslos die Lage zu klären, oder ob bei der Massenschlägerei in einer Disco – er war Polizist, und jeder Einsatz stellte für ihn eine neue Herausforderung dar. Nichts war vergleichbar, kein Tag war wie der andere. Nichts aus dem Lehrbuch konnte man universell draußen anwenden. Aber genau das machte für ihn den Reiz aus. Sein Kollege, Polizeimeister Brauer, sah das etwas anders. Er fühlte sich verraten und verkauft vom Innenministerium. Niemand setzte sich für bessere Arbeitszeiten ein, niemand wartete zu Hause auf ihn, wenn er im Morgengrauen vom Dienst nach Hause kam. Das, was er während der Schicht erlebt hatte, schrieb er in einer Art Tagebuch nieder. Er war sicher, dass daraus eines Tages ein Buch entstehen würde. Hier konnte er seine Empfindungen, seine Gefühle, wenn er am Einsatzort eintraf, verarbeiten. Anders als das, was er in den Berichten nüchtern und sachlich dokumentierte. Er war Beamter, Polizeibeamter, ein Bürger in Uniform und mit Dienstausweis. Dennoch war er ein Mensch. Sein Arbeitsplatz war der Wuppertaler Osten, mobil und mit Blaulicht. So hatte es einmal ein Kollege sehr treffend ausgedrückt, als man diesen gefragt hatte, wo er arbeitete.

„Erinnerst du dich noch an den Typen, der erst den Supermarkt überfallen und anschließend auch noch die Verkäuferinnen verhauen hat", prustete es jetzt aus Wagner heraus. „Wie krank muss man sein, um ..."

„Dafür wurde er auch von der Kassiererin mit ein paar Dosen Katzenfutter fast erschlagen, die sie ihm hinterhergeworfen hatte." Plötzlich wurde Brauer ernst. „Guck dir mal den Wagen da vorne an!" Er deutete durch die Windschutzscheibe des Passat Variant. Im Gegenverkehr Richtung Lichtscheid näherte sich ihnen ein blauer Z3.

„Und – was soll damit sein?" Wagner blickte irritiert zu seinem Kollegen nach links.

„Na – die Fahndung, schon vergessen?"

„Weißt du, wie viele Fahndungen zur Zeit laufen?"

„Das weiß ich schon, aber da war was mit einem BMW Z3 in dunkelblau metallic. Ich erinnere mich daran, weil ich mir irgendwann so ein Auto kaufen werde – und sei es zur Rente." Brauer schnalzte mit der Zunge.

„Stimmt – ein Z3 steht in Zusammenhang mit dem Mord an Kötter, wenn ich mich recht erinnere", erwiderte Wagner und massierte sich die Nasenwurzel. Brauer hatte das Tempo gedrosselt. „Und jetzt?"

„Fahr mal hinterher, vielleicht lohnt es sich, wenn wir uns den Wagen und den Fahrer ein wenig genauer anschauen", empfahl Wagner und grinste schief. Er fühlte es: Mit dem blauen Z3 stimmte etwas nicht. Er zog sein Notizbuch aus der Hemdtasche und blätterte darin herum. „Gesucht wird eine Fahrerin, die letzten Donnerstag, als Kötter ermordet wurde, mit dem Wagen an der Stadthalle gewesen sein soll. Jetzt saß da aber ein Typ am Steuer."

„Mir egal. Vielleicht hat der Wagen nichts mit den Ereignissen an der Stadthalle zu tun, aber vielleicht haben wir auch die Stecknadel im Heuhafen gefunden." Wagner klopfte sich amüsiert auf die Schenkel. „Das wär's doch, oder?"

„Kommt Zeit, kommt auch alles andere", lachte Brauer und suchte nach einer Stelle, wo er den Streifenwagen wenden konnte. An der Bushaltestelle bei der ehemaligen Bundeswehr-Standortverwaltung zirkelte er den Passat Variant in die andere Fahrtrichtung. „Wir werden mal die Papiere überprüfen und eine Halteranfrage starten, dann wissen wir mehr."

„Nicht zu auffällig. Sonst kannst du direkt mit Blaulicht dranbleiben", empfahl Wagner.

Brauer wartete an der Bushaltestelle, um die nachfolgenden Fahrzeuge vorbeizulassen. In diesem Moment schnarrte eine Stimme aus dem Funkgerät. „Alex 12/28 von Alex!"

Wagner rollte die Augen, als er sich meldete. „12/28 hört."

„Bewaffneter Raubüberfall auf die Spielhalle an der Heckinghauser Straße. Ein Täter flüchtig, Person ist südländischer Herkunft, Anfang zwanzig, ca. 1,80 groß. Zur Bekleidung ist noch nichts bekannt. Er hat die Spielhallenaufsicht mit einer Schusswaffe bedroht. Sonder- und Wegerechte zugelassen."

„Das ist doch mal ein Wort", bemerkte Wagner, nachdem er den Auftrag bestätigt hatte, und schaltete das Blaulicht ein. Er wendete noch einmal. Sie rasten über die Blombachtalbrücke. Als der Streifenwagen talwärts schoss, hatten sie den Typen im Z3 schon vergessen ...

Verdammt, durchzuckte es ihn. Die neugierigen Blicke der Bullen auf der Gegenfahrbahn waren ihm nicht entgangen. Im Rückspiegel beobachtete er, wie der Streifenwagen auf der Parkstraße anhielt, um zu wenden. Jetzt hatten sie ihn am Arsch, dachte er mit klopfendem Herzen. Viel zu früh, denn eigentlich wollte er ihnen doch zeigen, was Sache war. Er hatte die Karre geklaut – die Karre, die in einen spektakulären Mordfall verwickelt war, und jetzt das! Sie würden ihm den Arsch aufreißen, so viel stand fest. Und wenn sie ihn einbuchteten, wäre das auch allen egal. Niemand interessierte sich für ihn. Unwillkürlich trat er das Gaspedal bis zum Bodenblech durch. Der Motor heulte auf wie ein getretenes Tier, dann verschwand der Polizeiwagen im Rückspiegel. Konnte er sich jetzt in Sicherheit wiegen? Jetzt musste er es nur noch über die Obere Lichtenplatzer Straße hinunter ins Fischertal schaffen, dann hatte er sein Ziel schon so gut wie erreicht. Ein diebisches Grinsen stahl sich auf sein Gesicht.

Sonntag, 16:55 Uhr, Wuppertaler Brauhaus

Es herrschte reger Betrieb im weitläufigen Biergarten des Wuppertaler Brauhauses. Tische und Bänke waren gut belegt. Emsig wieselten die Kellner umher, um den durstigen Kehlen den begehrten Gerstensaft aus hauseigener Herstellung an den Tisch zu bringen. Über allem schien der altehrwürdige Backsteinbau des Brauhauses zu thronen.

Stefan, Heike und Peer fanden einen freien Tisch und ließen sich auf den Holzbänken nieder. Kurz darauf erschien ein junger, südländisch wirkender Kellner am Tisch und nahm die Bestellung auf. Peer entschied sich für eine Apfelschorle, während Heike ein Wupper Dunkel und Stefan ein großes Wupper Hell bestellten.

„Kennst du diese Jessica Wittwer eigentlich schon länger?", fragte Heike schließlich, an Stefan gewandt. Er hatte bereits gespürt, dass mit ihr irgendetwas nicht stimmte. Manchmal konnte sie sehr eifersüchtig sein.

„Nein, absolut nicht. Ich habe sie erst heute kennengelernt. Wenn du mich fragst, eine seltsame Frau. Einerseits scheint sie ihren Mann zu decken, andererseits kommt sie mir vor wie eine unglücklich verheiratete Ehefrau, die von ihrem viel älteren Mann in einem goldenen Käfig gehalten wird und sich nach einer Flucht sehnt."

Die Getränke kamen an den Tisch, sie prosteten sich zu. Heike musterte Stefan fragend über den Rand ihres Glases.

„Sie kam mir trotzdem bekannt vor ..." Stefan wischte sich den Schaumbart mit der flachen Hand von den Lippen und überlegte.

„Ich fand auch, dass sie frustriert wirkt", stimmte Peer Stefan zu. „Ich hab' euch übrigens noch gar nicht erzählt, was ich Seltsames im Keller entdeckt habe, als ich den Verbandskasten holte: Direkt neben dem Erste-Hilfe-Kasten lag eine schwarze Langhaarperücke."

„Eine ... Perücke?" Heikes Augen wurden groß.

„Was ist daran so besonders?", fragte Stefan. „Manche Leute benutzen sie im Karneval. Frauen entscheiden sich manchmal dafür, um sich ein anderes Aussehen zu verpassen, weil sie mit sich selbst nicht zufrieden sind. Eine Typveränderung, die jederzeit widerrufbar ist, sozusagen."

„Das hat uns gerade noch gefehlt", murmelte Heike und zeigte zum Eingang des Biergartens. Peer und Stefan blickten sich um. Drei Männer betraten das Gelände. Sie waren in ein intensives Gespräch vertieft und hatten die drei Reporter noch nicht gesehen.

Ulbricht, Eckhardt und Hurtiger durchquerten den Biergarten mit ernsten Mienen. Etwas schien nicht zu stimmen. Stefan und Heike tauschten einen vielsagenden Blick.

Im nächsten Augenblick meldete sich ein Handy. Peer murmelte eine Entschuldigung und zog sein Telefon hervor. Er meldete sich, murmelte ein, zwei Mal „ja, ist gut", und „ich komme", dann beendete er das Gespräch. „Ich muss leider los, ihr Lieben." Er winkte der Bedienung und bezahlte seine Apfelschorle, dann erhob er sich. „Eine private Sache. Wir hören voneinander, ja?"

„Natürlich", grinste Stefan und tippte mit dem Zeigefinger an den Schirm seines Baseballcaps. „Was war das denn?", fragte er, nachdem Peer von der Bildfläche verschwunden war.

„Keine Ahnung. Mich würde vielmehr interessieren, was mit Hurtiger los ist." Sie deutete in Richtung Brauhaus. „Da muss irgendwas passiert sein, wenn du mich fragst."

„Denkst du, der Erpresser hat ..."

„Wir werden es von Eckhardt erfahren."

Es dauerte nicht lange, bis Eckhardt und Ulbricht das Brauhaus verließen. Im Eingangsbereich blieben sie stehen und diskutierten angeregt. Zufällig entdeckte Eckhardt seine beiden Mitarbeiter. Er winkte ihnen zu und trat in Ulbrichts Begleitung an ihren Tisch. „Guten Tag zusammen." Es klang eiskalt.

„Hallo, Herr Eckhardt", erwiderte Heike. „Guten Abend Herr Kommissar. Setzen Sie sich einen Moment zu uns?"

„Gern." Eckhardt quälte sich ein Grinsen ab, während Kommissar Verdammt mit ausdruckslosem Gesicht auf die Holzbank sank. „Sie sind bestimmt rein zufällig hier?", vermutete der Chefredakteur der Wupperwelle.

„Sie werden es nicht glauben, Chef, aber heute sind wir wirklich rein zufällig hier. Wir wollten nur mal etwas trinken." Stefan grinste breit. „Warum fragen Sie?"

„Hurtiger hat uns erzählt, dass Sie von den Anrufen wissen."

Also doch, dachte Heike und schluckte trocken. „Ist etwas geschehen?"

„Na ja, wie man es nimmt", erwiderte Eckhardt. Eine Bedienung trat an den Tisch und fragte die Neuankömmlinge nach ihren Wünschen. Eckhardt orderte ein Bier, Ulbricht entschied sich mit dem Kommentar „Bin noch im Dienst" für eine Cola.

„Der unbekannte Anrufer hat sich wieder gemeldet", brach Eckhardt schließlich das Schweigen. „Allerdings ohne konkrete Drohung."

„Das ist sicherlich nur noch eine Frage der Zeit", murmelte Stefan. „Er will Hurtiger erst unter Druck setzen, damit der bereits weichgeklopft ist, wenn er seine Forderungen nennt."

„Scheint so", nickte Ulbricht kurz angebunden. Man merkte ihm an, dass ihm das Treffen mit Stefan und Heike nicht sonderlich behagte. Wuppertal war halt manchmal doch ziemlich dörflich, und so begegnete man sich immer wieder, ob man wollte oder nicht.

„Haben Sie den Mörder von Plunger schon gefunden?", goss Stefan weiteres Öl ins Feuer. „Konnten Sie mit meiner Aussage etwas anfangen?"

„Negativ", brummte Ulbricht. „Die Frau scheint wie vom Erdboden verschwunden zu sein. Auch auf der Videoüberwachung des Stadions taucht sie nicht auf. Es ist, als hätte es sie nie gegeben."

„Glauben Sie, ich lüge?"

„Ich weiß nicht, was ich glauben soll. Eigentlich sollte ich Sie festnehmen, weil Sie unter Mordverdacht stehen, Seiler."

„Das ist doch Unsinn", entfuhr es Stefan. „Sie kennen mich und wissen, dass ich kein Mörder bin. Ich habe Plunger lediglich in seiner Kabine gefunden, kurz nachdem er ermordet wurde. Deshalb lasse ich mir doch keinen Mord in die Schuhe schieben."

„Bitte, meine Herren!", mischte sich Eckhardt in die Diskussion ein. „Wir wollen doch vernünftig miteinander umgehen."

„Sind Sie wegen der Drohanrufe bei Hurtiger da, oder um Stefan festzunehmen?", fragte Heike mit spitzer Stimme. Die Getränke wurden gebracht, und für kurze Zeit kehrte Stille am Tisch ein.

„Frau Göbel, bitte!", begehrte Eckhardt auf.

„Ich habe einige Polizisten in Zivil antreten lassen. Hurtiger steht ständig unter Beobachtung. Auch jetzt, in diesem Augenblick, sind mehrere Kollegen des Einsatztrupps unter den Gästen."

Stefan dachte an Jessica Wittwer, die sicherlich keinen Personenschutz bekommen hätte. Wut keimte in ihm auf, als er an den feigen Mordanschlag am Nachmittag dachte. Kurz überlegte er, ob er dem Kommissar davon berichten sollte, entschied sich aber schließlich dagegen. Auch, wenn es Heike nicht sonderlich gefallen würde, so plante er, sich erneut mit der Gattin des Spediteurs zu treffen. Sicherlich wusste sie mehr, als sie preisgab.

Sonntag, 20:30 Uhr, Westfalenweg

Der hochgewachsene Mann stand am Fenster und blickte scheinbar gedankenverloren hinaus. Die Arme hatte er hinter dem Rücken verschränkt. Sanft breiteten sich die Hügel zwischen Dönberg und Neviges in der Abenddämmerung aus, doch für die Schönheiten der Landschaft hatte er keinen Blick. Das Zwitschern einer Amsel erfüllte die ländliche Idylle. Werner Grotejohann bebte. Hinter seiner hohen Stirn arbeitete es. Schweißperlen standen auf seiner Stirn. „Wie blöd seit ihr eigentlich?", polterte er, ohne sich zu seinen Besuchern umzublicken. Die beiden Männer warfen sich vielsagende Blicke zu und zuckten die Schultern.

Grotejohann polterte weiter. „Die Karre wird überall gesucht, und ihr habt nichts Besseres zu tun, als sie für einen weiteren Anschlag zu verwenden. Da werden Waffen mitgeführt, und da sitzen vorbestrafte Fahrer in einem meiner Firmenwagen, der gestohlen gemeldet wurde." Jetzt fuhr Grotejohann herum. Er war fünfundfünfzig, schlank und hatte dichtes Haar, das an den Schläfen bereits ergraut war. Seine grauen Augen blitzten wütend hinter den Gläsern einer rahmenlosen Brille. „Die Frage ist nicht, ob ihr im Knast landet, die Frage ist, wann ihr im Knast landet."

„Das ist Berufsrisiko."

„Lasst euch für Wittwer etwas anderes einfallen."

„Was denn?"

„Das hier ist Wuppertal und nicht Chicago. Auch nicht Palermo. Also geht diskreter vor. Die Geschichte mit Kötter war schon maßlos übertrieben, aber was ihr euch bei Wittwer geleistet habt, schlägt dem Fass den Boden aus. Zumal er gar nicht da war."

„Es standen zwei Personen am Wohnzimmerfenster", rechtfertigte sich einer der Männer. Grotejohann wirbelte herum und funkelte seinen Mitarbeiter wütend an. „Es waren die falschen. Wir erwarten Wittwer nächste Woche zurück. Dann könnt ihr beweisen, was ihr draufhabt."

„Das werden wir tun. Was ist jetzt mit dem Jaguar?"

„Der muss entsorgt werden. Ich kümmer mich darum." Damit war das Gespräch für Grotejohann erledigt. Er trat hinter seinen Schreibtisch und ließ sich in den Ledersessel fallen. Von einer Sekunde zur anderen ignorierte er die Männer, die schließlich wortlos das Büro verließen. Er ärgerte sich maßlos, was für Schwachköpfe er da engagiert hatte. Er griff zum Telefon, nachdem die Haustür ins Schloss gefallen war. Grotejohann wusste, wer den Jaguar entsorgen sollte. Und dieser Person traute er mehr zu als den beiden Schwachköpfen.

Sonntag, 22:00 Uhr, Langerfelder Straße

Das Klingeln der Türglocke ließ Thea und Robert Gatz zusammenzucken. Sie hatten sich nach ihrer Aussprache auf die Couch gelegt. Ihr Kopf ruhte auf seiner Brust, während er zärtlich durch ihr Haar strich. Es war fast so wie früher. Er genoss den Duft ihres Haars. Lächelnd hatte er ihren gleichmäßigen Atemzügen gelauscht. Für ein paar Stunden hatten sie die Probleme der letzten Zeit vergessen können. Irgendwann waren sie im Dämmerlicht des Wohnzimmers eingedöst, eng umschlungen, wie schon lange nicht mehr. Ihre Liebe war trotz aller Sorgen und Probleme neu entflammt, und Gatz war sich sicher, dass es ihnen schon sehr bald besser gehen würde. Er atmete tief durch.

Noch einmal klingelte es an der Tür.

Robert Gatz fuhr erschrocken in die Höhe. Sein Herz schlug ihm bis zum Hals. Da war es wieder, das heimtückische Stechen in seiner Brust. Er verzog das Gesicht. Thea, die zuvor in seinen Armen eingeschlafen war, blickte ihn verschreckt an. „Wer um Himmels willen kann das sein?"

„Keine Ahnung", flüsterte Gatz und erhob sich vorsichtig. Ohne unnötigen Lärm zu machen, trat er an das Wohnzimmerfenster und zog die Gardinen fast unmerklich zur Seite. Die Straßenlaternen der Langerfelder Straße tauchten das graue Asphaltband zwischen Langerfeld und Schwelm in ein geisterhaftes, kaltes Licht. Er spähte vorsichtig durch die Gardinen und vermied jede Berührug mit dem Stoff. Unten standen ein dunkler Opel Vectra mit auffällig langer Dachantenne und ein Streifenwagen der Polizei. Ein Funkgerät quäkte verzerrt durch die Nacht. Gatz bekam eine Gänsehaut. Was hatte das zu bedeuten?

„Und?", wisperte Thea, als er sich mit bleichem Gesicht zu seiner Frau umwandte.

„Die Bullen." Bevor seine Frau etwas erwidern konnte, klopfte es an der Wohnungstür. Hohl schallte das Pochen durch die Stille der Wohnung.

„Bitte öffnen Sie die Tür – Polizei!"

„Oh mein Gott, was hat das zu bedeuten?" Thea war aufgesprungen und barfuß zu Robert geeilt. Er nahm sie schützend in den Arm. „Ich weiß es nicht, Kleines." Zärtlich hauchte er ihr einen Kuss auf den Kopf.

„Wir wissen, dass Sie zu Hause sind! Zwingen Sie uns nicht, mit Gewalt in die Wohnung zu kommen! Hier ist die Polizei – öffnen Sie die Tür!", wiederholte der Sprecher nun, klingelte und klopfte gegen das massive Holz der Wohnungstür.

„Was wollen die bloß?"

„Bestimmt eine Verwechslung", murmelte Gatz und spürte wieder einen stechenden Schmerz in seiner Brust. Verdammt, sie würden ihn noch ins Grab bringen. „Es kann nur eine Verwechslung sein – ein Irrtum. Wir werden es gleich erfahren." Die neu erblühte Liebe machte ihn stark.

„Du willst doch nicht etwa öffnen?" Thea blickte mit angsterfülltem Blick zu ihm auf. Ihre Stimme war nur ein Hauch. Sie bebte am ganzen Körper.

„Doch, natürlich. Sollen die uns erst die Tür eintreten? Nein, danke. Alles wird sich klären, Thea. Ich möchte nur endlich meine Ruhe haben." Er drückte sie sanft fort und durchschritt den dunklen Korridor. Durch den Spion sah er den hellen Lichtschein im Treppenhaus. Entschlossen nahm er die Sicherheitskette ab, schloss die Wohnungstür auf und öffnete. Vier Mann standen vor der Tür. Zwei uniformierte Streifenbeamte und zwei Männer in Zivil. Ihre Arme ruckten hoch. Sie hielten ihm die Dienstausweise unter die Nase. „Herr Gatz?"

„Ja?" Robert bemühte sich vergeblich um einen festen Klang seiner Stimme. Er warf einen flüchtigen Blick auf die Dienstausweise. „Worum geht es?"

„Wir suchen Frau Thea Gatz."

„Das ist meine Frau."

„Dürfen wir bitte hereinkommen?" Einer der Polizisten in Zivil reichte ihm ein rotes, amtlich wirkendes Blatt Papier. „Wir haben einen Haftbefehl für Ihre Frau."

Robert Gatz fühlte sich elend. War das alles nur ein schlimmer Albtraum? Wann hatte das Grauen denn endlich ein Ende? Seine Knie wurden weich, als er einen Blick auf den Haftbefehl warf. Er war vom Richter unterschrieben und damit rechtskräftig. „Kommen Sie bitte herein – wegen der Nachbarn", sagte er dann heiser.

Sonntag, 22:10 Uhr, Marienstraße

Gerade hatten sie die Wohnung an der Elberfelder Marienstraße betreten, als sich Stefans Handy meldete. Ein langer, ereignisreicher Tag lag hinter ihnen, und sie waren hundemüde und freuten sich auf ihr Bett. Morgen früh um halb neun wollten sie im Sender sein. Stefan hatte das Handy umständlich aus der Hosentasche hervorgekramt und starrte auf das Display. Die Nummer kannte er nicht, deshalb meldete er sich mit einem fragenden „Hallo?"

„Bitte entschuldigen Sie die späte Störung, aber ich kann nicht schlafen." Eine weibliche Stimme. Sie klang nervös.

„Worum geht es?" Stefan überlegte fieberhaft, woher er die Stimme der Anruferin kannte.

„Wir hatten keine Gelegenheit mehr zu reden."

Jessica Wittwer, durchzuckte es Stefan. Warum rief sie ihn spätabends an? „Worüber möchten Sie denn reden?"

Heike wurde ungeduldig. Sie hatte sich auf einen schönen Abend mit Stefan gefreut. Diese Illusion zerplatzte gerade wie eine Seifenblase. Ihre Augen funkelten wütend. Stefan zuckte hilflos mit den Schultern, während die Anruferin fortfuhr. „Über meinen Mann, über unser Verhältnis und über seine geschäftlichen Beziehungen."

„Wann können wir uns treffen?"

„Jetzt sofort wäre es mir am liebsten."

Stefan linste zur Wanduhr in der Küche. „Also gut. Ich kann in einer Viertelstunde bei Ihnen sein."

„Prima, wirklich nett, zumal diese Uhrzeit eigentlich eher ungewöhnlich ist. Vielen Dank, bis gleich dann!" Ohne eine Antwort abzuwarten, beendete sie das Gespräch. Stefan starrte nachdenklich auf das Handy in seiner Hand und ließ es in der Hosentasche verschwinden.

„Wer war das?", fragte Heike.

„Jessica Wittwer. Sie will auspacken."

„Fragt sich nur, was." Heikes Stimme hatte einen schneidenden Unterton bekommen. „Das ist eine Falle. Sie steht auf dich und will dich in ihre Nähe locken, um ..."

„Heike, bitte!" Stefan hob beschwörend die Hände. „Am besten kommst du mit. Vielleicht erfahren wir heute Nacht etwas, was uns in dem Fall weiterbringt."

„Sie ist eine falsche Schlange. Die Wittwer hat Dreck am Stecken, ich schwör's dir!" Ihre Augen blitzten.

„Selbst wenn es so ist, werden wir es herausfinden." Stefan nahm Heike in den Arm und hauchte ihr einen Kuss auf die Stirn.

„Du willst also jetzt wirklich zu ihr fahren?"

„Ich habe es ihr versprochen", erwiderte Stefan mit treuem Hundeblick. „Und ich möchte, dass du mitkommst."

„Ich mache mich nur kurz etwas frisch, ja?"

„In Ordnung." Insgeheim war Stefan froh, dass Heike einverstanden war und sich ein wenig beruhigt hatte.

Sonntag, 22:15 Uhr, Langerfelder Straße

„Warum wollen Sie meine Frau verhaften?" Robert Gatz hatte die Polizeibeamten ins Wohnzimmer geführt. Thea war aus allen Wolken gefallen, hockte zur Salzsäule erstarrt im Sessel und starrte ins Leere.

Ein junger Kriminalbeamter, der sich als Frank Heinrichs vorgestellt hatte, räusperte sich. „Sie steht unter dem Verdacht, an der Ermordung von Karlheinz Kötter beteiligt gewesen zu sein. Als Motiv vermuten wir Habgier."

„Das müssen Sie mir erklären – wollen Sie einem nackten Mann etwa in die Taschen packen? Ich bin arbeitslos, und es geht uns alles andere als gut." Langsam dämmerte es Gatz. Er fürchtete, sich gerade um Kopf und Kragen zu reden und hielt es für besser, fortan zu schweigen.

„Nun, wie Sie vielleicht wissen, ist Ihre Frau das uneheliche Kind von Karlheinz Kötter. Er wurde letzten Donnerstag das Opfer eines Gewaltverbrechens. Ihre Frau ist die alleinige Erbin. Sie werden verstehen, dass sich aufgrund Ihrer derzeitigen finanziellen Situation der Verdacht aufdrängt, sie könnte ihren Vater aus Habgier ermordet haben."

„Ich habe ihn nicht getötet. Es ging mir nicht um das Erbe." Alle Blicke richteten sich auf Thea Gatz. Ihre Stimme war nur ein Hauch gewesen, völlig tonlos. „Es war alles ganz anders. Ich habe meinen Vater nicht getötet, das müssen Sie mir glauben."

„Das können Sie uns alles im Präsidium erklären", seufzte Heinrichs und erhob sich. „Können wir jetzt?"

„Was passiert jetzt mit mir?"

„Wir werden Sie zu den Ereignissen vom letzten Donnerstagabend befragen. Anschließend werden wir Sie wegen Flucht- und Verdunkelungsgefahr in U-Haft nehmen. Kommen Sie bitte." Heinrichs klang, als würde er über das Wetter plaudern. Er nickte einem der beiden uniformierten Kollegen zu, der daraufhin die Handschellen um Theas Handgelenke legte. Mit einem leisen

Klicken rasteten die Schlösser ein. Thea und Robert blieb nur ein flüchtiger Kuss und das Versprechen, dass er sie rausholen würde, koste es, was es wolle. Thea nickte nur und weinte lautlos. Robert Gatz musste völlig fassungslos mit ansehen, wie seine Frau von den Polizisten nach unten geführt wurde. Regungslos stand er an der Balkonbrüstung, als man Thea auf der menschenleeren Straße in den Fond des Streifenwagens verfrachtete. Als Gatz den Kopf hob und zu den Häusern auf der gegenüberliegenden Straßenseite blickte, bemerkte er, dass in einigen Fenstern noch Licht brannte. Die Bewohner der umliegenden Wohnungen hingen sensationslüstern hinter den Gardinen und beobachteten das nächtliche Geschehen auf der Straße. Er hasste neugierige Menschen. Fest umklammerte er die Balkonbrüstung und sah den Polizeiwagen nach, die in der Nacht verschwanden. Er presste die Hände so fest um das Eisen, dass es ihm Schmerzen in den Handgelenken bereitete.

Sonntag, 22:30 Uhr, Briller Viertel

Im Wohnzimmer brannte Licht. Die kleine Laterne über dem bogenförmigen Eingangsportal verteilte ihr diffuses Licht vor der Villa. Mücken schwirrten um das staubige Glas der Lampe, als Stefan und Heike vor der Tür standen. Noch bevor Stefan klingeln konnte, öffnete sich die Tür. Anscheinend wurden sie sehnsüchtig erwartet. Jessica Wittwer trug einen hellen Hausanzug aus Fleecestoff. Sie war dezent geschminkt und wirkte jetzt noch blasser als sonst. Eine feine Parfümwolke hüllte sie ein. „Schön, dass Sie so schnell hier sein konnten. Kommen Sie." Im Haus herrschte Dämmerlicht. Um diese Zeit kam Stefan das Knarzen der Dielen bei jedem Schritt noch lauter vor als bei Tage. Die rothaarige Spediteursgattin führte ihre Gäste ins Wohnzimmer. Kerzen verbreiteten einen warmen Lichtschein. Lange Schatten tanzten über Wände und Mobiliar. Auf dem flachen Wohnzimmertisch standen eine halb geleerte Flasche Rotwein und ein Glas. Stefan blickte zum Fenster. Scheinbar hatte sie Glück gehabt und einen Glaserei-Notdienst gefunden, der die Spuren des Anschlags schnell beseitigt hatte. Nichts deutete mehr darauf hin, dass jemand auf sie geschossen hatte.

„Nehmen Sie doch Platz."

Stefan und Heike sanken auf das Sofa, während die Hausherrin sich einen bequemen Sessel zurechtrückte und es sich darauf gemütlich machte. Sie zog die Beine an, stellte die Füße auf die Sitzfläche und verschränkte die Arme. Ihr Blick glitt ins Leere, und sekundenlang hing sie ihren Gedanken nach. Lediglich das Ticken der Standuhr durchschnitt minutenlang die Stille. Erst als Stefan sich räusperte, erwachte Jessica Wittwer aus ihrer Lethargie. „Ich verdanke Ihnen mein Leben", lächelte sie, an Stefan gewandt.

„Jeder hätte so gehandelt", behauptete Stefan.

„Was können wir für Sie tun?" Heike wurde ungeduldig. Sie hatte nicht länger vor, der reichen Spediteursgattin beim Süßholzraspeln zuzuschauen.

Jessica Wittwer rang nervös mit den Händen und fuhr sich durchs Gesicht. Es dauerte eine kleine Ewigkeit, bis sie redete.

„Als Journalisten haben Sie doch sicher einen guten Draht zur Polizei, oder?" Das klang wie eine Feststellung, nicht wie eine Frage.

„Wir arbeiten zusammen – im Rahmen der Möglichkeiten", nickte Heike. „Was nicht heißen soll, dass wir mit den Behörden immer einer Meinung sind."

„Kann ich auf Ihre Diskretion hoffen?"

„Natürlich", antwortete Stefan schnell.

„Auch, wenn es ... nun, wenn es um ein brisantes Detail geht?"

„Auch dann."

„Wir werden erpresst." Sie blickte ihre Besucher an und schien in Stefans und Heikes Gesichtern lesen zu wollen.

„Was ... ich meine, wer erpresst Sie?" Stefan hatte zuerst die Sprache wiedergefunden.

„Wenn wir das wüssten."

„Sie werden bedroht?“, fragte Heike aufgeregt.

Jessica Wittwer lachte auf und deutete auf das Fenster mit dem neuen Glas. „Fragen Sie Ihren Freund, Frau Göbel. Ich glaube, der Anschlag heute Nachmittag war Drohung genug.“ Sie legte eine kurze Pause ein, bevor sie fortfuhr. „Das geht seit einigen Tagen so. Geheimnisvolle Anrufe, Drohungen, bislang nur telefonisch, mit Ausnahme von vorhin. Man fordert eine fünfstellige Summe.“

„Haben Sie die Polizei verständigt?“ Heike beugte sich im Sitzen vor und warf Stefan einen vielsagenden Blick zu.

„Nein, was denken Sie?“ Jessica Wittwer griff nach dem Weinglas und leerte es in einem Zug. „Möchten Sie auch etwas trinken?“

Heike und Stefan schüttelten die Köpfe. „Sie müssen die Polizei alarmieren“, riet Stefan ihr. „Wenn das vorhin eine Warnung war, dann brauchen Sie Schutz.“

„Sie wissen, was ich von unseren Behörden halte.“

„Trotzdem – wenn Sie nicht zur Polizei gehen, sind Sie den Erpressern schutzlos ausgeliefert.“

„Vielleicht sollte ich einen Privatdetektiv beauftragen oder eine Security-Firma mit dem Schutz des Hauses betrauen.“ Sie schenkte Wein nach.

„Das ist nicht das Gleiche“, gab Heike zu bedenken.

„Die Polizei kann mir nicht helfen. Nicht mehr.“

„Haben Sie einen Verdacht, wer hinter der Erpressung stecken könnte?“, fragte Stefan aufgeregt. „Ich meine, ist Ihnen etwas Besonderes aufgefallen?“

„Nichts dergleichen.“ Jessica Wittwer schüttelte den Kopf. „Mein Mann ist geflüchtet, um den Tätern aus dem Weg zu gehen. Er wollte mich überreden, mit ihm zu fliegen. Aber ich hatte hier etwas zu erledigen.“ Dass sie log, bemerkte Stefan sofort, doch er schwieg und tauschte einen raschen Blick mit Heike, die den Faden nun aufnahm.

„Es kann nicht so wichtig gewesen sein, dass Sie dafür Ihr Leben aufs Spiel setzen“, erwiderte Heike.

„Oh doch." Es klang leise, aber sehr bestimmt. Jessica Wittwer starrte in die Flamme einer Kerze. Ihr Gesicht war starr, eine Maske. „Ich musste Schluss machen."

„Schluss? Mit wem? Oder besser – womit? Wie meinen Sie das?"

Stille. Ein schwer zu deutendes Lächeln stahl sich auf das aparte Gesicht der Frau. „Da ist noch etwas, das Sie wissen sollten."

Die Spannung in dem spärlich beleuchteten Wohnzimmer wuchs. Stefan und Heike tauschten Blicke, während Jessica Wittwer die Dielen des Fußbodens anstarrte. Dann ruckte ihr Kopf hoch. Jede Farbe war aus ihrem Gesicht gewichen. Ihre feingliedrigen Hände zitterten. Rhythmisch hoben und senkten sich ihre Schultern. Dann öffnete sie die Lippen, verschloss sie, presste sie zu einem schmalen Strich zusammen und schüttelte den Kopf, bevor sie neu ansetzte.

„Ich habe Fritz Plunger getötet."

Es dauerte einige Sekunden, bis Heike und Stefan diese Neuigkeit verarbeitet hatten. Die Sekunden zogen sich zäh wie Gummi. Das Ticken der Standuhr in der Ecke klang wie Donnerschläge. Stefans Mund stand ungläubig offen. Er hatte als Erster seine Fassung wiedergewonnen. „Sind Sie sicher ... ich meine, es ist doch ..."

„Natürlich bin ich sicher", hauchte Jessica Wittwer. „Ich habe ihn gestern nach dem Spiel in seiner Kabine erschossen. Mit der Waffe meines Mannes." Sie lachte trocken auf. „Welch Ironie des Schicksals. Ich erschieße Fritz mit der Pistole meines Mannes. Eigentlich wollte Karl die Waffe mitnehmen, um sich verteidigen zu können. Aber er hatte sie schlichtweg vergessen. Und da kam mir der Gedanke, dass ich die Pistole selber gut gebrauchen könnte. Ich benutzte sie, um endlich einen Schlussstrich zu ziehen."

Stefans Gedanken rasten ihm durch den Kopf. Dann erinnerte er sich an die Putzfrau, die ihm auf seinem Weg zu Plunger entgegengekommen war. Nur den Bruchteil einer Sekunde hatte er sie gesehen. Sie war seinem Blick ausgewichen, daran erinnerte er sich.

Das Einzige, woran er sich erinnerte, waren die schwarzen Haare. Sie hatten geglänzt ...

Dann fiel es ihm wie Schuppen von den Augen. Peer war, als er nach dem Anschlag den Verbandskasten aus dem Keller geholt hatte, eine schwarze Perücke aufgefallen. Davon hatte er vorhin im Brauhaus berichtet. Und trotzdem hatte Stefan keine Schlüsse daraus gezogen. Er schalt sich einen Narren. Darauf hätte er sofort kommen müssen!

„Die schwarze Perücke“, rief Stefan. Der Kreis begann sich zu schließen. Oder war es eine Schlinge, die sich schloss? Um Jessica Wittwers hübschen Hals?

„Sie waren die Putzfrau, die mir in die Arme gerannt ist, als ich auf dem Weg zu Plunger war“, stieß Stefan fassungslos hervor.

Jessica Wittwer nickte. „Ich habe mich verkleidet, um möglichst unbehelligt nah an seine Kabine zu kommen. Und heute Mittag bin ich vor Schreck fast in Ohnmacht gefallen, als Sie an meiner Haustür klingelten. Mein erster Gedanke war, dass Sie mich im Stadion erkannt haben.“

„Was ändert das jetzt noch?“

„Nichts. Er ist tot. Unwiederbringlich tot, und ich habe ihn ermordet!“ Jessica Wittwer brach schluchzend zusammen. Stefans Gedanken fuhren in seinem Kopf Karussell. Plötzlich verstand er, warum die Tatwaffen verschiedene Kaliber aufgewiesen hatten – die Opfer waren von zwei völlig voneinander unabhängigen Menschen erschossen worden. Aber was war mit den zerstörten Pinguin-Skulpturen? Was hatte das eine mit dem anderen zu tun? Er fühlte sich, als würde er vor einem großen Abgrund stehen. Wie konnte eine elegante und reiche Frau wie Jessica Wittwer einen Mann so eiskalt ermorden? Stefan warf Heike einen hilfesuchenden Blick zu.

„Aber warum haben Sie das getan?“, fragte Heike an Jessica Wittwer gewandt und rutschte nervös auf der Vorderkante des Sofas herum. Sie hatte sichtlich Mühe, ihre Erregung zu verbergen.

Emotionen waren fehl am Platze. Die Spediteursfrau hatte ein ganz großes Problem: ihr eigenes Leben. Sie hatte sich selber eine Grube gegraben und sich hineinfallen lassen. Heike verstand die Welt nicht mehr. Was musste im Kopf dieser Frau vorgegangen sein, als sie sich zu dieser Tat entschlossen hatte?

Die Wittwer beruhigte sich ein wenig. Sie betrachtete Heike wie einen Geist und wischte sich durch die verheulten Augen. Das Make-up war dahin und verwandelte ihr Gesicht in eine schaurige Maske. „Ich ... wir hatten ein Verhältnis." Sie flüsterte nur und wich Heikes und Stefans Blicken aus. „Wie Sie wissen, ist mein Mann Sponsor des Wuppertaler Fußballclubs. So lernte ich Fritz kennen."

„Kennen und lieben?"

„Ja, sozusagen. Sie müssen wissen, dass mein Leben an Karls Seite die Hölle ist. Wir haben viel zu früh geheiratet. Ich war gerade mal neunzehn." Sie schüttelte den Kopf. „Jung und naiv." Als sie kurz aufblickte, sahen Stefan und Heike Tränen in ihren Augen schimmern. „Ich mochte seinen Lebensstil. Er konnte mir Reichtum und Wohlstand bieten, genau das, worauf man als junges Ding steht. Wenn ich Klamotten brauchte, gingen wir shoppen. Nicht bei Peek & Cloppenburg, nicht bei C&A, nein, wir flogen übers Wochenende nach Paris oder Rom. Das konnte mir kein gleichaltriger Junge zu dieser Zeit bieten. Karl las mir jeden Wunsch von den Augen ab, und ich redete mir damals wirklich ein, ihn zu lieben. Der Millionär und das kleine Mädchen aus der Arbeiterwelt. Es war fast wie im Märchen. Viel zu spät bin ich aus diesem Traum erwacht. Er hat mich ständig belogen und betrogen. Und er gab mir zu verstehen, dass er mich fertigmachen würde, wenn ich abhaute. Ich fühlte mich in die Enge getrieben und hasste mein Leben im Luxus."

„Und dann kam Plunger?", fragte Heike. Sie reichte Jessica Wittwer ein Taschentuch, das sie dankbar annahm und sich die Nase schnäuzte.

„Ja, ich lernte ihn auf einem Ball des WFC kennen. Er war viel jünger als Karl, gutaussehend, sportlich. Ich habe mich sofort in ihn verliebt, vom ersten Moment an. Er war natürlich, stammte aus einfachen Verhältnissen. Seine Eltern lebten am Nützenberg und waren normale Arbeiter. Er hat schon immer Fußball gespielt. Schließlich hat man ihn in den Vorstand des WFC gewählt. Für den Jungen aus kleinen Verhältnissen war ein Traum in Erfüllung gegangen. Ich liebte ihn einfach so, wie er war." Jetzt lächelte sie matt. „Und ihm erging es anscheinend nicht anders."

„Liebe auf den ersten Blick?" Heike betrachtete die junge Frau jetzt fast mit einem mitleidvollen Blick. Sie konnte sich kaum vorstellen, dass Jessica Wittwer den Mann, den sie liebte, eiskalt in seiner Kabine erschossen hatte.

„Es war eine Qual", fuhr Jessica Wittwer fort. Das Lächeln war auf ihren Lippen gefroren. Nervös rang sie mit den Händen. „Ich war hier in einem goldenen Käfig gefangen, und er konnte mich nicht befreien."

„Warum?", fragte Stefan.

„Fritz ist verheiratet. Mit seiner Frau hat er ein schwer behindertes Kind. Er hat es nicht übers Herz gebracht, sie damit alleine zurückzulassen." Jessica Wittwer winkte ab. „Das heißt, er war verheiratet."

Betroffenes Schweigen kehrte ein.

„Aber Sie haben es übers Herz gebracht, ihn umzubringen und damit dem Kind seinen Vater zu nehmen?" Heike hatte als Erste die Fassung wiedergewonnen und ging hart mit Jessica Wittwer ins Gericht.

„Immer und immer wieder hat er mich vertröstet. Ich habe ihn geliebt und ihm vertraut, war immer fest im Glauben, dass er mich eines Tages aus diesem verdammten Haus hier befreit und mit mir ein neues Leben beginnt." Erneut waren Tränen in ihre Augen getreten. „Ich will ehrlich zu Ihnen sein: Irgendwann schlug meine

Liebe in Hass um. Verständnis wurde zu Hohn. Ich musste einen Weg finden, um diese Qual zu beenden."

„Was sollen wir jetzt tun?"

„Bitte rufen Sie die Polizei!" Jetzt war es mit ihrer Fassung endgültig vorbei. „Ich bin bereit, meine verdiente Strafe anzutreten. Nur bringen Sie mich endlich aus diesem Haus."

Stefan stand auf und trat ans Fenster. Die Dielen der alten Villa knarzten leise unter seinen Füßen. Sein Gesicht spiegelte sich im Fenster, dahinter das von Heike und das der Hausherrin. Stefan blickte hinaus in die laue Sommernacht. Irgendwo zirpten Grillen. Eine fast ländliche Idylle, wenn sie sich nicht mit einer Mörderin in einem Raum befinden würden. Das Briller Viertel lag dunkel vor ihm. „Von wem werden Sie erpresst?", fragte er, ohne sich umzuwenden.

„Wie ich Ihnen schon sagte, Herr Seiler. Mein Mann ist einer der Hauptsponsoren des WFC. Und ich habe mitbekommen, dass es in den letzten Wochen Turbulenzen rund um das Vereins-Sponsoring gab. Es ging um eine recht hohe Summe, mehr weiß ich nicht."

„Warum stand Ihr Mann auf der Liste des Pinguinmörders?"

„Ich weiß es wirklich nicht."

„Haben Sie den Pinguin des Wuppertaler Fußballclubs geköpft?" Stefan löste sich vom Blick in die Nacht und drehte sich zu ihr um.

„Nein, damit habe ich nichts zu tun, das müssen Sie mir glauben."

„Und?"

„Rufen Sie die Polizei. Und dann lassen Sie mich bitte allein."

Sie traten bedrückt hinaus in die laue Sommernacht. Über dem Nützenberg schälte sich ein klarer Sternenhimmel aus dem Tiefblau über Elberfeld. Stumm stiegen sie die Stufen der Villa herab, durchschritten den kleinen Vorgarten und standen schließlich am Käfer. Heike stützte sich auf das runde Dach. „Und?"

Stefan schloss die Tür auf. „Was – und?"

„Was hältst du von ihr und ihrer Geschichte?"

Schulterzucken. Stefan kletterte hinter das Lenkrad und beugte sich hinüber, um den Verriegelungsknopf der Beifahrertür aufzuziehen. Auf den Einbau einer Zentralverriegelung hatte er bewusst verzichtet. Unnötigen Schnickschnack brauchte er einfach nicht. Was nicht eingebaut war, das konnte auch nicht kaputtgehen. „Sie ist eine Mörderin, und schon alleine aus diesem Grund bin ich froh, dass wir jetzt hier stehen." Stefan grinste und fummelte den Schlüssel ins Zündschloss. Der Motor sprang ohne Murren an und blubberte zufrieden im Heck. „Und Peer ist verknallt in sie." Er schüttelte den Kopf, doch Heike ging nicht darauf ein.

„Ich habe das seltsame Gefühl, dass wir Jessica Wittwer nicht wiedersehen werden", erwiderte sie und blickte Stefan von der Seite an. Er lenkte den Käfer durch die Moltkestraße herunter. In den meisten Fenstern brannte längst kein Licht mehr. Morgen war Montag, und für viele Wuppertaler würde der Arbeitsalltag wieder beginnen. Stefan nahm den gleichen Weg, den der Jaguar wahrscheinlich am Nachmittag genommen hatte. An der Katernberger Straße blieb er kurz stehen. Von hier aus würden die Täter ganz unbehelligt fortgekommen sein. In kaum mehr als fünf Minuten hätten sie die Autobahn erreichen und über alle Berge sein können.

„Da kannst du Recht haben", brummte Stefan. „Immerhin wird sie gleich als geständige Mörderin verhaftet werden."

„Wir haben ihr versprochen, die Polizei zu rufen", erinnerte Heike ihn. Stefan nickte nachdenklich. „Also – wann?"

„Die Frage ist nicht wann, sondern wen", murmelte Stefan.

„Wie bitte?"

Stefan lenkte den Käfer an einer Haltestelle rechts ran und zückte sein Handy. „Wen wir anrufen sollen, meine ich. Informieren wir die Polizei, oder rufen wir gleich Kommissar Verdammt an."

„Verdammt?"

„Na klar, er ist doch als Leiter der Mordkommission für alle Tötungsdelikte zuständig. Und Jessica Wittwer hat eben einen Mord gestanden. Oder habe ich mich verhört?“

Heike rollte mit den Augen. „Natürlich nicht.“ Sie dachte einen Augenblick lang nach. „Verdammt“, sagte sie dann. „Wir sollten ihm den Mord an Fritz Plunger melden, schließlich hat er gestern im Stadion die Ermittlungen aufgenommen.“

„Allerdings“, seufzte Stefan. Er erinnerte sich mit einem Drücken in der Magengegend an den gestrigen Nachmittag im Stadion am Zoo. Auf übelste Art war er mit Ulbricht aneinandergeraten. Vielleicht passte es dem Kommissar ja nicht, dass er ihm schon wieder einen Schritt voraus war, weil er wusste, wer Plunger auf dem Gewissen hatte. Trotzdem tippte Stefan Ulbrichts Handynummer ein und wartete auf ein Freizeichen.

Sonntag, 23:55 Uhr, An der Bergbahn

Anfangs war es nur ein monotones Fiepen, das er vergeblich zu ignorieren versuchte. Grummelnd zog er sich die Bettdecke über den Kopf und presste sich fester ins verschwitzte Laken. Doch das Fiepen ließ nicht nach; im Gegenteil: Es wurde fordernder, drohender. Einen Moment später empfand er es einfach nur als nervig.

Wütend schleuderte Ulbricht das Kopfkissen in eine Zimmerecke und setzte sich im Bett hin. Das Licht der Straßenlaternen drang gedämpft durch die zugezogenen Gardinen seines Schlafzimmers. Das Fenster stand auf Kipp. Durch den Spalt drang ein lauer Nachtwind ins Zimmer und blähte die Gardinen auf. Trotzdem herrschte im Zimmer eine drückende Hitze. Ulbricht dachte an den prophezeiten Klimawandel und an die schier unerträgliche Hitzeglocke, die an diesem Abend schwer über Wuppertal hing. Alle sehnten sich nach einem befreienden Gewitter. Ulbricht blinzelte. Das Klingeln des Telefons ließ nicht nach. Er blickte sich um. Da war der alte Koffer auf dem Schlafzimmerschrank, den er schon viel zu lange nicht mehr benutzt hatte. Urlaub hatte er schon lange nicht mehr gemacht. Den ausrangierten Küchenstuhl nutzte er als Kleiderständer. Und da war die leere Betthälfte neben ihm. Er seufzte und stakste barfuß in die dunkle Diele, wo das Handy auf der Kommode lag. Die Nummer auf dem Display kannte er nicht. Trotzdem drückte er die grüne Taste und meldete sich.

„Ja?!“ Es klang entnervt und barsch.

„Kommissar, es gibt Arbeit, fürchte ich“, vernahm er eine männliche Stimme am anderen Ende der Leitung.

„Wissen Sie eigentlich, wie spät es ist? Wer sind Sie überhaupt, verdammt noch mal?“ Ulbricht überlegte fieberhaft, woher er die Stimme des Anrufers kannte.

„Seiler hier, Wupperwelle. Ich weiß nicht, wie ich es ausdrücken soll ...“ Er druckste herum. Ulbricht hörte vorbeifahrende Autos im Hintergrund. Vermutlich telefonierte Seiler auf offener Straße.

„Machen Sie es nicht so spannend, verdammt!“

„Wir wissen, wer Fritz Plunger ermordet hat.“

Ulbricht glaubte sich verhört zu haben. Diese verdammten Reporter steckten ihre Nasen ständig in seine Arbeit. Er hasste es, wenn man ihm immer wieder sagte, was er zu tun hatte. Ein wütendes Grollen kam über seine Lippen. „Seiler, ich habe Ihnen schon tausend Mal gesagt, dass Sie unsere Ermittlungen nicht zu stören haben. – Und meine Nachtruhe auch nicht, verdammt noch mal!“ Ulbricht nahm sich vor, morgen mit Eckhardt, dem Chefredakteur des Senders, zu reden. Er sollte dafür Sorge tragen, dass seine Mitarbeiter nicht die Nase in Dinge steckten, die sie nichts angingen. „Es kotzt mich langsam an, dass Sie uns nicht in Ruhe arbeiten lassen“, brüllte er in den Hörer.

„Ich kann nichts dafür“, erwiderte Seiler am anderen Ende. „Die Mörderin von Fritz Plunger hat ein Geständnis abgelegt und uns gebeten, Sie zu informieren.“

„Moment – sagten Sie Mörderin?“

„Ja.“

„Dann ist es doch diese komische Putzfrau gewesen, die Ihnen im Stadion in die Arme gelaufen ist?“ Ulbricht stutzte.

„Erraten. Und wenn ich Ihnen den wirklichen Namen der vermeintlichen Putzfrau verrate, werden Sie mich wieder verfluchen. Aber ich sage es Ihnen trotzdem: Jessica Wittwer hat Fritz Plunger auf dem Gewissen.“

Ulbricht war sprachlos. Er tappte zurück ins Schlafzimmer und sank auf das zerwühlte Bett. „Die Wittwer? Aber warum denn?“

Stichwortartig berichtete Stefan ihm, was er von Jessica Wittwer erfahren hatte. Auch den Hinweis auf die Erpresser ließ er nicht aus. „Klingt so, als wenn das der gleiche Täter wäre wie der Brauhauserpresser“, schloss er schließlich seine Ausführungen.

„Glauben Sie jetzt etwa auch, dass es da Zusammenhänge gibt?“, schnaubte Ulbricht.

„Das ist jetzt nicht wichtig, Kommissar. Sie sollten Frau Wittwer einen Besuch abstatten. Aber seien Sie vorsichtig, sie hat eine Schusswaffe im Haus.“

„Das überlassen Sie mal mir.“ Ulbricht sprang in die Höhe und marschierte durch das Schlafzimmer. Er zog die Gardinen einen Spalt auseinander und blickte hinunter auf die Straße, die steil bergan führte. Niemand hielt sich dort um diese Zeit auf.

„Danke, dass wir Sie informieren durften, Kommissar“, erwiderte Seiler gallig. „Und wie geht es jetzt weiter?“

„Ich werde mich persönlich um Jessica Wittwer kümmern“, brummte Ulbricht. „Und Sie halten sich bitte für eine mögliche Befragung bereit.“ Ohne eine Antwort abzuwarten, drückte Ulbricht den roten Knopf und warf das Handy auf das Bett. Er sehnte sich nach einer Zigarette. Sein Weg führte ihn in die Küche. Er schaltete das Licht ein, suchte und fand die Packung auf dem Küchentisch, zündete sich eine Zigarette an und dachte angestrengt nach. Sollte die Wittwer tatsächlich Plunger auf dem Gewissen haben, weil sie sich als seine Geliebte im Stich gelassen fühlte? Wusste Karl Wittwer von der Tat seiner Frau? Und was hatte es mit den seltsamen Pinguinmorden auf sich? Welcher Irre vergriff sich an den Plastikfiguren? Gab es einen Haupttäter und einen Trittbrettfahrer? Von Heinrichs hatte er erfahren, dass eine junge Frau wegen Mordverdachts an Karlheinz Kötter verhaftet worden war. Wie es aussah, war es kein Serientäter, der das KK 11 in Atem hielt, sondern gleich mehrere verschiedene Personen, die nach dem Leben ihrer Mitmenschen trachteten. Und nach dem ihrer Pinguine, fügte er in Gedanken hinzu. Er schnappte sich das Telefon und tippte die Nummer der Kollegen vom Streifendienst ein. „Ich brauche in einer halben Stunde eine Streifenwagenbesatzung ins Briller Viertel", sagte er und nannte den Kollegen die Adresse von Jessica Wittwer. Dann drückte er den Zigarettenstummel im überquellenden Aschenbecher aus und verschwand im Bad. Wann würde er endlich einmal zu seinem wohlverdienten Schlaf kommen?

Montag, 8:45 Uhr, Redaktion der Wupperwelle

„Schön, dass ihr da seid", wurden sie von Mike Müller empfangen. Er grinste über beide Ohren, als Heike und Stefan im Großraumbüro der Redaktion erschienen. Seine Fröhlichkeit nervte Stefan. Täuschte er sich, oder himmelte dieser Schnösel seine Heike an?

„Es gibt alle Hände voll zu tun."

„Ich liebe es, wenn die neue Woche so anfängt", murmelte Stefan sarkastisch. Heike grinste ihn an. „Das wird schon", lachte sie und wandte sich dann dem Praktikanten zu. „Also, was ist so aufregend?"

„Die Frau des Spediteurs Wittwer hat Plunger kaltgemacht. Und nicht nur das: Nachdem die Bullen davon Wind bekommen haben, hat sie sich selbst gerichtet." Er fuhr sich bezeichnend mit der Handkante über die Kehle und wedelte mit einem Blatt Papier herum. „Hier", sagte er und hielt den Zettel wie eine Trophäe in die Höhe. „Die Pressemeldung des Präsidiums. Und Eckhardt hat mich damit beauftragt, einen Beitrag darüber zu sprechen."

Heike glaubte sich verhört zu haben. „Bitte?" Ihr wurde heiß und kalt, und als sie zu Stefan aufblickte, sah sie, dass es ihm genauso ging.

„Ich soll einen Beitrag über den Selbstmord von Jessica Wittwer machen“, wiederholte Müller und zog einen Flunsch.

„Nicht das“, winkte Heike ab. „Was hast du gesagt? Jessica Wittwer ist tot?“

Der Praktikant nickte aufgeregt. „Selbstmord, nachdem sie ein Geständnis abgelegt hat.“ Müller grinste. „Wie dem auch sei: Eine brutale Mörderin weniger in dieser Stadt. Wuppertal ist wieder ein wenig sicherer.“

Stefan und Heike hatten sich an ihren Schreibtischen niedergelassen und die Rechner eingeschaltet. Der pickelgesichtige Praktikant war ihnen gefolgt. Er redete wie ein Wasserfall. „Ich finde es toll, beim Radio zu arbeiten. Hattest Recht, Heike: Es gibt kein schnelleres Medium als uns. In der Zeitung von heute Morgen steht noch kein Sterbenswort vom Selbstmord der Wittwer. Aber wir hatten es schon vor gut zwei Stunden in den Lokalnachrichten um halb sieben.“ Stefan nickte schweigend. Müller ging ihm auf die Nerven. Er hasste Leute, die schon am frühen Morgen ohne Punkt und Komma auf ihn einredeten. Er brauchte etwas Anlaufzeit in den neuen Tag. Die Nacht war aufregend genug gewesen. Der Tod von Jessica Wittwer lag ihm schwer im Magen. Sie wirkte bedrückt und schien mit den Gedanken woanders zu sein. Er versuchte sich zu konzentrieren, während er den E-Mail-Eingang prüfte. In einer Viertelstunde fand die allmorgendliche Redaktionskonferenz statt. Dort wurden alle Themen besprochen, die im Laufe des Tages über den Sender gehen sollten. „Ist gut, Mike“, sagte Heike nun.

Das war das Zeichen für Müllers Abgang. „Wir sehen uns dann gleich in der Konferenz“, sagte er und tummelte sich.

„Wer hat den denn losgelassen?“, fragte Stefan, der dem jungen Kollegen lange nachschaute.

„Keine Ahnung“, erwiderte Heike. „Er macht hier ein Praktikum.

Ich hatte am Samstag das zweifelhafte Vergnügen, ihm über den Weg zu laufen, als du im Stadion warst."

„Der Knabe hat 'ne Macke."

„Eine?" Heike lachte. „Er steht auf ..." Sie suchte nach dem Begriff. „Wie hat er es genannt? Er steht auf Provokations-Journalismus." Jetzt nickte sie. „Ja, ich glaube, so hat er es genannt. Er will die Menschen aufmerksam machen auf das, was in der Stadt passiert."

„Da ist er bei Eckhardt ja an der richtigen Stelle."

„Was ist mit mir?" Wie ein Schatten war Michael Eckhardt hinter Stefan aufgetaucht. „Haben Sie von mir geredet?"

Stefan fuhr auf seinem Bürostuhl herum und blickte zu Eckhardt auf. Der Chefredakteur trug ein beigefarbenes Hemd und eine dunkelbraune Krawatte, die schon wieder auf halb acht hing. Das Hemd wies Kaffeeflecken auf, die Haare hatte er sich bereits gerauft. Alles beim Alten, dachte Stefan und hatte Mühe, sich ein Grinsen zu verkneifen.

„Wir sprachen gerade über Müller und seine seltsame Auffassung von Journalismus", half Heike ihm schnell.

„Stimmt." Eckhardt stellte seinen leeren Kaffeepott auf dem Schreibtisch ab. „Er ist der Neffe eines guten Freundes und will unbedingt Reporter bei uns werden. Ich habe um des lieben Friedens willen zugestimmt, ihm durch ein Praktikum eine Chance zu geben, sich in unserem Beruf zu beweisen."

„Das schafft er scheinbar ja ganz gut", murmelte Stefan.

„Das fürchte ich auch", nickte Eckhardt. Dann blickte er Heike an. „Sie haben sicherlich schon davon gehört, dass Jessica Wittwer die Mörderin von Fritz Plunger ist und sich nach einem Geständnis selbst getötet hat."

„Allerdings." Heike wich seinem bohrenden Blick aus und wühlte in ihrer Schreibtischschublade herum. Sie erwähnte nicht, dass Jessica Wittwer dieses Geständnis bei Stefan und ihr abgelegt hatte. Sie hätten die verzweifelte Frau niemals alleine lassen dürfen.

„Sie wissen mehr, als der Polizei lieb ist.“ Eckhardt ließ nicht locker. „Ich hatte schon wieder Besuch von Ulbricht.“

Also wusste Eckhardt doch schon, wie der Hase läuft. Stefan stöhnte auf. „Er hält mich nicht nur für einen Spion, sondern manchmal auch für einen Mörder.“

„Vor allem hält er Sie für seinen größten Kritiker“, fügte Eckhardt hinzu. „Und genau das wird uns zum Problem, Herr Seiler.“

„So etwas hatte ich befürchtet.“

„Es wurmt ihn, dass Sie vor ihm wussten, wer Plunger ermordet hat. Es wurmt ihn auch, dass Sie den ermordeten WFC-Präsi gefunden haben, bevor die Polizei auf den Plan gerufen wurde.“

„Und es wurmt ihn, dass wir rein zufällig Zeugen wurden, als Wittwers Pinguin geköpft wurde“, bemerkte Heike und rollte mit den Augen.

„Genau.“ Eckhardt nickte. „Ich persönlich habe überhaupt nichts dagegen, dass Sie in unserer Stadt stets dort sind, wo etwas passiert. Aber Sie sollten aufpassen, dass sich die Kripo nicht auf den Schlips getreten fühlt.“

„Tut Ulbricht das nicht ständig?“, stöhnte Stefan.

„Damit ist doch jetzt Schluss“, mischte Heike sich ein. „Plungers Mörder steht fest, die Wittwer ist tot, und soviel ich weiß, wurde auch Kötters Mörder gefasst.“

„Verhaftet wurde eine Frau, die lediglich unter Mordverdacht steht“, berichtigte Eckhardt sie. „So hatten wir es auch in den Nachrichten, das stimmt. Aber ich weiß nicht, da ist noch jemand unterwegs, der oder die es auf Kötter abgesehen hatten. Was ist mit dem Jaguar, aus dem geschossen wurde? Haben die Insassen etwas mit der Frau zu tun, die verhaftet wurde?“

„Vielleicht sogar Auftragskiller? Könnte es nicht sein, dass die Frau mit Karlheinz Kötter verabredet war, und die Insassen des Jaguars haben die Drecksarbeit erledigt, um sie als unschuldige Zeugin dastehen zu lassen?“ Heike hatte sich in Rage geredet.

Eckhardt lehnte an Stefans Schreibtisch und nickte. „Das ist genau das, was die Mordkommission zurzeit vermutet. Aber ich warne Sie: Nichts davon geht über den Sender."

„Ist gebongt, Chef." Heike lächelte müde. „Aber es ist doch zum Mäusemelken: Wir haben eine heiße Story, die unmittelbar vor der Auflösung steht, und dürfen nichts darüber bringen."

„Es geht nichts über den Sender, was nicht in den Pressemeldungen aus dem Präsidium steht." Eckhardt stieß sich von der Schreibtischkante ab und betrachtete Heike und Stefan mit einem prüfenden Blick. „Ist das klar?"

„Klar", murmelte Heike mit einem Seufzer auf den Lippen.

„Geht in Ordnung", erwiderte auch Stefan.

„Dann haben wir uns ja verstanden. Und jetzt kommen Sie in den Konferenzraum. Wir sind spät dran."

Montag, 9:30 Uhr, Polizeipräsidium

„Was ist mit der Frau?"

Heinrichs blickte von seinem Monitor auf. Ulbricht hatte sich vor dem Schreibtisch seines Assistenten aufgebaut und stützte sich schwer auf die Platte.

„Was soll mit ihr sein?" Heinrichs löste sich vom Anblick des Monitors und lehnte sich mit hinter dem Kopf verschränkten Armen in seinem Bürostuhl zurück. „Alles, was sie zu sagen hatte, habe ich schon protokolliert. Sie streitet ab, mit Kötters Mördern etwas zu tun zu haben. Aber sie gibt zu, dass sie seine uneheliche Tochter ist und den Abend zu einer Aussprache nutzen wollte – deshalb das Treffen an der Stadthalle." Heinrichs griff nach seinem Tee und schlürfte daran, bevor er fortfuhr. „Sie ist verheiratet, kinderlos. Ihr Mann ist ein armer Hund, arbeitslos, bald kommt Hartz IV auf ihn zu. Sie jobbt in einem Bistro in der Barmer Fußgängerzone und zählt nicht gerade zu den Spitzenverdienern in der Stadt."

„Und?"

„Den beiden steht das Wasser bis zum Hals. Deshalb hat

Thea Gatz sich an ihren leiblichen Vater erinnert und wollte sicherlich diese Geldquelle anzapfen." ‚Brille' Heinrichs grinste und rieb bezeichnend Daumen und Zeigefinger der rechten Hand aneinander.

„Deshalb ist sie noch lange keine verdammte Mörderin", polterte Ulbricht. „Haben Sie keine weiteren Verdachtsmomente?"

„Sie wird singen, jede Wette. Bald haben wir sie weichgekocht, Chef." Das Grinsen hatte sich in seinem Gesicht festgemeißelt.

Diese niveaulose Art, über Mitbürger zu sprechen, machte Ulbricht rasend. Wut keimte in ihm auf. Am liebsten hätte er seinem arroganten Assistenten mit der flachen Hand ins Gesicht geschlagen. „Reden Sie vernünftig über Leute, die Sie unter fadenscheinigen Gründen verhaften, und sagen Sie nicht immer Chef zu mir!"

„Geht klar, Ch ... Herr Ulbricht." Mit einem süffisanten Grinsen stellte Heinrichs die Teetasse zurück auf den Tisch. „Wie gesagt, wir haben sie bald so weit. Noch ein, zwei Tage, dann wird sie ein umfangreiches Geständnis ablegen, das habe ich im Urin."

„Ihr verdammter Urin interessiert mich nicht die Bohne. Lassen Sie die Frau frei, bevor Sie ein Disziplinarverfahren am Hals haben, Mann! Der Haftbefehl wurde nämlich inzwischen vom Richter aufgehoben, wussten Sie das nicht?"

„Wieso denn das?" Das Grinsen in seinem Gesicht war wie weggewischt. Er machte Anstalten, sich zu erheben.

„Je schneller ich mit Frau Gatz gesprochen habe, umso schneller ist sie wieder auf freiem Fuß, und Sie haben vielleicht Glück, ohne ein Diszi davonzukommen, Sie Grünschnabel! Aber vorher will ich mit ihr sprechen."

„Ich lasse sie sofort holen."

„Das will ich hoffen." Ulbricht ließ ihn ohne ein weiteres Wort stehen und verschwand in sein Büro, das am anderen Ende des Korridors lag. Manchmal verfluchte er diesen Heinrichs.

Montag, 9:45 Uhr, Redaktion der Wupperwelle

„Wenn Sie keine weiteren Themenvorschläge mehr haben, dann weiß ja jetzt jeder, was zu tun ist.“ Eckhardt, der am Kopf des langen Konferenztisches gesessen hatte, leerte sein Mineralwasser und erhob sich. Die Mitarbeiter des Senders standen ebenfalls auf und strebten zum Ausgang. „Ach, Herr Müller?“ Eckhardt hielt den Praktikanten am Ärmel seines Shirts fest.

„Ja?“

„Ich hätte da eine interessante Aufgabe für Sie.“ Eckhardt lächelte ihn an. „Sie wollen doch die heißen Themen der Stadt aufgreifen, oder?“

„Na klar doch.“ Müller grinste und schob sich das Baseballcap weiter in den Nacken. „Was kann ich für Sie tun?“

„Die Pinguinmorde beschäftigen unsere Bürger.“

„Ich weiß.“

„Dann finden Sie heraus, was dahintersteckt. Von mir aus sprechen Sie mit Herrn Seiler oder Frau Göbel, wenn Sie Fragen haben. Ansatzweise sind die beiden in das Thema involviert.“

„Wann möchten Sie den Beitrag?“ Müller war kleinlaut geworden, was Eckhardt nicht verstand. Er wollte dem jungen Kollegen eine Chance geben, sich zu beweisen, doch er schien gerade an diesem spannenden Thema kein großes Interesse zu haben.

„Heute Abend, in der Sendung Rush Hour, also ab sechzehn Uhr. Herr Seiler kann Ihnen den genauen Sendezeitpunkt nennen, ihm liegt der Sendeablaufplan vor. Sicherlich wird er ein freies Zeitfenster für Ihren Beitrag finden.“

„Gut, dann will ich mal.“ Müller schnappte sich seine Unterlagen und ließ den Chefredakteur zuruck. Eckhardt verstand ihn nicht. Eigentlich hätte der Praktikant doch froh sein müssen, mit diesem brisanten Thema betraut zu werden. Nachdem Eckhardt das Großraumbüro der Redaktion wieder erreicht hatte, suchte er Heike Göbels Arbeitsplatz auf. Heike recherchierte gerade im Internet für einen Beitrag, der in der Mittagssendung laufen sollte. Darin ging es um die Anschaffung neuer Schwebebahnen, die in einigen Jahren anstand. Später hatte sie dazu einen Termin mit einem Stadtwerke-Sprecher, der ihr dann am Mikrofon Rede und Antwort stehen wollte. Die Zeit war knapp, aber sie würde das schaffen. Entsprechend entnervt blickte sie auf, als Eckhardt an ihren Schreibtisch trat, sich einen freien Stuhl schnappte und sich falsch herum darauf niederließ.

„Kommen Sie gut voran?“ Eckhardt blickte auf Heikes Monitor.

„Es geht so. Ich finde nicht einmal die Zeit, mir eine Wohnung zu suchen. Die Zeit ist etwas knapp, und der Interviewtermin bei den WSW ist schon in einer Stunde. Danach muss ich die O-Töne bearbeiten und den Beitrag einsprechen – aber ich habe es im Griff.“ Lächelnd pustete sie sich eine widerspenstige Haarsträhne aus der Stirn. „Hoffe ich zumindest“, fügte sie dann hinzu.

„Sie suchen eine Wohnung?“

„Ja, ich kann Stefans Gastfreundschaft ja nicht ewig in Anspruch nehmen.“ Heike lächelte ihn an.

„Da hätte ich vielleicht eine Idee. Peter Mattern, ein Freund von mir, besitzt einige Häuser in Wichlinghausen. Mögen Sie Wichlinghausen? Vielleicht steht gerade einer seiner Wohnungen leer. Sicherlich wird er mir dankbar sein, wenn ich ihm eine solvente junge Frau vorschlagen werde, die ...“ Er lächelte väterlich. „Na ja, ich werde mal ein gutes Wort für Sie einlegen, wenn Sie mögen?“

„Herr Eckhardt ... Sie sind ein Schatz!“ Heike sprang auf und umarmte den Chefredakteur. Als sie sein völlig verdutztes Gesicht sah, murmelte sie eine Entschuldigung und setzte sich wieder.

„Sagen Sie, Frau Göbel, was ist denn mit Mike Müller los?“

Sie blickte ihn fragend an. „Warum? Was soll mit ihm los sein?“

„Er hat sich eben etwas seltsam verhalten.“ Eckhardt berichtete, was im kurzen Gespräch unter vier Augen vorgefallen war.

„Offen gestanden ist er ein etwas seltsamer Kollege. Er steht auf ... 'Provokationsjournalismus'.“

Michael Eckhardt runzelte die Stirn. „Er steht auf ... bitte was?“

‚Provokationsjournalismus'." Heike grinste. „Keine Ahnung, was er damit meint. Vielleicht will er mit seinen Reportagen bestimmte Reaktionen testen. Also eine Art investigativer Journalismus. Am besten fragen Sie ihn aber mal selbst."

„Ich glaube, ich muss ihm mal ein wenig auf die Finger schauen."

„Ja, das wäre bestimmt kein Fehler."

„Und ich werde seine Beiträge vorhören, bevor sie gesendet werden. Ich habe keine Lust, dass man uns die Sendelizenz entzieht, nur weil ein übermotivierter Praktikant über die Stränge schlägt." Eckhardt bedankte sich für den Tipp und verschwand in seinem Büro. Durch die große Glasfront konnte Heike beobachten, wie der Chefredakteur telefonierte.

Montag, 10:05 Uhr, Polizeipräsidium Wuppertal

„Frau Gatz wäre dann da." Ein junger, etwas scheu dreinblickender Polizist in frisch gebügelter Uniform steckte den Kopf in Ulbrichts Büro. Kommissar Verdammt hatte über den Mord an Kötter nachgedacht und sich noch einmal die Videoaufzeichnungen vom Parkplatz an der Stadthalle angesehen. Immer und immer wieder. Er hatte in entscheidenden Momenten gestoppt und war fast in den Computermonitor hineingekrochen, um Details im grob gerasterten Bild der Aufzeichnung zu erkennen. Die Frau im BMW war definitiv nicht Jessica Wittwer. Insgeheim hatte er gehofft, dass die Spediteursfrau auch den Mord an Kötter verübt hatte. Dann hätte er zwei Fliegen mit einer Klappe geschlagen, indem die Mörderin feststand und diese sich zudem noch selbst gerichtet hatte. Aber das wäre wohl doch etwas zu leicht gewesen, stellte er zerknirscht fest.

Ulbricht blickte auf. Er wollte an der Zigarette ziehen, die er im Aschenbecher vergessen hatte. Doch der Glimmstängel war nur noch ein kalter Aschestab, längst verglüht. Auch sein Kaffee war kalt geworden. Ulbricht unterdrückte einen Fluch und blickte auf, nachdem sich der junge Beamte geräuspert hatte.

„Soll reinkommen."

„Soll ich draußen warten?"

„Hauen Sie ab, ich rufe, wenn ich Hilfe brauche." Ulbricht fuchtelte in der Luft herum. Der Polizist tummelte sich. Kurz darauf erschien eine junge Frau, er schätzte sie auf Mitte dreißig, im Büro. Thea Gatz trug bequeme Kleidung und leichte Turnschuhe. Die langen schwarzen Haare hatte sie zu einem Pferdeschwanz zusammengebunden. Sie wirkte blass und übernächtigt; vermutlich hatte sie in der Zelle kein Auge zugetan.

„Guten Tag, Herr ..."

„Ulbricht, verdammt noch mal, kommen Sie schon rein und nehmen Sie Platz." Er brachte ein mattes Grinsen zustande und deutete auf einen der beiden Besucherstühle. Sie nickte, drückte die Bürotür ins Schloss, trat näher und ließ sich auf den Stuhl sinken. „Ich habe Ihren Kollegen schon alles erzählt."

„Davon habe ich gehört." Ulbricht zündete sich eine Zigarette an. „Ich darf doch?", fragte er mehr der Form halber, schüttelte das Streichholz aus und warf es in den Aschenbecher vor sich.

„Natürlich." Thea Gatz nickte. „Also, was möchten Sie hören?"

„Am liebsten würde ich die Wahrheit hören. Eine Wahrheit, aus der hervorgeht, dass Sie unschuldig sind, Frau Gatz."

„Das ist mir neu."

„Bitte?"

„Bei Ihren Kollegen hatte ich bislang den Eindruck, dass sie froh waren, endlich einen potenziellen Mörder gefunden zu haben. Damit wäre der Fall dann abgeschlossen."

„Unsinn." Ulbricht paffte an seiner Zigarette und schüttelte den Kopf. Er beugte sich über die Schreibtischplatte vor. „Mir geht es nicht darum, ein Bauernopfer zu finden. Ich will die Wahrheit herausfinden – mehr nicht." Er lehnte sich lächelnd zurück. „Also?"

„Um es auf den Punkt zu bringen: Ich bin unschuldig und

leide genauso unter dem Tod von Karlheinz Kötter wie die anderen Verwandten."

„Womit wir beim Stichwort wären", nickte Ulbricht. „Es gibt außer Kötters Vater keine Verwandten mehr. Damit wären Sie die Alleinerbin des Kötter-Vermögens und finanziell saniert." Er achtete auf jede Reaktion in Thea Gatz' Gesicht. Sie zuckte bei jedem Satz wie unter einem unsichtbaren Peitschenhieb zusammen. „Und damit kann man schnell den Rückschluss ziehen, dass Ihnen der Tod Ihres Vaters gerade recht ist, um ..." Ulbricht brach mit einem feinen Lächeln auf den Lippen ab und zog an seiner Zigarette.

Thea Gatz schwieg und schaute auf ihre Schuhspitzen. Schlimm genug, dass sie die Nacht in einer der neunzehn Einzelzellen des Präsidiums verbracht hatte. Im Polizeigewahrsam wurden normalerweise nur Personen untergebracht, die vorläufig festgenommen waren. Nach einer schlaflosen Nacht, die Thea Gatz auf ihrer unbequemen Pritsche verbracht hatte, wirkte sie krank und übernächtigt. Dunkle Ringe lagen unter ihren braunen Augen. „Ich habe über die Gegensprechanlage der Zelle mehrmals versucht, einen Ihrer Mitarbeiter zu sprechen zu bekommen – vergeblich. Man hat mich behandelt wie eine Verbrecherin."

„Es gibt Kollegen, die den Verdacht haben, dass Sie das auch tatsächlich sind."

„Wer sagt das?"

„Nun, für einige Kollegen spricht viel dafür, dass Sie Karlheinz Kötter getötet haben, und das zeigen sie Ihnen – habe ich Recht?" Er lächelte.

„So kann man es auch nennen." Thea Gatz nickte. „Sagen Sie – was spielen Sie mit mir? Böser Bulle, guter Bulle? Sind Sie jetzt der gute Bulle?"

„Sie sehen zu viele von diesen verdammten amerikanischen Krimis", stellte Ulbricht fest. Er sog an seiner Zigarette und blies Rauchkringel an die Bürodecke. „Darf ich Ihnen etwas anbieten?"

„Einen Kaffee vielleicht."

Ulbricht griff zum Telefon und orderte zwei Tassen Kaffee. „Und?"

„Was – und?" Sie rutschte nervös auf ihrem Stuhl herum.

„Ich will die ganze Geschichte hören, und zwar allein aus Ihrer Sicht. Und auch wenn Sie die Geschichte meinen Kollegen schon hundert Mal erzählt haben: Ich höre sie zum ersten Mal, und ich will mir ein eigenes Urteil bilden. Und das kann durchaus von Vorteil für Sie sein."

Der Kaffee kam, sie tranken schweigend, bis die Bürokraft, die wortlos erschienen war, ebenso stumm wieder abgezogen war. Als sie alleine waren, begann Thea Gatz zu erzählen.

„Schon als junges Mädchen wusste ich, dass mein Vater mit einer anderen Frau verheiratet war und nicht mit meiner Mutter. Meine Mutter war bei einem One-Night-Stand schwanger geworden, und er hat sich aus dem Staub gemacht, bevor ich geboren wurde. Seinen Unterhalt zahlte er regelmäßig. Aber meine Mutter machte lange ein großes Geheimnis um die Identität meines Vaters. Jetzt aber hat sie von Vater erzählt. Zumindest ansatzweise. Ich hatt eine Grundlage für meine Recherchen und wurde fündig." Sie lächelte versonnen. „Wozu gibt es schließlich das Internet? Dennoch war es nicht ganz leicht, etwas über meine Herkunft zu erfahren. Aber von Monat zu Monat wuchs der Wille in mir, meinen Vater endlich zu finden und ihn kennenzulernen. Ich empfand keinen Hass gegen ihn. Auch wenn er meine Mutter verlassen hatte, als sie mit mir schwanger war, wollte ich ihn nicht zur Rechenschaft ziehen. Ich hatte einfach nur das Bedürfnis, meinen Vater persönlich kennenzulernen, ich wollte ihn sehen, ihn fühlen und seine Stimme hören. So wie das andere Mädchen auch wollen. Verstehen Sie das?"

Ulbricht nickte. Er drehte die Tasse in den Händen und hing an den Lippen der Besucherin. „Sie haben ihn am Abend der ... am Abend seines Todes erst kennengelernt?"

„Ja." Sie nickte und starrte auf den frisch gebohnerten Fußboden. „Für knapp zwei Minuten habe ich ihn leibhaftig gesehen und mit ihm gesprochen. Doch ich kam nicht mehr dazu, ihm zu sagen, was mich bewegte und was ich von ihm wollte. Kaum, dass ich meinen Vater gefunden habe, wurde er mir weggenommen." Tränen sammelten sich in ihren Augen. „Das ist so verdammt ungerecht."

„Wie hat er auf Sie reagiert?"

„Zunächst abweisend. Er wollte mich nicht sehen. Doch ich ließ nicht locker. Habe ihm erzählt, dass ich nichts von ihm will, außer dass er endlich akzeptiert, dass er eine Tochter hat und dass wir uns ab und zu sehen. Ich wollte, dass ich etwas über den Mann erfahre, der mein Vater ist." Sie begann zu schluchzen, schlang die Füße um die Beine des Besucherstuhls und barg das Gesicht in den Händen. „Ich wollte einfach nur endlich einen Vater haben." Ulbricht hasste solche Momente. Noch nie war er damit klargekommen, wenn eine Frau weinte. Weder privat noch dienstlich. Dienstlich war es fast noch schlimmer, denn da musste er eine gewisse Distanz wahren. Er räusperte sich verlegen und wühlte in seiner Schreibtischschublade nach einer Packung Papiertaschentücher. Er fand die blauweiße Packung und reichte sie dem Häufchen Elend auf dem Besucherstuhl. Dann verschanzte er sich wieder hinter dem Schreibtisch und zog tief an seiner Zigarette.

Thea Gatz schnäuzte sich lautstark die zierliche Nase und zerknüllte das Taschentuch, bevor sie ihn durch einen Tränenschleier anblickte. „Können Sie verstehen, was in mir vorging, als ich meinem Vater endlich gegenüberstand? Nach fünfunddreißig Jahren?" Sie schüttelte den Kopf. „Nein, das können Sie wahrscheinlich nicht."

„Und wie hat er reagiert?" Ulbricht lenkte ab.

„Es war ihm alles ganz schrecklich peinlich. Er hat mich angefleht, ich möge das Ganze nicht an die große Glocke hängen. Was soll ich sagen – ansatzweise hatte er mich wohl schon als seine leibliche Tochter akzeptiert.“ Wieder wurde sie von einem Weinkrampf geschüttelt. „Wir wollten uns nächste Woche treffen, gemeinsam essen gehen und alles ganz in Ruhe besprechen. Ich hatte so viele Fragen an ihn. Wir hatten uns in den Donaustuben in Barmen verabredet. Da kann man ungestört reden.“

„Haben Sie eine Idee, wer hinter dem Anschlag auf Ihren Vater stecken könnte?“

„Sie sind witzig“, erwiderte Thea Gatz jetzt fast trotzig. „Ich hatte keine fünf Minuten, um ihn kennenzulernen. Glauben Sie wirklich, ich hatte Gelegenheit, mit ihm über seine möglichen Feinde zu sprechen?“

„Wie hat er reagiert, als der Jaguar auf ihn zuraste?“

„Er stand wie gelähmt da, niemals werde ich seinen Gesichtsausdruck vergessen. Er hatte einfach eine wahnsinnige Panik. Sein Gesicht war eine Maske, der Mund zu einem stummen Schrei geöffnet. In seinen Augen stand Todesangst, und dann fiel der erste Schuss. Er rief nur noch ‚Bring dich in Sicherheit, das sind Grotejohanns Leute!‘“

Ulbricht schrieb mit. „Grotejohann, sagten Sie?“

„Ja. Kennen Sie den Namen?“

„Jetzt weiß ich endlich, wo ich die Mörder Ihres Vaters suchen kann.“ Ulbricht seufzte zufrieden, nahm einen letzten Zug von seiner Zigarette und drückte den Stummel im Aschenbecher aus, der schon wieder überquoll.

„Und was wird jetzt aus mir?“ Es war eine kleinlaute Frage.

„Gehen Sie nach Hause. Verschwinden Sie, aber halten Sie sich zu meiner Verfügung.“ Ulbricht zog eine Visitenkarte hervor und überreichte sie ihr, nachdem er den Schreibtisch umrundet hatte. „Rufen Sie mich an, wenn Ihnen noch was einfällt, Frau Gatz. Egal wann, Tag und Nacht, wenn es sein muss.“

„Wissen Sie, wer die Grotejohanns sind?“ Sie erhob sich schwerfällig.

„Ich sagte doch: Meine Leute werden sich darum kümmern.“

Thea Gatz leerte ihren Kaffee und stellte die Tasse auf Ulbrichts Schreibtisch ab. Dann erhob sie sich und schlich zur Tür. Als sie die Tür schon geöffnet hatte, drehte sie sich noch einmal zu ihm um. „Meine Mutter ist eine geborene Grotejohann."

Montag, 10:10 Uhr, Schwebebahnzug Nr. 4

Hans Zoch lächelte nachdenklich, als er den vollbesetzten Schwebebahnzug aus der Station Kluse in Fahrtrichtung Barmen steuerte. Gestern war endlich sein Rentenbescheid gekommen. Dann würde er den Lebensabend mit seiner Frau genießen, fernab von dem Stress, den sein Beruf mit sich brachte. Die Triebwerke auf dem Dach der Bahn summten leise, als der Zug Fahrt aufnahm. Kaum, dass er die Station hinter sich gelassen hatte, erlosch das Bild auf dem Farbmonitor an seiner rechten Seite. Er drückte den Fahrhebel vor und beschleunigte die Bahn. Links lag jetzt das CineMaxx, direkt daneben das Wuppertaler Schauspielhaus und die Disco Pavillon. Zoch dachte an seine wilde Zeit. Damals war der Pavillon noch ein BMW-Autohaus gewesen. Das Autohaus war längst an den südlichen Stadtrand abgewandert, und ein findiger Unternehmer hatte in dem leer stehenden Gebäude ein Bistro und eine Discothek eröffnet. Jetzt freute er sich auf einen geruhsamen Feierabend mit Hildchen, seiner Frau. Vielleicht würde er am kommenden Wochenende mit ihr verreisen. Sie liebte das Meer, und ein paar Mal im Jahr überraschte er sie mit einem Ausflug an die Nordsee. Nicht lange, nur ein paar Tage, denn so viel verdiente er als Schwebebahnfahrer nicht. Er freute sich auf den Ruhestand, den er Ende des Jahres beginnen würde. Dann wollten sie sich ein kleines Wohnmobil anschaffen, um damit um die Welt zu fahren. Die Zeit, in der er seine Stadt aus der „zweiten Ebene" betrachtete, gehörte bald der Vergangenheit an. Mit einem fast wehmütigen Lächeln auf den Lippen dachte der ergraute Schwebebahnfahrer an die ganzen Jahre, die er erst mit dem Linienbus, dann später mit der Straßen- und schließlich mit der

Schwebebahn verbracht hatte. Immer war er unterwegs gewesen, oft Tag und Nacht, manchmal auch am Wochenende. Viel hatte er in dieser Zeit erlebt. Einmal hatte er sogar einen Toten in seiner Schwebebahn bis zur Endstaion Vohwinkel gefahren, ohne es zu bemerken. Er liebte seinen Beruf. Trotzdem freute sich Zoch nach all den Jahren auf seine wohlverdiente Rente.

Nach der langgezogenen Linkskurve kam die Bundesallee in sein Blickfeld. An dieser Stelle überquerte die Bahn die vierspurig ausgebaute Straße. Der Zug war knapp vierzig Stundenkilometer schnell. Gerade als er das Tempo des orange-blauen Lindwurms erhöhen wollte, erkannte er unten auf der Straße unheilvollen, dichten schwarzen Rauch. Unwillkürlich verlangsamte Zoch die Fahrt. Er wollte sehen, was da unten los war. Ein Fahrzeug stand auf der mittleren Fahrspur in Richtung Elberfeld und schien zu brennen. „Scheiße", kam es über Zochs Lippen. Der Schwebebahnfahrer schätzte, dass die Bahn an dieser Stelle rund fünf Meter über der Straße fuhr. Zoch wurde klar, dass er die Schwebebahn genau durch den tiefschwarzen Qualm steuern musste. Zum Bremsen war es bereits zu spät. Im gleichen Augenblick kam in der Schwebebahn Unruhe auf. Die rund einhundert Fahrgäste hatten auch bemerkt, was auf der Straße los war. Rufe gellten durch die Bahn. Jetzt umhüllte die schwarze Rauchsäule den Zug. Es war, als würde er durch eine dichte schwarze Nebelwand fahren. Durch das schräggestellte Fenster an seiner Seite roch er den beißenden Brandgeruch. Zoch drückte den Fahrthebel nach vorn. Im gleichen Augenblick sah er einen grellen Lichtblitz, der ihn sekundenlang blendete. Flammen schlugen vor die Fenster, und ein dumpfer Schlag traf die Schwebebahn. Das ohrenbetäubende Krachen einer Explosion übertönte alle anderen Geräusche im Zug. Glas splitterte. Der brennende Wagen schien genau unter ihm explodiert zu sein! Zoch hatte die Druckwelle bis in die Bahn gespürt. Ein Ruck ging durch den vierundzwanzig Meter langen Zug. Irgendetwas an der Schwebebahn knallte, dann hob sich der

Wagen kurz im Gleis an, um sofort wieder hart auf die Schiene zu krachen. War das Fahrgestell beschädigt oder gar abgerissen? So wie damals, am 12. April 1999? Sein Herz schlug ihm bis zum Hals. Zoch erhob sich aus dem Fahrersitz und blickte sich um. Die Frontscheibe der Bahn war gerissen. Hinter ihm brach Tumult aus. Fahrgäste schrien wild durcheinander. Das Weinen eines Kindes mischte sich unter das Kreischen einer alten Frau. Panik kam auf.

Zoch versuchte alles auszublenden. Dann endlich stand die Schwebebahn, kaum dass sie die B7 überquert hatte. Sanft pendelte der Zug am grünen Gerüst. Der grauhaarige Schwebebahnfahrer fuhr sich mit den Händen durch das Gesicht. Seine Augen brannten. Beißender Rauch erfüllte die Schwebebahn. Zoch begann zu husten, als er sich im Fahrerstand erhob und die Tür zum Fahrgastraum öffnete. Jetzt musste er sich zunächst einmal um die Fahrgäste kümmern. Vielleicht gab es Verletzte. Glücklicherweise zog der giftige Brandgeruch jetzt hinter der Schwebebahn in den blauen Sommerhimmel über Wuppertal. Solange er nicht wusste, was genau passiert war, würde er keinen Meter weiterfahren. Er hatte nicht vor, Menschenleben im sichersten Verkehrsmittel der Welt zu gefährden.

Montag, 10:20 Uhr, WSW-Verwaltungsgebäude

„Eine traumhafte Aussicht haben Sie von hier oben“, staunte Heike und konnte sich kaum von Blick über die Stadt lösen. Wenn sie nach Norden blickte, sah sie die Lastwagen und PKW auf der Autobahn 46 fast auf Augenhöhe vorbeiziehen. Den Blick nach Süden gewandt, breitete sich das Tal der Wupper wie eine Spielzeugstadt unter ihr aus. Barmen lag ihr zu Füßen.

„Hier lässt es sich arbeiten“, schmunzelte Mark Michaelicke, der Pressesprecher der Verkehrsbetriebe, und trat neben Heike. Sie befanden sich im achten Stock des WSW-Verwaltungsgebäudes an der Bromberger Straße. Hier lag der Konferenzraum, in dem die üblichen Pressekonferenzen stattfanden. Auch der Vorstand tagte hier. Natürlich war Heike schon öfter bei öffentlichen Sitzungen hier zu Besuch gewesen; doch diesmal hatte sie die Möglichkeit, die wundervolle Aussicht über Wuppertal zu genießen. Direkt unter ihr lag der Carnaper Platz, der für Zirkusvorstellungen und die Kirmes genutzt wurde. Links daneben die Kliniken St. Antonius, und weiter hinten überragte der Schornstein des Heizkraftwerkes fast 140 Meter das Zentrum von Barmen. Im Hintergrund erkannte Heike die sanften grünen Hügel der Barmer Anlagen. Um ein Haar hätte sie den Grund ihres Besuches vergessen.

„Sie sind wegen der neuen Schwebebahnzüge hier", erinnerte Michaelicke sie und rückte seine Brille zurecht. Er war fast zwei Meter groß und von stabiler Statur, ohne jedoch dick zu wirken.

„Ja, richtig", lachte Heike. „Sorry, ich glaube, ich bin verliebt in meine Stadt. Die letzten zwei Jahre war war ich ja in Berlin."

„Das klingt nach Else Lasker-Schüler." Michaelicke schmunzelte. Heike zückte das kleine digitale Aufnahmegerät. „Dann lassen Sie uns anfangen."

Michaelicke lächelte. „Gern, Frau Göbel." Sie setzten sich an den langen Tisch. Heike brachte das Aufnahmegerät zwischen ihnen in Position und richtete das kleine Mikrofon aus. „Der Countdown für die neuen Schwebebahnzüge hat ja inzwischen begonnen."

Michaelicke nickte. „Die neuen Bahnen werden nicht vor 2012 kommen. Bis dahin müssen die 27 verbliebenen Wagen aus den Siebzigern noch halten." Er zwinkerte ihr zu. „Wie Sie wissen, ist die Wuppertaler Schwebebahn ein wesentlicher Bestandteil des Öffentlichen Personennahverkehrs in Wuppertal. Derzeit befördern wir rund 90.000 Fahrgäste pro Tag. Für die Zukunft gehen wir von höheren Anforderungen aus, da das Fahrgastaufkommen wohl steigen wird. Handlungsbedarf besteht auch in Sachen Komfort und Service. Aber auch Gesichtspunkte wie Geräuschemissionen und Aufprallsicherheit haben wir unseren Entwicklern ins Lastenheft geschrieben. In einer ersten Projektstufe wurde eine Analyse der derzeitigen Schwebebahn durchgeführt. Dabei wurden alle Eckpunkte für die anstehende Modernisierung herausgearbeitet."

„Was bedeutet das im Detail?"

„Stichworte wie Energierückführung, Umweltverträglichkeit und somit auch Beschleunigungs- und Bremswerte waren vordringlich für die weitere Planung." Michaelicke setzte die Brille ab und führte die Bügel zu den Lippen, während er weiter ausholte: „Die zweite Projektstufe umfasst das äußere Erscheinungsbild der neuen Wagen. Punkte wie die Inneneinrichtung und die Türentechnik werden schon jetzt berücksichtigt. Antriebs- und Bremskonzepte werden verglichen und optimiert. Verschiedene Fahrwerkkonzepte stehen zur Diskussion."

„Es hieß ja anfangs, dass die neue Generation der Wuppertaler Schwebebahn fahrerlos sein sollte."

„Das haben wir nach anfänglichen Überlegungen schnell wieder verworfen", erwiderte Michaelicke. „Zunächst hätte die Umrüstung auf die fahrerlose Bahn eine Menge Geld gekostet, und zudem wollten wir es unseren Fahrgästen einfach nicht zumuten, dass sie mit sogenannten ‚Geisterbahnen' durch Wuppertal fahren müssen. Für den einen oder anderen wären Bahnen ohne Fahrer sicherlich doch recht unheimlich."

„Wie werden die neuen Züge denn aussehen?"

„Sicherlich wird das klassische Orange-Blau der jetzigen Züge aus den siebziger Jahren verschwinden. Die neuen Züge werden natürlich moderner sein und schnellere Takte fahren können, als wir das heute realisieren können. Darauf wurde übrigens schon bei der Erneuerung des Gerüsts geachtet. Auch haben wir unsere Fahrgäste gefragt, was sie sich von ihrem neuen Wahrzeichen wünschen. Vielleicht bekommen die Bahnen eine Klimaanlage, vielleicht auch bequemere Sitze. Derzeit arbeiten wir an Detaillösungen, die noch in die Entwicklung einfließen werden." Michaelicke zwinkerte ihr zu. „Möglicherweise werden wir in unseren neuen Zügen sogar das Programm der Wupperwelle live übertragen." Als Heike die nächste Frage stellen wollte, klingelte ein Handy.

Michaelicke murmelte eine Entschuldigung und zog sein Telefon aus dem Jackett hervor. „Was?!? Vor fünf Minuten? Ja, da muss ich hin, klar. Sicherlich werden Fragen gestellt werden. Natürlich. Bis gleich, bin schon unterwegs." Er unterbrach die Verbindung und ließ das Handy verschwinden.

„Müssen Sie weg?" Heike schaute ihn fragend an.

Michaelicke nickte. „Leider ja. Es hat einen Zwischenfall unter dem Gerüst der Schwebebahn gegeben. Ich muss sofort los, Entschuldigung."

Heike verstaute das Aufnahmegerät in ihrem Rucksack. „Ich komme mit, wenn es Ihnen recht ist."

„Früher oder später wären Sie oder einer Ihrer Kollegen sowieso dort aufgetaucht", schmunzelte Michaelicke. „Also gut: Kommen Sie!"

Im Laufschritt waren sie durch den unterirdischen Tunnel, der das Verwaltungshaus mit den Werkstattgebäuden an der Schützenstraße verband, zur Fahrbereitschaft an der Schützenstraße geeilt und hatten sich dort einen silbernen Ford Focus Kombi geben lassen. Michaelicke legte eine nahezu halsbrecherische Fahrweise an den Tag, und Heike fühlte sich wie auf einer Achterbahn. Mal wurde sie in den Sitz gepresst, im nächsten Augenblick wurde sie nach vorn in den Sicherheitsgurt gedrückt. „Ich muss unbedingt am Unfallort sein, bevor die Presse eintrifft, damit ich mir in Ruhe ein Bild verschaffen kann", entschuldigte Michaelicke seinen rasanten Fahrstil und lächelte.

„Geht das denn?", fragte Heike mit einem schelmischen Lächeln. „Ich meine, Sie bringen mich doch gleich mit."

Michaelicke lachte. „Das ist eben Service. Der persönliche Shuttle-Service für die Wupperwelle, sozusagen."

„Na, das weiß ich zu schätzen."

Über die Schönebecker Staße gelangten sie ohne Schwierigkeiten zum Loh. Von dort aus war es ein Katzensprung zur Wartburgstraße, wo sich die Räume der Betriebsleitzentrale befanden. „Was wollen wir denn hier?", fragte Heike verwundert, als Michaelicke eilig ausstieg und auf das Gebäude zurannte.

„Mit dem da", er deutete mit dem Kinn auf den Focus der Fahrbereitschaft, „kommen wir nicht weit. Rund um den Unglücksort wird alles dicht sein. Wir lassen uns besser von den Kollegen der Verkehrsaufsicht fahren; die Jungs haben Blaulicht auf dem Dach."

Heike folgte ihm in das Gebäude, wo Michaelicke ein paar Worte mit den Kollegen von der Verkehrsaufsicht wechselte, bevor sie, jetzt zu viert, den Einsatzwagen bestiegen und sich mit Blaulicht über die völlig verstopfte Hünefeldstraße dem Unfallort näherten. Schon von weitem sahen sie die unheilvolle schwarze Rauchsäule, die sich in den Himmel kräuselte. Mit Blaulicht und Martinshorn bahnten sich die Männer von der Verkehrsaufsicht einen Weg durch die im Stau stehenden Autos. Auf den Bürgersteigen hatten sich zahllose Schaulustige eingefunden. „So, Herr Michaelicke, da wären wir", sagte Heinz Peters, der am Steuer des Einsatzwagens saß, und blickte den Pressesprecher über den Innenspiegel des Wagens an. Michaelicke bedankte sich bei den Kollegen für den „Shuttle-Service", wie er es scherzhaft nannte. Dann stiegen sie aus. An der Abzweigung der Straße Am Wunderbau sahen sie das Chaos. Die B7 war in beiden Fahrtrichtungen gesperrt. Zwischen den Pfeilern 284 und 285 hing ein Schwebebahnzug am Gerüst. Die Türen waren geöffnet; die Feuerwehr hatte zwei Drehleitern angestellt und war damit beschäftigt, die Fahrgäste in Sicherheit zu bringen. Der orange-blaue Zug war von einer schwarzen Rußschicht überzogen. Einige Fenster waren vermutlich unter der Hitzeeinwirkung geplatzt. Mitten auf der Fahrbahn in Fahrtrichtung Elberfeld stand ein brennender PKW. Die Flammen schlugen meterhoch zum Schwebebahngerüst hinauf.

Löschkräfte waren bereits im Einsatz. Anscheinend war der Schwebebahnzug nicht in der Lage, den nächsten Bahnhof aus eigener Kraft zu erreichen.

„Das ist ja die gleiche Stelle wie schon einmal", entfuhr es Heike.

Michaelicke nickte grimmig, während er die Szenerie beobachtete. „Stimmt. 1989 ist genau an dieser Stelle eine Schwebebahn von einem Kieslaster erwischt worden, der seinen Kippauflieger ausgefahren hatte. Die Bahn hat den Laster umgeworfen wie ein Spielzeugauto. Obwohl die Schwebebahn auf einer Länge von fast zwanzig Metern beschädigt wurde, hat es nur vier Leichtverletzte gegeben."

„Bleibt zu hoffen, dass es diesmal auch glimpflich abgelaufen ist", murmelte Heike.

Über die Drehleitern waren auch Rettungskräfte in die Schwebebahn vorgedrungen. Sie kümmerten sich um die Fahrgäste.

„Das sieht ja echt übel aus." Heike beobachtete den Pressesprecher, wie er sich zum Einsatzleiter der Rettungskräfte durchfragte. Seine Miene wirkte sehr besorgt, und immer wieder glitt sein Blick hinauf zu der ramponierten Schwebebahn. Sie sah ihm förmlich an, dass es ihm im Innern seines Herzens weh tat, dass das Wuppertaler Wahrzeichen beschädigt worden war. Bislang hatte ihr Hauptinteresse der Schwebebahn gegolten, die, einem schwankenden Mahnmal gleich, sanft am Gerüst pendelte. Jetzt betrachtete Heike das brennende Autowrack. Das Feuer hatte aus dem Wagen einen unkenntlichen Klumpen Schrott gemacht. Die Fenster waren unter der enormen Hitze geplatzt. Der Lack warf Blasen auf dem heißen Blech. Dennoch erkannte sie die markanten, elegant geschwungenen Linien eines Jaguars.

Montag, 11:05 Uhr, Mollenkotten

„Hier ist es." Heinrichs deutete auf das schmucke Einfamilienhaus am Waldrand. Von der Straße Mollenkotten waren sie talwärts in den Nächstebrecker Busch abgebogen. Nachdem die Straße über die A46 geführt hatte, verengte sich die Fahrspur. Auf einer Wiese weideten Kühe und blickten verwundert auf, als sie den unauffällig lackierten Opel bemerkten. Links gab es einen Wald. Eine fast ländliche Wohngegend, kaum zu glauben, dass sie vom Industriegebiet Nächstebreck keine zwei Autominuten entfernt waren. Dann standen sie vor einem Einfamilienhaus. Eine alte Frau war im Garten damit beschäftigt, ihre üppig blühenden Rosen zu beschneiden. Sie blickte neugierig von ihrer Arbeit auf, als Ulbricht den Dienstwagen direkt vor dem Zaun zum Stehen brachte und den Motor abschaltete. „Die Adresse stimmt zumindest. Wie auf dem Dorf hier, was?"

„Nächstebreck halt. Fast schon nicht mehr Wuppertal."

Ulbricht zog den Zündschlüssel ab. „Am nordöstlichsten Zipfel sozusagen, aber immer noch unser Einsatzgebiet."

„Dann auf in den Kampf." Heinrichs grinste blöde, als er die Beifahrertür öffnete. Er trug ein albernes T-Shirt und eine für Ulbrichts Geschmack seltsam geschnittene Jeans mit übergroßen Taschen am Hintern. Das Rauschen der nahen Autobahn mischte sich unter das Muhen der Kühe. Seite an Seite traten die Männer an das Gartentor. Die alte Dame wischte sich ihre Finger an der dunkelgrünen Gartenschürze ab und trat näher. „Kann ich Ihnen helfen?"

„Sind Sie Frau Meves? Helga Meves?", fragte Heinrichs.

Die alte Dame nickte misstrauisch. Ein Schatten legte sich auf ihr faltiges Gesicht. „Ja, worum geht es?" Sie strich sich durch das kurze, silbergraue Haar. Ihr Blick huschte unstet zwischen Heinrichs und Ulbricht hin und her.

Ulbricht versuchte ein zaghaftes Lächeln und zeigte ihr seinen Dienstausweis. „Ulbricht mein Name." Er deutete mit dem rechten Daumen auf Heinrichs. „Das ist mein Kollege Heinrichs."

Helga Meves starrte auf den Dienstausweis. „Kriminalpolizei? Ich habe nichts verbrochen. Was wollen Sie von mir?" Ihre Haut war plötzlich aschfahl.

„Dürften wir vielleicht reinkommen?"

„Gern." Sie legte die Rosenschere fort und öffnete das Holztor. Ulbricht trat, von seinem Assistenten gefolgt, ein. Er blickte sich um. „Schön haben Sie es hier. Richtig ländlich."

Heinrichs blickte an der Fassade des Hauses hinauf. „Ihr Haus?"

„Ja. Und abbezahlt."

„Nett."

Sie ging nicht darauf ein. Ohne ein weiteres Wort führte sie die Besucher durch den Garten hinters Haus. Hier gab es eine Terrasse mit Waschbetonplatten. Helga Meves deutete auf die Sitzecke, die aus einer einfachen Plastikbank, klapprigen Stühlen und einem Tisch bestand. Auf der Wachstuch-Tischdecke die neueste Ausgabe vom „Goldenen Blatt" und ein Bierglas mit Goldrand, in dem sich abgeschnittene Blumen aus dem Garten befanden. „Nehmen Sie Platz."

Ulbricht zog sich einen Stuhl zurecht, Heinrichs setzte sich auf die Bank. „Nett haben Sie es hier, Frau Meves", versuchte Heinrichs einen zweiten Anlauf. Die Vögel zwischerten, und man konnte kaum glauben, dass diese Idylle noch zu Wuppertal gehörte.

„Ich liebe die Ruhe hier draußen. Das ist das Schöne an Wuppertal." Jetzt lächelte sie nachdenklich. „Eingebettet ins Tal der Wupper, ist unsere Stadt doch überall von einem herrlichen Grün umgeben. Die Hügel am Stadtrand mit den Wäldern und Wiesen sind nicht selbstverständlich für eine Stadt dieser Größenordnung."

„Es wurde viel gebaut in den letzten Jahrzehnten." Ulbricht lächelte. „Ist Ihr Haus auch direkt nach dem Krieg entstanden?"

„Was meinen Sie?"

„Ich meine, dass ein Bauunternehmer hier immer volle Auftragsbücher hat – könnte ich mir zumindest vorstellen."

Sie wurde ernst. „Was kann ich für Sie tun?"

Heinrichs räusperte sich. „Es geht um Ihre Tochter Thea."

„Ist was mit ihr?" Helga Meves schlug erschrocken die Hände vor den Mund. Sie sank auf den noch freien Stuhl und musterte die Besucher mit angsterfülltem Blick. „Ist ihr etwas passiert?"

„Nichts, sie ist in Ordnung", beeilte sich Heinrichs zu sagen.

Helga Meves tupfte sich mit einem Taschentuch den Schweiß von der Stirn. Ulbricht fiel auf, dass ihre Hände zitterten. „Ziemlich warm, hm."

„Diese verdammte Hitze macht uns allen zu schaffen. Erst letzte Woche hat es den alten Zenker, meinen Nachbarn, erwischt. Hitzschlag. Er wurde achtundsechzig Jahre." Ihr Kopf ruckte hoch. „Also, was ist mit Thea? Hat sie etwas verbrochen?"

„Aus unserer Sicht nicht – Sie mögen das anders sehen."

„Wovon reden Sie?" Ihre Hand fuhr über das Wachstischtuch, sie zupfte eine Falte glatt.

„Sie hat ... nun, sie hat ein wenig Ahnenforschung betrieben, wenn Sie verstehen, worauf ich hinauswill?" Heinrichs grinste.

„Was reden Sie da für einen Blödsinn?"

„Sie hat ihren Vater gesucht. Ein Mädchen, das ohne Vater aufwächst, hat das Bedürfnis, ihren Vater einmal zu treffen."

„Sie hat ..." Helga Meves wurde leichenblass. „Sie hat sich mit Karlheinz getroffen?" Ihre Stimme klang heiser.

„Richtig", nickte Ulbricht. „Allerdings hat das Vergnügen, dem leiblichen Vater nach fünfunddreißig Jahren gegenüberzustehen, nicht sehr lange gedauert."

„Er wollte nichts von ihr wissen." Es war keine Frage, es war eine Feststellung. Die alte Dame starrte auf einen imaginären Punkt auf der Tischdecke. „Er hat sich nie zu seiner Tochter bekannt. Niemals wollte er sie kennenlernen." Jetzt blickte sie auf. „Aber woher wissen Sie ... ich meine, woher weiß Thea, dass ..."

„Sie hat sich verdammt viel Mühe gegeben", erwiderte Ulbricht. „Und sie hat gefunden, wonach sie gesucht hat." Jetzt kehrte er die Handflächen nach oben. „Allerdings hat die Wiedersehensfreude nicht lange gehalten. Wie Sie vielleicht gehört oder gelesen haben, wurde Karlheinz Kötter das Opfer eines schrecklichen Verbrechens."

„Sie haben ihn umgebracht.“ Jetzt schimmerten ihre stahlgrauen Augen feucht. Sie nickte. „Eiskalt ermordet.“

„Wer sind denn ‚sie‘?“ Heinrichs beugte sich über den Tisch.

„Was weiß denn ich? Feinde hatte er genug, der gute Karlheinz Kötter. Und offen gestanden: Verdient hat er’s.“ Ihre Stimme vibrierte.

„Was war er für ein Mensch?“

„Arrogant. Er meinte, ihm würde die Welt gehören. Mit seinem Geld konnte er jeden Fehler, den er sich leistete, wiedergutmachen. Aber wie heißt es so schön?“ Sie lächelte. „Hochmut kommt vor dem Fall.“ Dann stand sie auf. „Wenn Sie mich jetzt bitte entschuldigen wollen? Ich erwarte gleich Besuch von einer Freundin.“

Ulbricht und Heinrichs erhoben sich. „Natürlich, wir sind schon so gut wie weg.“ Helga Meves brachte sie zum Gartentor. Ulbricht blieb vor dem Eingang des Hauses stehen und blickte an der Schieferfassade mit den leuchtend weißen Fensterrahmen hinauf. „Ein schönes Haus. Hat er Ihnen ...“

„Nein, hat er nicht“, unterbrach sie ihn unwirsch. „Ich habe es vom Geld meiner Familie gekauft. Warum fragen Sie?“

„Nun, ich weiß, dass Kötter ein Erzfeind der Familie Grotejohann war. Und soviel ich weiß, haben Sie Verbindungen zu der Familie.“

„Das eine hat nichts mit dem anderen zu tun.“

„Natürlich.“ Heinrichs legte sein schleimigstes Lächeln auf. Dann standen sie jenseits des Zaunes. „Haben Sie eine Idee, wer Karlheinz Kötter umgebracht haben könnte?“

„Nein“, erwiderte sie schnell. „Es geht mich nichts mehr an, und ich will mit der alten Sache auch nichts mehr zu tun haben. Und jetzt verschwinden Sie!“

„Natürlich“, äffte Ulbricht seinen Assistenten nach. „Sagen Sie, Sie sind doch eine geborere Grotejohann?“

„Fragen Sie doch meine Tochter – sie ist ja anscheinend ganz gut darin, in der Vergangenheit ihrer Mitmenschen herumzuschnüffeln.“

„Das werden wir tun." Ulbricht wünschte einen schönen Tag, tippte sich an die nicht vorhandende Hutkrempe und zog Heinrichs mit sich zum Wagen. Er hatte genug gehört.

Montag, 11:10 Uhr, Elberfeld, auf Höhe Schwebebahnstütze 284
Von Minute zu Minute fanden sich mehr Schaulustige zwischen Kluse und Gerichtsinsel ein und schauten der Feuerwehr beim Löschen des Jaguars zu. Uniformierte Polizisten hatten alle Hände voll zu tun, die Gaffer aus dem Gefahrenbereich fernzuhalten. Wie durch ein Wunder hatte es keine Verletzten in der Schwebebahn gegeben. Aufgrund der einfachen, aber effektiven Entgleisungssicherung war sie von der Wucht der Explosion nicht aus den Schienen gehoben worden und entgleist. Nachdem Techniker den Zustand der Bahn begutachtet hatten, konnte der Zug aus eigener Kraft weiterfahren. Obwohl das Äußere des Wagenkastens in Mitleidenschaft gezogen worden war, hatte das Fahrwerk nichts abbekommen. Dennoch hatte der Fahrer der Bahn, Hans Zoch, nichts riskieren wollen und war deshalb auf der Strecke stehen geblieben. Michaelicke hatte ihn für seine Umsicht gelobt. Inzwischen waren auch zahlreiche Pressevertreter eingetroffen, die vergeblich versuchten, detaillierte Informationen zum Geschehen zu bekommen. Feuerwehr und WSW verwiesen auf eine Pressekonferenz, die für dreizehn Uhr geplant war. Was genau hinter dem Fahrzeugbrand steckte, stand noch nicht fest; allerdings munkelte man hinter vorgehaltener Hand, dass sich der Fahrer des Jaguar offenbar selbst umbringen wollte. Genauere Ermittlungen zur Brandursache waren noch nicht möglich. Nur die Tatsache, dass der Fahrer im Auto bis zur Unkenntlichkeit verbrannt war, schien sicher zu sein. Dass sich zum Zeitpunkt der Durchzündung des Autos eine Schwebebahn genau über dem Wagen befunden hatte, war reiner Zufall gewesen. Unwillkürlich dachte Heike an eine Erpressung vor einigen Jahren, die die Stadtwerke und die Polizei in Atem gehalten hatte. Ein Schauer rann ihr über den Rücken, als sie sich

an die Ereignisse rund um das Schwebebahn-Komplott erinnerte. Aufgeregt griff sie zum Handy und wählte Stefans Nummer.

Montag, 11:35 Uhr, Werth

„Hallo Herr Hurtiger!“ Stefan hatte es sich mit einem Milchkaffee an einem der freien Tische im Außenbereich des Barmer ‚Extrablatt‘ niedergelassen. Gerade wollte er die etwas verfrühte Mittagspause einläuten, als er den Geschäftsführer des Brauhauses über den Werth schlendern sah. Lächelnd trat Hurtiger näher. „Das sehe ich aber gar nicht gern“, rügte er mit mahnend erhobenem Zeigefinger. „Dass Sie bei der Konkurrenz sitzen ...“

„Für ein frisch gezapftes Bier ist es noch zu früh“, lachte Stefan und deutete auf den freien Stuhl neben sich. „Bitte setzen Sie sich doch!“

„Das wäre ungeschickt“, lächelte Hurtiger und schüttelte den Kopf. Er deutete auf das Logo der Konkurrenz. „Die wissen schließlich auch, wer ich bin.“

„Daran habe ich nicht gedacht.“

„Aber im Gegenzug darf ich Sie vielleicht einladen. Kommen Sie gleich auf einen Sprung bei mir vorbei?“

„Das hatte ich sowieso vor, aber ich weiß, dass Sie selten vor zwölf im Brauhaus anzutreffen sind“, erwiderte Stefan. „Deshalb habe ich hier gewartet.“ Er kehrte ein wenig verlegen die Handflächen nach oben. „Auf dem Werth heißt es doch sehen und gesehen werden, hm?“ Viel hatte er über die Straße schon gelesen. Der Name Werth bedeutet ursprünglich Insel und bezeichnete früher die Flussinsel zwischen der Wupper und dem ehemaligen Mühlengraben.

„Also – kommen Sie gleich?“, riss Hurtigers Stimme Stefan aus den Gedanken.

„Natürlich“, nickte Stefan schnell.

„Dann habe ich auch Neuigkeiten für Sie.“

„Das klingt interessant.“

Hurtiger lächelte verkniffen. „Das will ich hoffen." Er wandte sich zum Gehen. „Dann also bis gleich?"

„Gern." Stefan blickte dem Geschäftsführer nach, bis er quer über den Johannes-Rau-Platz seinem Blickfeld entschwunden war. Er vermutete, dass Hurtiger ihn in sein Geheimnis einweihen wollte. Jemand schien ihn zu erpressen. Fieberhaft überlegte Stefan, ob er Eckhardt fragen sollte, was er über den Fall wusste. Immerhin war er gestern gemeinsam mit Kommissar Ulbricht im Brauhaus erschienen, um sich mit Hurtiger zu treffen. Die Sache schien den Geschäftsführer zu sehr zu beschäftigen.

„Hallo, Herr Hurtiger, da bin ich." Stefan betrat das Büro und schloss die Tür hinter sich. Hurtiger saß hinter seinem Schreibtisch und blätterte in den Dienstplänen des Teams. Jetzt blickte er neugierig auf und zeigte auf den Stuhl in der Ecke. „Ach, Herr Seiler – nehmen Sie doch Platz!"

„Danke." Stefan setzte sich. „Was gibt es Neues?"

Die Miene des Geschäftsführers verfinsterte sich, und bevor Hurtiger zu Wort kam, entschuldigte sich Stefan. „Eine Frage noch, bevor ich es vergesse: Haben Sie einen Pinguin?"

„Was soll ich haben?" Hurtiger legte fragend den Kopf schräg und blickte den Reporter an wie einen Geisteskranken.

„Na einen Pinguin – einen Plastikvogel. Einen Pinguinale-Pinguin, meine ich." Stefan schlug sich mit der Hand vor die Stirn, weil ihm die richtige Bezeichnung nicht gleich eingefallen war.

„Ach so." Hurtiger nickte. „Natürlich haben wir einen Pinguinale-Pinguin. Warum fragen Sie?"

„Wo steht er, ich meine, geht es ihm gut?"

Hurtiger lachte. „Mein lieber Herr Seiler, geht es Ihnen gut?" Er nahm die Brille ab und wischte sich die Tränen aus den Augen. „Natürlich geht es unserem Malzi gut. Aber jetzt mal ganz im Ernst: Warum fragen Sie, Herr Seiler?"

Stefan fand das alles gar nicht so komisch und berichtete Hurtiger von den Verbindungen zwischen den geköpften Pinguinen und ihren Besitzern. „Es geht den Besitzern an den Kragen, kaum dass der entsprechende Pinguin beschädigt wurde“, schloss er seine Ausführungen, nachdem er von den Morden an Kötter und an Plunger berichtet hatte. Auch vom Anschlag auf das Haus der Wittwers erzählte Stefan. Nur den Selbstmord von Jessica Wittwer verschwieg er – das passte nicht hierher. Dennoch bemerkte er, wie Hurtiger das Lachen verging.

„Bei mir scheint es anders zu sein“, sagte Hurtiger schließlich leise. Er fingerte nervös am Knoten seiner Krawatte herum. „Unserem Pinguin geht es gut, aber jemand erpresst uns. Gestern ging eine Forderung über 500.000 Euro ein – unmittelbar nachdem Ulbricht und Ihr Chef verschwunden waren. Ich komme mir verfolgt und beobachtet vor.“

„Das heißt – jetzt gibt es eine konkrete Forderung.“

„Ja.“ Hurtiger wischte einige imaginäre Staubkörner vom Schreibtisch und nickte. „Ich möchte Sie inständig bitten ...“

„Keine Sorge. Nichts geht über den Sender, versprochen.“

„Dann ist gut.“

„Was wollen Sie jetzt tun?“

„Welche Wahl habe ich? Ich werde wohl zahlen müssen.“

„Dann sollte die Falle spätestens bei der Lösegeldübergabe zuschnappen. Sonst sehen Sie das Geld nicht wieder, und es wird sich herumsprechen, dass Sie leicht erpressbar sind.“

„Wie stellen Sie sich das vor?“

„Gute Frage.“ Stefan blies die Luft durch die Backen aus. „Auf jeden Fall sollte die Polizei mit von der Partie sein.“

Hurtiger legte die Fingerspitzen beider Hände aneinander und führte die Daumen zu den Lippen. „Ich habe Angst um unseren Ruf.“

Bevor Stefan antworten konnte, flog die Tür des kleinen Büros auf. Eine Angestellte trat ein. Stefan kannte sie vom Sehen. Sie trug keine der üblichen Uniformen. Das lange schulterlange, braune

Haar schmiegte sich um ihre Schultern. Sie bedachte Stefan mit einem knappen Kopfnicken, dann wandte sie sich an den Geschäftsführer des Brauhauses. Scheinbar war sie so etwas wie seine Betriebsleiterin. „Herr Hurtiger, gerade hat die Polizei angerufen. Es ist etwas passiert."

Der Geschäftsführer blickte sie fragend an. „Frau Klein ..." Jede Farbe war aus seinem Gesicht gewichen. Seine stahlgrauen Augen flackerten unstet.

„Malzi ist geköpft worden."

Stefan murmelte eilig eine Entschuldigung, als sein Mobiltelefon anschlug.

Er erhob sich und ließ Kirsten Klein und Ernst Hurtiger allein. Im Brausaal drückte er die grüne Taste am Handy. „Heike, was gibt's?" Er stand vor der Küche des Brauhauses, in der schon um diese Zeit geschäftiges Treiben herrschte.

„Du wirst es nicht glauben", hörte er ihre Stimme am anderen Ende der Leitung. Im Hintergrund hörte er Martinshörner und durch Lautsprecher verzerrte Stimmen. Irgendjemand brüllte herum. „Um ein Haar hätte es schon wieder eine Katastrophe mit der Schwebebahn gegeben. Stefan – das liegt doch nicht an mir, oder?"

„Warum sollte das an dir liegen? Erzähl doch erst mal, was los ist."

„Also, ich war bei Michaelicke, um ihn zu den neuen Schwebebahnzügen zu interviewen, als er diesen Anruf bekam. Ein PKW sei genau unter einer Schwebebahn explodiert. Gott sei Dank gab es an der Bahn nur Blechschaden, keine Verletzten. Es scheint, als ob sich der PKW-Fahrer umbringen wollte. Er hat wohl den Innenraum seines Wagens mit Benzin übergossen und das Auto angezündet. Genau an der Stelle, wo das Gerüst der Schwebebahn am Gericht die Bundesallee kreuzt, ging der Wagen in die Luft. Stefan – der Fahrer des PKW ist tot."

„Dann hat er ja sein Ziel erreicht", erwiderte Stefan sarkastisch.

„Aber warum glaubst du, dass das alles mit dir zu tun hat?"

„Ich musste sofort an damals denken, an das Schwebebahn-Komplott", erwiderte Heike. „Es ist alles so unheimlich."

„Keine Sorge", beruhigte er sie. „Das ist bestimmt Zufall."

„Stefan – das Auto war ein Jaguar."

„Scheiße", rutschte es Stefan heraus. „Meinst du, es war ..."

„Der Verdacht liegt zumindest ziemlich nahe, oder?"

Stefan dachte nach. Warum sollte jemand, der am Wochenende versucht hatte, Jessica Wittwer aus genau diesem Fahrzeug zu erschießen, sich selbst umbringen? War das alles nur ein großes Täuschungsmanöver? Zufall schied höchstwahrscheinlich aus, denn dafür gab es zu wenige Jaguars in der Stadt. Vielleicht sollte er sich selber einen Überblick vor Ort verschaffen. Er warf einen Blick auf die Armbanduhr. Noch vier Stunden bis zur Sendung. Die Zeit wurde knapp, verdammt knapp!

Montag, 11:55 Uhr, B7, Einmündung Am Wunderbau

Ulbricht hatte die Nase voll. Wann konnte er endlich einmal eine Sache nach der anderen abarbeiten? Mit quietschenden Reifen brachte er den Dienstwagen zum Stillstand. „Bremsen Sie immer so?", fragte Heinrichs gekränkt und löste den Sicherheitsgurt, der ihn eben noch davor bewahrt hatte, durch die Windschutzscheibe des Opel katapultiert zu werden.

„Schnauze." Ulbricht hechtete nach draußen. Sofort drang beißender Brandgeruch in seine Nase. Der Verkehr auf der B7 war in beiden Richtungen zum Erliegen gekommen. Nichts ging mehr auf der Talachse. Trotz eingeschaltetem Blaulicht hatten Heinrichs und Ulbricht fast zehn Minuten vom Präsidium hierher gebraucht.

„Das stinkt wie Sau", bemerkte Heinrichs überflüssigerweise. Mit seinem Assistenten im Schlepptau und vor die Brust gehaltenem Dienstausweis verschaffte sich Ulbricht freien Durchgang. Er wurde vom diensthabenden Notarzt in Empfang genommen.

„Dr. Dirkes – da sind Sie ja endlich mal wieder!", rief Ulbricht trocken und zog seine altmodische Bundfaltenjeans zurecht. Er grinste. „Und – mal wieder Kundschaft für die Rechtsmedizin?"

„Allerdings." Der Arzt nickte mit ernster Miene. „Offensichtlich Suizid. Der Fahrer hat vermutlich das Innere seines Autos mit Benzin übergossen und angezündet. Dabei kam es im Wagen zu einer Verpuffung. Das Ergebnis sehen Sie. Wie ich von Ihren Kollegen hörte, dürften Sie sich bestimmt für den PKW interessieren, der die Beinahekatastrophe auslöste. Ein dunkler Jaguar ohne Kennzeichen."

Ulbricht schluckte. Gab es eine Verbindung zum Mord an Karlheinz Kötter, oder war es Zufall, dass es sich hier um die gleiche Automarke handelte?

„Wer ist der Tote?"

„Woher soll ich das wissen?" Dirkes zuckte die Schultern. „Haben Sie sich den Wagen mal aus der Nähe angeschaut? Grillkohle, sag ich nur. Da ist nicht mehr viel übrig. Aber anscheinend handelte es sich bei dem Fahrer um eine weibliche Person."

„Haben Sie das am Parfüm gerochen?"

„Sie verlieren wohl niemals ihren Humor, was?" Dirkes klopfte Ulbricht auf die hagere Schulter. „Typisch Ulbricht, immer der gleiche Zyniker. Jetzt sind Ihre Kollegen am Zug. Ich weiß nicht, um wen es sich handeln könnte. Zwar habe ich schon viel gesehen, aber das da ...", er deutete mit dem Kinn auf den ausgebrannten Jaguar, „das da übersteigt alles. Da ist nur noch ein verkohltes Etwas übrig. Im Kopfbereich habe ich eine metallene Haarspange entdeckt. Es könnte also eine Frau mit langen Haaren gewesen sein. Mehr weiß ich beim besten Willen nicht. Sie ist angeschnallt im Fahrersitz sitzen geblieben, als das Inferno ausbrach. Die Gurtschließe steckt noch im Schloss." Männer in weißen Overalls näherten sich.

„Chef, da kommt die Spusi."

Ulbricht fuhr auf dem Absatz seiner ausgelatschten Hush

Puppies herum und blickte den Kollegen entgegen. Heinrichs bedachte er mit einem tadelnden Blick. „Sagen Sie nicht immer Spusi, das klingt so tuntig.“ Für den Bruchteil einer Sekunde dachte er an Birgit. Welche Disco hatte sie doch früher immer als „schwulen Laden“ bezeichnet? Er kam nicht drauf. „Es heißt Spurensicherung, Heinrichs. Ganz oder gar nicht!“

„Ja, Sir.“ Brille Heinrichs schlug die Hacken zusammen und salutierte albern.

Ulbricht trat näher an die Reste des Jaguars heran und warf einen Blick in das Innere des Luxusschlittens – oder besser in das, was davon übrig geblieben war. Ein Schauer rann über seinen Rücken. Die gespenstischen Reste einer bis zur Unkenntlichkeit verkohlten Leiche hockten hinter dem zu einem unförmigen Klumpen zusammengeschmolzenen Lenkrad. „Und das ist eine Frau?“

„Ich glaube schon.“ Dirkes war hinter Ulbricht getreten und blickte auf die Reste der toten Person. „Das heißt, es war eine Frau.“

Montag, 13:05 Uhr, Westfalenweg

Immer wieder blickte er nervös zur Uhr auf seinem Schreibtisch. Schon kurz nach eins. Warum meldete sie sich nicht bei ihm? In dem luxuriös eingerichteten Haus herrschte Stille. Nervös trommelte er mit den Fingern auf dem Schreibtisch herum. Dieses Warten machte ihn wahnsinnig.

Werner Grotejohann erhob sich und wanderte durch sein Büro wie ein ruheloser Tiger durch seinen Käfig. Er verschränkte die Arme hinter dem Rücken und dachte an Peggy Bach. Sie war jung und hübsch. Und sie liebte Luxus. Den Luxus, den er ihr bieten konnte. Er fuhr mit ihr nach Düsseldorf und München, wenn sie einkaufen wollte. Und er hatte ihr den Traum von einer eigenen Heilpraxis erfüllt. Dafür zeigte sie sich ihm erkenntlich und schenkte ihm ihren Körper. Sie war eine begehrenswerte Frau mit üppiger Oberweite und Kurven an den richtigen Stellen. Allein der

Gedanke an ihre Lippen machte ihn wahnsinnig. Sie besaß ein eigenes Haus oben in Ronsdorf. Und die Praxis in Nizza, die er ihr finanziert hatte. Wenn sie sich in Deutschland aufhielt, gab sie ihm alles, was er sich wünschte. Sie waren ein schier unersättliches Paar. Nie zuvor hatte er eine derart leidenschaftliche und hemmungslose Frau gekannt. Kaum dass sie alleine in einem Raum waren, fielen sie übereinander her und verzehrten sich nach einander. Allein der Gedanke an heißen Sex mit ihr konnte ihn in Sekundenschnelle erregen. Grotejohann blieb am Fenster stehen und versuchte sich abzulenken. Die Sonne schien auf die saftig grünen Hügel. Schweißperlen standen auf seiner Stirn. Von hier aus konnte er bis nach Neviges blicken. Rechts lag Dönberg. Auf einer hügeligen Wiese weideten Kühe, ein Traktor zog tuckernd auf einem Feld seine Bahnen. Diese verdammte Hitze machte ihn fertig. Der Ventilator, der unter der Zimmerdecke die stickige Luft in seinem Arbeitszimmer mehr schlecht als recht durchquirlte, surrte monoton. Ganz Wuppertal sehnte sich nach einem erfrischenden Gewitter, doch das ließ auf sich warten.

Wieder dachte er an Peggy. Wo blieb sie nur?

Der 55-jährige Millionär durchquerte das Arbeitszimmer und steckte den Kopf nach draußen in die kühle Halle. Stille. Nur von der Küche her hörte er gedämpftes Scheppern von Geschirr. Seine Haushälterin erledigte den Abwasch. Ansonsten war er allein. Trotzdem drückte Werner Grotejohann die Tür ins Schloss, bevor er sich das Telefon vom Schreibtisch angelte und Peggys Nummer eintippte. Wieder stand er am Fenster und blickte gedankenverloren hinaus.

Ohne ein Freizeichen zu erhalten, meldete sich sofort die elektronische Stimme der Mailbox. „Nein, verdammt, ich will keine Nachricht hinterlassen“, zischte er und unterbrach die Verbindung. Wütend warf er das schnurlose Telefon auf den Tisch. Grotejohann sank auf den Ledersessel und starrte auf die gegenüberliegende Wand. Die Ereignisse der letzten Tage gingen ihm durch den Kopf. Viel war geschehen. Zu viel, um ruhig zu bleiben. Er hatte Wagner und Heinze, diese zwei Idioten, engagiert, um Kötter aus dem Weg zu räumen. Sie waren ungehobelte Kerle ohne Schulabschluss und ohne Berufsausbildung. Sie arbeiteten für einen Hungerlohn in seiner Firma und waren gerade gut genug für Drecksarbeit. Doch sie waren übers Ziel hinausgeschossen und hatten mit dem Mord an Kötter die Polizei und die Medien aufgescheucht. Es war nur noch eine Frage der Zeit, bis eine Spur direkt zu ihm führte. Deshalb hatte er beschlossen, Peggy Bach einzuweihen. Nach einer leidenschaftlichen Nacht war sie einverstanden gewesen. Aus ihrer Leidenschaft für ältere, reifere Männer heraus war eine innige Liebe zu Grotejohann geworden. Er war für die junge Frau der Traummann schlechthin: gutaussehend, wohlhabend und sehr mächtig. In ihm hatten sich alle ihre Wünsche manifestiert, und so hatte sie ihm den Gefallen nicht abschlagen können, den Jaguar für ihn zu entsorgen.

Ein triumphierendes Grinsen hatte sich auf Grotejohanns Gesicht geschlichen. Dann griff er erneut zum Telefon und wählte ihre Nummer. Wieder erfolglos. Seltsamerweise meldete sich auch jetzt sofort die Mailbox. Hatte sie etwa ihr Telefon abgeschaltet?

Nach fünf Minuten wählte er ihre Nummer noch einmal. Wieder vergeblich, wieder nur die Mailbox. Nervös löste er den Krawattenknoten und öffnete den obersten Hemdsknopf. Ächzend ließ er sich in den ledernen Sessel hinter dem massiven Schreibtisch fallen. Er dachte einen Moment lang nach, dann griff er erneut nach dem Telefon und wählte eine andere Nummer.

„Ja?“ Eine Männerstimme meldete sich.

„Tag, Wagner. Ich vermisse Peggy Bach.“

Der Mann am anderen Ende der Leitung lachte verhalten. „Hören Sie keine Nachrichten?“

„Was soll der Unsinn?“, polterte Werner Grotejohann.

„Auf der Wupperwelle haben sie es vor einer halben Stunde gemeldet. Der Jaguar ist entsorgt.“

„Was soll der Mist? Ich wollte keinen spektakulären Abgang." Grotejohanns Gesicht lief rot an.

„Das ist nicht meine Schuld. Ihre ... Ihre Freundin", Ironie und Spott lagen in Wagners Stimme, „hat getan, was sie für richtig hielt."

„Und was hat sie für richtig gehalten?"

„Sie hat sich zusammen mit dem Jaguar aus Ihrem Leben verabschiedet." Wieder dieses spöttische Lachen.

„Sie hat ... was? Reden Sie Klartext!"

„Selbstmord – so haben sie's im Radio gesagt. Die Gute hat den Innenraum der Karre mit Benzin übergossen und angesteckt. Entweder wollte sie sich umbringen, oder der Sicherheitsgurt hat geklemmt. Jedenfalls ist sie in der Karre verbrannt."

Grotejohann glaubte es nicht. „Sie reden einen verdammten Blödsinn. Welchen Grund sollte Peggy haben ..." Er brach mit zitternder Stimme ab. Sein Gesicht war kreideweiß geworden.

„Das müssen Sie am besten wissen." Ohne eine Antwort von Grotejohann abzuwarten, hatte er aufgelegt.

Werner Grotejohann hörte das Tuten im Telefon, nahm es vom Ohr und starrte ungläubig auf das Gerät, bevor er die rote Taste drückte. Tausend Gedanken jagten durch seinen Kopf. Peggy war also wirklich tot, qualvoll in seinem Jaguar verbrannt. Er spürte, wie ihm die Knie weich wurden. Tausend Gedanken rasten durch seinen Kopf. Der Verlust der Freundin mischte sich unter die Angst, aufzufliegen. War es ein Unfall gewesen, oder stimmte das, was Wagner ihm gesagt hatte? Wie dem auch sei, es würde nicht mehr lange dauern, bis die Kripo bei ihm auftauchte.

Montag, 14:10 Uhr, Redaktion der Wupperwelle

„Normal ist das doch nicht." Heike schüttelte den Kopf und nahm einen tiefen Schluck aus der Mineralwasserflasche. „Bist du dir da ganz sicher?"

Stefan nickte. „Der Pinguin des Brauhauses wurde jetzt auch

geköpft, und Hurtiger hatte einen Anruf des Erpressers. 500.000 Euro soll er lockermachen, wenn das Bier weiterhin nach dem deutschen Reinheitsgebot gebraut werden soll."

„Aber zumindest lebt er sicher."

„Wieso?" Stefan runzelte die Stirn und setzte sich an den Computer.

„Na ja, solange er die Lösegeldsumme nicht bezahlt hat, wird ihm niemand nach dem Leben trachten." Heike grinste triumphierend.

„Stimmt. Zumindest, wenn man davon ausgeht, dass der Erpresser und der Pinguin-Mörder ein und dieselbe Person sind."

Fast zeitgleich waren sie zum Sender zurückgekehrt. Stefan hatte in knapp zwei Stunden Sendung, und die Ereignisse in der Stadt schienen sich zu überschlagen. „Und wie geht es jetzt weiter?"

„Die im Jaguar verbrannte Leiche ist noch nicht identifiziert", erwiderte Heike. „Ich werde mich dahinterhängen und den Leuten bei der Kripo auf den Zeiger gehen."

„Heike, eine Obduktion kann ein, zwei Tage oder auch länger dauern", erinnerte Stefan sie. „Bevor die Rechtsmediziner nichts Genaues wissen, rückt im Präsidium sowieso niemand mit Informationen heraus."

„Das fürchte ich auch", seufzte Heike. „Trotzdem. Ich bleib am Ball, aber so was von." Jetzt lachte sie. „Geh du gleich ins Studio und mach deine Sendung. Ich kümmer mich zusammen mit Kracht um die Neuigkeiten."

„Zuerst muss ich mit Eckhardt sprechen. Einige geplante Themen müssen aus der Sendung fliegen, damit wir Platz für die aktuellen Ereignisse der Stadt kriegen."

Heike machte einen säuerlichen Gesichtsausdruck. Sie wandte sich um und blickte zu der gläsernen Wand, die das Büro des Chefredakteurs vom Rest des Großraumbüros trennte. Eckhardt telefonierte und gestikulierte wild. Er fuhr sich mit der freien Hand durch die dichten Haare, die ihm anschließend in alle Himmelsrichtungen abstanden. Sein Gesicht hatte eine tiefrote Färbung angenommen. Anscheinend war er auf hundertachtzig. Heike stöhnte. „Na dann viel Spaß."

Montag, 14:25 Uhr, Mollenkotten

„Ich hatte Besuch." Helga Meves umklammerte den altmodischen Telefonhörer fester. „Die Vergangenheit holt uns ein."

„Warum?" Am anderen Ende der Leitung war ihr Halbbruder. Er war sehr einsilbig, schien mit den Gedanken ganz woanders zu sein.

„Die Kripo hat mich zu Karlheinz Kötter befragt. Zwei Männer waren hier und haben so komische Fragen gestellt."

„Hmm."

„Interessiert dich wohl nicht, dass man dich bald hat?" Helga Meves schüttelte wütend den Kopf. Obwohl sie in ihrer Küche saß, hatte sie die Stimme gesenkt. Niemand durfte etwas mithören können. Als sie keine Antwort bekam, fuhr die alte Dame fort. „Thea hat sich nach ihrem Vater erkundigt. Sie weiß jetzt alles."

„Das nützt ihr auch nichts mehr."

„Aber sie wird mich fragen."

„Du weißt von nichts." Werners Stimme klang bestimmend.

Helga Meves lachte auf. „Du bist lustig. Thea ist mein Kind, und sie hat ein Recht darauf, zu erfahren ..."

„Unsinn, es hat sie fünfunddreißig Jahre nicht interessiert. Ihr geht es nur ums Geld."

„Das ist Unsinn. Es geht um mehr als nur um das verdammte Geld. Sie wurde Zeuge, wie Karlheinz von deinen Leuten getötet wurde. Ich kann mir gut vorstellen, dass sie mich fragen wird."

„Sein Laden ist schon so gut wie aufgekauft."

„Sie wird ihr Erbe einklagen, darauf kannst du deinen Hintern verwetten. Und das ist ihr gutes Recht, aber das weißt du ja selbst am besten. Du bist der Geschäftsmann."

„Ganz genau. Und ich werde eine Lösung finden. Mach dir mal

nicht ins Hemd, ich habe ganz andere Sorgen."

„Bei deiner Art, Geschäfte zu machen, wundert mich das nicht."

„Peggy ist tot."

Helga Meves hätte um ein Haar den Hörer fallen lassen. Sie zitterte am ganzen Leib. „Was hast du da gesagt?", fragte sie nach einer kleinen Ewigkeit.

„Sie hat sich mit meinem Wagen selbst umgebracht. Verbrannt. Es kam in den Nachrichten."

„Mein Gott." Dann nickte die alte Dame. „Aber sie wird einen Grund gehabt haben. Sicherlich hast du sie mit deinen ständigen Kontrollanrufen in den Wahnsinn getrieben."

„Ich habe sie geliebt."

„Liebe ist ein Fremdwort für dich. Du hast sie permanent überwacht. Ist das etwa Liebe? Was ist mit gegenseitigem Vertrauen? Mein Gott, das arme Mädchen. Thea kannte Peggy seit ihrer Schulzeit. Sie waren wie Schwestern. Hätte ich euch bloß niemals bekannt gemacht."

„Jetzt ist es zu spät."

„Allerdings."

„Ich muss Schluss machen."

„In Ordnung." Helga Meves zitterte immer noch, als sie erneut nickte. „Werner?"

„Ja?"

„Es tut mir leid."

„Ich weiß." Ohne ein weiteres Wort abzuwarten, hatte Werner Grotejohann aufgelegt. Die alte Dame starrte noch lange auf das Telefon. Langsam begann sie ihren Halbbruder zu hassen. Wenn es ums verdammte Geld ging, dann konnte er über Leichen gehen. Im wahrsten Sinne des Wortes. Und es war ein offenes Geheimnis, dass er auch Karlheinz auf dem Gewissen hatte. Denn es hatte mehr zwischen den beiden Männern gestanden als nur die geschäftliche Konkurrenz. Nachdem ihr Vater gestorben war, hatte Werner das Imperium der Grotejohanns an sich gerissen. Jeder, der sich ihm in den Weg stellte, musste mit Konsequenzen rechnen. War sie zu weit gegangen, als sie ihrem Halbbruder gesagt hatte, dass sie ihn hasste? Dann war sie zu einer Gefahr für Werner Grotejohann geworden. Helga Meves hatte plötzlich Angst.

Montag, 14:45 Uhr, Wupperwelle, Büro des Chefredakteurs

„Machen Sie, was Sie wollen, Sie sind nicht umsonst Chef vom Dienst“ Michael Eckhardt gab sich kollegial. Er schlürfte von seinem längst erkalteten Kaffee, betrachtete Stefan nachdenklich und verschränkte die Hände hinter dem Kopf.

„Ich hätte gern die neuesten Ereignisse rund um die Morde in der Sendung. Neuigkeiten als Erste bringen, das ist unsere Stärke, das ist unser Radio.“

„Haben Sie nie darüber nachgedacht, die Seiten zu wechseln?“ Der Chefredakteur lehnte sich in seinem Sessel weit zurück und musterte den Chef vom Dienst.

„Wie bitte?“

„Na ja, viele der alten Kollegen haben uns bereits verlassen. Es sind nur noch ganz wenige vom alten Stamm des Senders bei uns. Und wenn ich an die neuesten Einschaltquoten denke ...“ Er winkte theatralisch ab. „Einige der ehemaligen Kollegen sind beim WDR gelandet und machen jetzt Fernsehen.“

„Lokalzeit, hm.“ Stefan nickte.

„Richtig. Allesamt Leute, die am Aufbau der Wupperwelle beteiligt waren. Sie waren dabei, als wir zum ersten Mal auf Sendung gingen, von der ersten Minute an. Und jetzt verdienen sie ihre Brötchen bei den öffentlich-rechtlichen Kollegen.“

„Wollen Sie mich loswerden, Herr Eckhardt?“ Stefan grinste.

Der Chefredakteur schmunzelte. „Nein, Gott bewahre. Aber ich habe mitbekommen, dass es bald auch einen privaten TV-Sender in der Stadt geben wird.“

Stefan runzelte die Stirn. „Dann kriegen nicht nur wir, sondern auch der WDR Konkurrenz?“

„So sieht es aus. Es heißt, dass TalBlitz TV in zwei Monaten auf Sendung geht." Eckhardt zuckte die Schultern und zerrte an seiner Krawatte herum. „Ein privater Investor steckt Millionen in neue Studios. Technik vom Feinsten, eine Herausforderung für jeden Journalisten. Ich habe einfach die Befürchtung, dass wir wieder Kollegen ans Fernsehen verlieren werden." Er blickte zur Decke.

„Es wäre schon reizvoll, mal etwas Neues zu machen", räumte Stefan ein. „Aber die gute alte Wupperwelle ist mir ans Herz gewachsen."

„Das ist schön." Eckhardt lächelte. „Und wenn Ihnen die Arbeit hier keinen Spaß mehr macht, sagen Sie es mir, bevor Sie einen Vertrag bei der Konkurrenz unterzeichnen."

Stefan erhob sich und ging zur Tür. „Versprochen."

„Danke." Es klang ehrlich. Eckhardt blickte Stefan Seiler nach, bis sich die Bürotür hinter ihm geschlossen hatte. Manchmal wusste er wirklich nicht, wie es mit der Wupperwelle weitergehen sollte. Seit langem steckte der kleine Sender in finanziellen Schwierigkeiten, die man mit Werbung zu kompensieren versuchte. Doch so langsam musste etwas geschehen, sonst würde die Veranstaltergemeinschaft die Akte Wupperwelle bald ein für alle Mal schließen.

Montag, 14:55 Uhr, Feuerwache August-Bebel-Straße

Die roten Fahrzeuge glänzten in der Nachmittagssonne. Einige uniformierte Feuerwehrleute standen etwas abseits und beobachteten den Fotografen, der damit beschäftigt war, einige neue Feuerwehrfahrzeuge aus verschiedenen Perspektiven abzulichten. Jetzt unterbrach Peer Finke seine Arbeit und trat auf die Feuerwehrleute zu. „Wenn Sie sich vielleicht mal neben das Fahrzeug stellen würden?" Er lächelte sie über das Objektiv seiner Kamera an. Voller Stolz präsentierten die Feuerwehrleute den neuen Einsatzwagen. Finke schoss im Auftrag einer Wuppertaler Zeitung Fotos für einen Beitrag über neue Fahrzeuge im Fuhrpark der Feuerwehr.

Den Feuerwehrleuten stand der Schweiß auf der Stirn. Dennoch taten sie Peer den Gefallen und bauten sich in voller Einsatzausrüstung neben dem Wagen auf. Das Blaulicht und die Fahrbeleuchtung waren eingeschaltet. Als Peer den Auslöser drückte, spürte er ein Vibrieren in der Innentasche seines Jacketts. Er bedankte sich bei den Feuerwehrleuten und murmelte eine Entschuldigung, während er das Handy hervorzog. Die Nummer im Display war ihm unbekannt. „Finke?!"

„Thea Gatz hier. Vielleicht erinnern Sie sich an mich?"

„Natürlich. Wir haben eine gemeinsame Bekannte – Peggy Bach."

„Können wir uns treffen?" Da war etwas in ihrer Stimme, das an Peers männlichen Beschützerinstinkt appellierte. Peer überlegte nicht lange. Immerhin war Thea Peggys beste Freundin. „Sicher", sagte er. „Wann und wo?"

„Im Park des Engels-Hauses in Barmen. Da können wir ungestört reden." Sie atmete tief durch.

„In einer Stunde?"

„Das schaffe ich. Ich kann meine Pause so verlegen, dass ich Zeit finde."

„In Ordnung. Worum geht es?" Peer lächelte. „Nur, damit ich mich ein wenig darauf vorbereiten kann."

„Der BMW ... deshalb waren Sie ja neulich bei uns."

„Richtig. Gut. Dann in einer Stunde am Friedrich-Engels-Haus."

„Einverstanden." Es tutete im Hörer. Sie hatte aufgelegt, ohne seine Antwort abzuwarten. Vielleicht konnte er Thea Gatz ja doch noch aus ihrer misslichen Lage befreien ...

Montag, 15:05 Uhr, Redaktion der Wupperwelle

„Nein, ich kann jetzt nicht reden ... Ja, in der Redaktion." Müller blickte sich im Großraumbüro um. Niemand der Kollegen beachtete den jungen Mitarbeiter. „Später erzähl ich dir alles.

Ich brauche nur deine Garage, noch ein paar Tage, eine Woche vielleicht. Dann lasse ich die Bombe platzen."

„Mir ist es egal. Ist eh' nur eine anonyme Tiefgarage, und keiner kennt den anderen. Ich brauch den Stellplatz nicht. Von mir aus kann die Karre da verrotten." Der Mann am anderen Ende der Leitung lachte leise. Er klang jung – etwa in Müllers Alter. Und er gab sich ausgesprochen cool.

„Super, dank dir. Ich schulde dir einen Gefallen."

„Ein Kasten Bier tut es auch schon." Wieder dieses leise, tückische Lachen. „Vielleicht brauch ich dich auch mal eines Tages, und dann kannst du keinen Rückzieher mehr machen."

Müller wusste, was sein „Freund" meinte. Jens Krüger betrieb Internetbetrügereien im großen Stil, war an einigen Raubüberfällen in der Stadt beteiligt gewesen und dennoch aalglatt genug, um der Polizei durch die Lappen zu gehen. Krüger handelte auch mit Drogen. Vermutlich würde er Müller „bitten", aus dem grenznahen holländischen Venlo Stoff ins Tal zu schmuggeln. Notfalls würde Müller auch das in Kauf nehmen. Solange er sein Vorhaben diesmal bis zum Ende durchziehen und am Ende auftrumpfen konnte, war ihm alles recht. „Ja ja, schon gut."

„Dann mach mal. Ich weiß von nichts. Sag einfach Bescheid, wenn du die Karre abholen willst."

„Okay, ich meld' mich dann." Müller legte auf und dachte angestrengt nach. Sein Blick wanderte durch das Großraumbüro der Redaktion. Er musste nur noch den richtigen Moment abwarten. Dann könnte er endlich die Karten auf den Tisch legen. Aber wann war der richtige Moment?

Montag, 15:20 Uhr, Wichlinghausen, Bartholomäusstraße

„Vielen Dank, ich denke, ich habe mich entschieden und nehme die Wohnung." Heike strahlte. Sie blickte sich in der frisch renovierten Altbauwohnung an der Bartholomäusstraße um. Die Räume waren dank der hohen Fenster hell und freundlich, und die liebevoll auf Altdeutsch getrimmten Türen strahlten einen fast nostalgischen Charme aus. Es roch nach frischer Farbe. Begeistert wanderte Heike noch einmal durch die Wohnung. Im Geiste sah sie die Räume schon fertig eingerichtet, geschmackvoll möbliert und von ihr selbst liebevoll dekoriert. Jetzt konnte ihr neues Leben in Wuppertal also wirklich beginnen. Peter Mattern, der Vermieter der leerstehenden Wohnung, ein grauhaariger untersetzter Endfünfziger, nickte lächelnd. „Dann darf ich Sie herzlich willkommen heißen.“ Er blätterte in einer Mappe, die er unter den Arm geklemmt hatte, während er Heike durch die Zimmer geführt hatte. Dann legte er ein mehrseitiges Formular auf eine der Fensterbänke. „Hier – Ihr Mietvertrag.“ Heike las den Vertrag gründlich durch. Es handelte sich um ein Standardformular mit handschriftlichen Ergänzungen. Der Mietpreis war in Ordnung; und auch die Höhe der Nebenkosten hielt sich in Grenzen.

„Das mit der Kaution regeln wir schon“, sagte Mattern lächelnd. „Michael, also Herr Eckhardt, hat Sie in den höchsten Tönen gelobt. Und ich bin froh, dass ich eine so nette neue Mieterin durch seine Empfehlung bekomme.“

„Das hört man gerne“, erwiderte Heike und setzte ihre Unterschrift unter den Vertrag. Sie fühlte sich wie in einem Traum. Nach zwei Jahren in Berlin hatte sie endlich wieder eine eigene Wohnung in ihrer Heimatstadt gefunden. Am liebsten hätte sie die ganze Welt umarmt. Aus der kleinen Altbauwohnung würde sie ein Schmuckstück machen. Mattern schien sich wirklich zu freuen, in Heike eine so sympathische Mieterin gefunden zu haben.

Im nächsten Moment meldete sich Heikes Handy. „Entschuldigung“, murmelte sie und zog das Telefon aus der Tasche ihrer Jeansjacke hervor. Es war die Redaktion der Wupperwelle. „Ja?“

„Ich bin's“, erkannte sie Stefans Stimme. „Ich habe recherchiert. Wittwer war tatsächlich Gründungsmitglied des WFC. Und Kötter auch. Heike, wäre das nicht ein Knaller, wenn hier der Zusammenhang liegt? Ich werde gleich mal ... sag mal, wo bist du eigentlich gerade?“

„In meiner Wohnung“, sagte sie überglücklich und strahlte Peter Mattern dankbar an.

„Du bist – wo?“

„Stefan, stell dir vor, ich habe soeben eine hübsche Altbauwohnung in der Bartholomäusstraße gemietet. Die Tinte auf dem Mietvertrag ist noch nicht ganz trocken!“ Sie lächelte Mattern zu, der mit einem verschwörerischen Augenzwinkern antwortete.

„Du willst bei mir ausziehen?“ Stefan klang traurig.

„Unsinn, das ändert doch an unserem Verhältnis nichts, aber so hat jeder seine Freiheit, und wir können uns in unsere Höhlen zurückziehen, wenn uns danach ist. Bist du jetzt sauer?“

„Nein, ich dachte nur ...“ Er brach ab. „Was soll's, Heike. Ich freu mich. Wirklich. War nur überrascht, dass du so schnell ... Unsinn, also, was hältst du von der WFC-Geschichte?“

„Ich schaffe so schnell keinen Beitrag einzusprechen, fürchte ich.“

„Musst du auch nicht, ist ja noch nicht spruchreif.“ Stefan lachte, als er den doppelten Sinn seiner Worte bemerkte. „Aber wir sollten dranbleiben.“

„Gute Idee, klingt wirklich interessant. In einer halben Stunde bin ich in der Redaktion.“ Sie drückte den roten Knopf und ließ das Handy wieder in der Jackentasche verschwinden.

„Von mir aus können Sie morgen schon einziehen“, bemerkte Peter Mattern nun, der sich diskret in den Nebenraum zurückgezogen hatte, während Heike telefoniert hatte. „Die Wohnung steht leer, und Sie sind bestimmt froh, wenn Sie mit dem Einrichten beginnen können.“

„Ja, das stimmt“, nickte Heike.

Mattern überreichte ihr die Wohnungs- und Haustürschlüssel, dann verabschiedete er sich höflich. Und Heike war zum ersten Mal allein in ihren neuen vier Wänden.

Montag, 16:12 Uhr, Villa am Westfalenweg

„Es gibt gar keinen Grund, mich festzunehmen."

Ulbricht lächelte. „Aber ich habe einen verdammten Haftbefehl vom Richter in der Tasche, und der reicht fürs Erste. Also, bitte kommen Sie. Ich denke, Sie möchten nicht in Handschellen aus dem Haus geführt werden, oder?" Um kurz nach vier hatten Ulbricht und Heinrichs in Begleitung von zwei uniformierten Kollegen das luxuriöse Haus im Norden von Elberfeld betreten und waren auf einen ziemlich deprimiert wirkenden Werner Grotejohann gestoßen. Er hatte getrunken. Auf dem Schreibtisch standen eine zu drei Vierteln geleerte Whiskyflasche und ein leeres Glas. Der Tod von Peggy Bach war ihm verdammt nahe gegangen, näher, als er je geglaubt hätte. Als er gerade dabei war, seine Trauer im Alkohol zu ertränken, waren die Polizisten aufgetaucht.

„Ich will erst wissen, wie Sie darauf kommen, dass ich mit den ganzen Zwischenfällen in Zusammenhang stehe", erwiderte Grotejohann trotzig und verschanzte sich hinter seinem Schreibtisch.

„Das sollen Sie erfahren", nickte Ulbricht. „Es gibt eine Zeugin, die ausgesagt hat, dass Sie, beziehungsweise Ihre Leute, mit dem Mord an Karlheinz Kötter in Verbindung stehen. Und das war für den Haftrichter Grund genug, einen Haftbefehl auszustellen. Also – bitte kommen Sie."

„Woher wollen Sie wissen, dass ..."

Ulbricht brummte unwillig. „Der Jaguar ist Ihrer. Ob mit an- oder abgeschraubten Kennzeichen – unsere Kollegen haben anhand der Fahrgestellnummer des verbrannten Wracks das Fahrzeug als Ihres identifiziert. Und wir haben eine Zeugin, die ausgesagt hat, dass dieser Wagen am Tatort auftauchte, als Kötter ermordet wurde."

„Es ist nicht der einzige Jaguar X-Type in Wuppertal", wiegelte Grotejohann mit schwerer Zunge ab. „Woher wollen Sie wissen, dass es mein Wagen war?"

„Sie haben ihn als gestohlen gemeldet. Beziehungsweise Ihre Firma in Düsseldorf, denn der Wagen war ja ein Geschäftsfahrzeug. Die Fahrgestellnummer passt auch hier. Und wir haben die Videoaufzeichnung vom Parkplatz der Stadthalle, auf der die markanten Felgen Ihres Wagens ebenfalls zu sehen sind." Ulbricht winkte ab. „Hören Sie, ich weiß nicht, was die Fahrerin des Jaguar dazu bewegt hat, sich umzubringen, oder ob sie nur den Sicherheitsgurt nicht lösen konnte, aber hier passt eins zum anderen, das werden Sie zugeben. Und deshalb ...", er bedeutete den uniformierten Kollegen, Grotejohann festzunehmen. Die Streifenbeamten traten vor und führten Grotejohann zur Tür.

„Ich will meinen Anwalt sprechen."

„Sollen Sie", nickte Heinrichs gönnerhaft. „Aber erst im Präsidium. Da werden wir alles ganz in Ruhe besprechen können. Und wer weiß? Vielleicht fällt Ihnen doch das eine oder andere ein?" Heinrichs grinste. Am liebsten hätte Ulbricht ihm eine runtergehauen. Aber er schwieg und sah dem Kommissar-Anwärter dabei zu, wie er seine erste Verhaftung vornahm. Der Junge musste noch verdammt viel lernen ...

Montag, 16:20 Uhr, Studio der Wupperwelle

„Das war der aktuelle Sommerhit von Marquess ... und nur die wenigsten wissen, dass die Jungs keine Spanier sind, sondern aus der Gegend von Hannover stammen. Die beste Musik gibt es auch gleich wieder hier bei uns auf der Wupperwelle. Ich bin Stefan Seiler, schön, dass Sie da sind." Stefan klickte mit der Maus auf einen neuen Titel, und schon setzte die Musik ein. Er schaltete ebenfalls per Mausklick das Mikro aus und setzte das Headset ab. Kreuzblenden, Übergänge und die Lautstärke der eingespielten Beiträge regelten sich jetzt fast von alleine. Auch die Texte seiner Moderationen erschienen auf dem Monitor vor ihm. Das rote „On Air"-Leuchtschild über der Studiotür erlosch.

„Ich bin hin und weg", lachte Heike, die neben ihm im gläsernen Studio des kleinen Radiosenders stand und ihn beobachtet hatte.

„Warum?“

„Na ja, den Umstieg auf die digitale Studiotechnik hast du ja ganz gut geschafft. Du als Technikmuffel.“

„Also, die Schieberegler und das gute alte Mischpult fehlen mir doch ganz schön, um ehrlich zu sein.“ Stefan schob sich das Baseballcap in den Nacken. „Aber diese Technik hier ist schon faszinierend. Sie bietet unglaublich viele Möglichkeiten. Nur ungewohnt, dass man anstatt der ganzen Schieber, Regler und Knöpfe jetzt nur noch zwei Monitore und die Maus hat.“

„Dir wäre es doch am liebsten, wenn die Musik noch von der Schallplatte und die Beiträge von der Bandmaschine kommen würden“, frotzelte Heike.

„Erzähl von deiner Wohnung, die Musik ist gleich aus.“

„Nein, erzähl du von der Fußballgeschichte.“

„Da gibt es nicht allzu viel zu erzählen. Wir müssen erst noch weiter recherchieren. Aber ich weiß nicht, ob wir das vom Computer aus können.“ Er wedelte mit einem Stapel Blätter vor ihrer Nase herum. „Hier“, sagte er. „Ich habe die Geschichte des Wuppertaler Fußballclubs schon mal ausgedruckt. Kannst du ja mal querlesen, wenn du magst.“

Heike nickte und kaute nachdenklich auf der Unterlippe. „Kann ich für eine Stunde deinen Käfer haben?“

„Natürlich. Ich brauche ihn nicht, habe ja noch knapp zwei Stunden Sendung vor mir. Was hast du vor?“

„Ich muss jemanden besuchen, der vielleicht die ganze Geschichte kennt.“

Montag, 16:25 Uhr, Engels-Garten

Niemand beachtete den Mittvierziger im leichten Sommeranzug, der es sich auf einer der Holzbänke im Park vor dem Engels-Haus in Barmen gemütlich gemacht hatte. Eine Gruppe Jugendlicher zog lachend an ihm vorbei, ohne von Peer Finke Notiz zu nehmen.

Thea Gatz hatte sich verspätet. Mit schnellen Schritten eilte sie zu der Bank, auf der Peer in der Nachmittagssonne wartete. Wenige Meter entfernt, auf der B7, zog der dichte Berufsverkehr in beiden Richtungen vorbei. Die Schieferfassade des Engels-Hauses glänzte in der Sonne. Nur wenige Wuppertaler wussten, dass Friedrich Engels gar nicht in dem 1775 im typisch bergischen Stil von Johann Caspar Engels gebauten Haus geboren wurde, sondern in einem gut hundert Meter entfernten Nachbarhaus, das aber bei einem Bombenangriff 1943 zerstört worden war.

„Entschuldigung, ich bin spät dran." Thea war atemlos, als sie neben ihm auf die Bank sank.

Peer hatte den Blick auf die kunstvoll angelegten Beete gerichtet und lächelte. „Nicht schlimm", sagte er, obwohl er Unpünktlichkeit nicht ausstehen konnte. Er wandte den Blick zu der gut drei Meter hohen weißen Marmorskulptur. Der Wiener Bildhauer Alfred Hrdlicka hatte das prägnante Kunstwerk 1981 geschaffen.

„Eine Kollegin hat das Ende ihrer Pause verpasst, und ich konnte nicht früher weg." Thea Gatz lächelte und senkte den Blick.

„Kein Problem, wirklich nicht." Peer hatte das Jackett ausgezogen und über die Lehne der Bank gehängt. „Wollen wir nicht du sagen?"

„Gern. Ich bin Thea." Sie reichten sich die Hände.

„Peer. Also, schieß los: Was bedrückt dich?"

„Das ist eine lange Geschichte." Sie wurde ernst, und ein düsterer Schatten legte sich auf ihr rundliches Gesicht.

„Ich habe Zeit. Und wenn es deine Pause nicht überschreitet und du keinen Ärger bekommst, habe ich auch viel Zeit." Peer lächelte.

„Woher wusstest du, dass ich einen Schlüssel von Peggys Z3 habe?"

„Berufsgeheimnis."

„Also weiß Peggy nichts davon?"

„Kein Kommentar." Peer machte dicht. Er war zunächst einmal

darauf gespannt, was Thea ihm erzählen würde.

„Ich habe tatsächlich einen Wagenschlüssel von Peggy bekommen. Und ich weiß, dass der Wagen seit der Nacht, in der Kötter ums Leben kam, von der Polizei gesucht wird."

„Was man so suchen nennt."

„Heute Morgen war ich an Peggys Haus in Ronsdorf."

„Und?"

„Der BMW ist weg, obwohl ich ihn dort abgestellt hatte." Sie rang mit den feingliedrigen Händen und drehte den Ehering an ihrer rechten Hand. Sie blickte Peer aus ihren großen braunen Augen an. „Was denkst du?"

„Hatte noch jemand anders einen Schlüssel?" Peer schlug die Beine übereinander und schaute Thea aufmerksam an.

„Auf gar keinen Fall." Sie schüttelte den Kopf. „Der Wagen war ihr Heiligtum."

„Dann gibt es nur zwei Möglichkeiten: Entweder wurde der Wagen vor ihrem Haus gestohlen, oder Peggy ist oder war in der Stadt, und sie hat den Wagen selbst weggefahren." Peer schluckte, denn er wusste mehr. Die Identität der Toten, die beim Brand des Jaguars eines bekannten Wuppertaler Unternehmers ums Leben gekommen war, stand inzwischen fest. Er hatte seine Kontakte zur Rechtsmedizin in Düsseldorf genutzt und war an Informationen gekommen, die er lieber nicht bekommen hätte. Peggy Bach war tot. Sie war in den Flammen des Fahrzeugs umgekommen, ob freiwillig oder unfreiwillig. Er hatte schnell seine Schlüsse gezogen. Grotejohann hatte Peggy den Kopf verdreht. Sie hatte sich von ihm abhängig gemacht, vielleicht war sie ihm sogar hörig gewesen. Das erklärte auch ihre plötzliche Wesensänderung. Jetzt war sie tot. Tief in Peer krampfte sich etwas zusammen, als er an die gemeinsame Zeit mit Peggy Bach dachte. Sie hatten eine schöne Zeit miteinander verlebt, hatten sich vor einer Ewigkeit in einer Tanzschule kennen- und lieben gelernt. So sehr war ihre gegenseitige Sympathie gewachsen, dass sie sogar Heiratspläne geschmiedet hatten.

Plötzlich war das alles vorbei. Peer spürte, wie er einen Klumpen im Hals bekam, und räusperte sich.

Theas Stimme riss ihn aus seinen trüben Gedanken. „Das kann ich mir nicht vorstellen. Allerdings ist sie in letzter Zeit sehr seltsam geworden. Peggy war zuletzt sehr verschlossen und schien in einer eigenen, fremden Welt zu leben. Fast so, als würde sie einer geheimnisvollen Sekte angehören."

„Den Eindruck hatte ich auch." Peer kniff die Lippen zusammen. Plötzlich dachte er an den Selbstmord von Jessica Wittwer. Tatsächlich hatte er sich ein wenig in die Spediteursgattin verliebt. Ein wenig mehr, als ihm selbst lieb gewesen war. Die Nachricht vom Tod dieser jungen Frau hatte ihn zutiefst getroffen. Peer war an einem Punkt angekommen, wo er nicht mehr wusste, ob er in diesem Leben jemals mit einer Frau glücklich sein würde. Nachdenklich betrachtete er Thea Gatz von der Seite. Sie hatte nichts – ihr Mann war arbeitslos, sie waren hoch verschuldet. Ihre Ehe lahmte, und trotzdem: Sie hatte jemanden an ihrer Seite, den sie liebte und der sie liebte. Was brauchte man im Leben mehr? War es nicht allein die Liebe, die zählt?

Peer seufzte. Und obwohl Thea Gatz eine Frau von etwas untersetzter Statur war, war sie sehr hübsch. Ihr Gesicht hatte feine Grübchen, wenn sie lachte, und trotzdem war sie eigentlich nicht sein Typ. Sie passte nicht in sein „Beuteschema", wie Peer es immer nannte. „Peggy ist tot."

Theas Kopf ruckte zu ihm herum. „Bitte?"

„Peggy ist tot." Peer nickte wie in Zeitlupe. „Du hast doch bestimmt von dem PKW gehört, der vor einigen Stunden in Elberfeld genau unter einer Schwebebahn ausgebrannt ist?"

„Ja." Theas Stimme war nur noch ein Hauch und wurde vom Straßenlärm der nahen Friedrich-Engels-Allee beinahe übertönt. „Die Fahrerin, die im Wagen verbrannt ist, war Peggy. Und die Leute in der Schwebebahn hatten verdammtes Glück. Nur die Bahn wurde beschädigt."

„Peggy?“ Thea schüttelte den Kopf. „Aber das ist ... das ist unmöglich! Niemals hätte sie auch nur im Traum daran gedacht, sich ...“ Sie brach ab und barg das Gesicht in den Händen. Nur am Zucken ihrer Schultern sah Peer, dass sie stumm weinte. Dann blickte sie ihn aus tränenverschleiertem Blick an. „Aber warum nur?“

„Das weiß ich offen gestanden auch nicht.“

„Und wo ist ihr Wagen? Stehe ich unter Mordverdacht? Ich weiß bald gar nichts mehr.“ Sie schluchzte.

„Vielleicht sollten wir die Polizei anrufen, ich meine wegen des BMW“, dachte Peer laut nach. Hatte Peggy das Cabrio selbst verschwinden lassen, bevor sie ...?

„Du willst die Polizei anrufen?“ Sie wischte sich die Tränen fort.

Peer nickte. „Und bei der Gelegenheit kannst du der Polizei auch gleich erzählen, warum du in Kötters Todesnacht mit Peggys Wagen am Johannisberg aufgetaucht bist.“

„Das wissen die schon längst.“

„Wie bitte?“

„Das wissen die schon längst.“ Jetzt lächelte sie. „Zuerst hat man mich für die Mörderin von Karlheinz Kötter gehalten. Aber ich habe meinen Vater nicht umbringen lassen. Kommissar Ulbricht – ich weiß nicht, ob du ihn kennst – hat mich schließlich laufen lassen. Er scheint der einzige vernünftige Mensch bei der Kripo zu sein.“

Peer nickte und dachte angestrengt nach. Dass es sich bei Thea um Kötters Tochter handelte, hatte er nicht gewusst.

Montag, 16:50 Uhr, Alten- und Pflegeheim Blankstraße

„Nett haben Sie es hier.“

Johann Kötter winkte ab. „Es ist ein Altenheim. Nicht mehr und nicht weniger. Lassen Sie uns an die frische Luft gehen.“

„Gern.“ Gemeinsam traten sie hinaus in den kleinen Park, der das Wohnheim umgab, und nahmen auf einer Holzbank Platz.

„Und – womit kann ich Ihnen heute dienen?“

„Sie kennen sich doch aus in der Welt der Wuppertaler Unternehmer.“ Heike lächelte. „Man kennt sich doch, oder?“

„Da ist schon was dran.“ Er lächelte versonnen und blickte einer jungen Schwester, die vorbeiging, auf den Hintern.

Je oller, je doller, dachte Heike amüsiert. „Was wissen Sie über Wittwer und Ihren Erzfeind Grotejohann?“

„Wittwer ist ein knallharter Geschäftsmann. Schon damals, als es noch familiärer zuging, handelte er nur danach, was ihm die Zahlen vorgaben. Na ja, und Grotejohann senior, der Herr habe ihn selig, hat sich schon immer für den Fußball begeistert. Jede Mark, die übrig war, hat er in den Verein gesteckt.“

Heikes Ohren glühten vor Aufregung. Genau das wollte sie hören. „In den WFC?“

„Ja, schon damals war er ein Narr. Aber er hatte immer ein glückliches Händchen. Er kaufte Spieler ein, um seinen Verein nach oben zu bringen. Einmal hätte es der WFC fast in die Bundesliga geschafft. Doch dann änderten sich die Zeiten. Daraufhin setzte Grotejohann auf ein anderes Pferd und kaufte sich bei einem anderen Fußballverein ein.“

„Wissen Sie, wo?“

„Bei Rotweiß Eifel. Die hatten die besseren Spieler, damals, Anfang der Siebziger. Trotzdem wollte er den WFC nicht ganz aufgeben.“

„Und er hatte noch bis zum Schluss Anteile am Verein?“

„Sicher.“ Der alte Herr nickte. „Und mein Sohn auch. Und Wittwer ebenfalls.“

Heikes Aufregung wuchs. „Dann saßen die drei in einem Boot?“

Johann Kötter lachte laut auf, fast so, als hätte Heike ihm einen brillanten Witz erzählt. „Fußball regiert die Welt, Frau Göbel. Das war schon damals so und ist es heute immer noch. Ein Sport, der so kommerziell ist, dass es schon fast kein Sport mehr ist. Es ist ein knallharter Konkurrenzkampf.“

„Heißt das, dass Wittwer, Grotejohann und Ihr Sohn Konkurrenten waren, obwohl sie Anteile am selben Verein besaßen?“

„Sie interessieren sich wohl nicht für Sport?“

„Fußball ist nicht mein Ding“, gab Heike zu.

„Grotejohann hatte ein Unternehmen hier in Wuppertal, eins in Düsseldorf und eins in Euskirchen.“

„In der Eifel.“

„Richtig. Inzwischen war er mit den Leuten aus der Eifel mehr verwachsen als mit den Wuppertalern. Doch der WFC hat zurzeit die besseren Spieler. Wie aber daran kommen?“

„Er hätte eine Mehrheit benötigt.“

„Ganz genau.“ Der alte Herr hob den knorrigen Zeigefinger. „Wittwer und mein Sohn haben ihn ausgelacht, als er ihre Anteile am WFC übernehmen wollte.“

„Also ... also wollte er sie aus dem Weg räumen?“ Heike konnte es nicht glauben.

„Es sieht zumindest danach aus.“

„Haben Sie das mal der Polizei erzählt?“

„Warum sollte ich?“ Kötter senior schüttelte das graue Haupt. „Ich bin ein alter Mann, und ich will nur meinen Frieden. Mein Sohn wurde ermordet. Plunger ist wahrscheinlich nur ein Bauernopfer. Ich weiß es nicht, aber mein Sohn und Wittwer sind Grotejohann ein Dorn im Auge. Es geht um Millionen, wenn sein Verein in der nächsten Saison nach ganz oben kommt. Und er hat alles darauf gesetzt.“

„Auf diesem Weg würde er über Leichen gehen?“ Heike war fassungslos.

„Er ist bereits über Leichen gegangen, Frau Göbel.“ Kötter erhob sich schwerfällig. „Denken Sie nach und lassen Sie das Gesamtbild auf sich wirken. So wie im Museum neulich.“ Er lächelte feinsinnig. „Und jetzt entschuldigen Sie mich, aber ich komme zu spät zum Essen.“ Ohne ein weiteres Wort ließ der alte Herr Heike zurück. Plötzlich schloss sich der Kreis.

Montag, 17:15 Uhr, Polizeipräsidium

„Haben Sie eine Ahnung, warum sich Peggy Bach selbst getötet haben könnte?" Ulbrichts Augen brannten, und seine Zigaretten waren schon wieder alle. Der elegant gekleidete Mann auf dem Stuhl vor seinem Schreibtisch schüttelte stumm den Kopf.

„Haben Sie sie in den Tod getrieben?"

„Nein verdammt noch mal! Ich will jetzt endlich mit meinem Anwalt sprechen." Grotejohanns Miene war starr wie eine Maske. „Ich habe nichts mit den Pinguinmorden zu tun, und warum meine Freundin suizidgefährdet war, entzieht sich ebenfalls meiner Kenntnis."

„Aber Sie wissen schon, warum wir Sie verhaftet haben?"

„Nein."

„Sie werden verdächtigt, am Mord von Karlheinz Kötter beteiligt zu sein. Und offenbar stehen Sie in Zusammenhang mit einer Reihe weiterer seltsamer Vorkommnisse."

„Sie meinen die Zerstörungen der Plastik-Pinguine? Das ist doch albern!" Werner Grotejohann richtete sich im Stuhl auf und lachte.

„Das fällt zwar nur in den Bereich der Sachbeschädigung, aber unterm Strich kommt einiges auf Sie zu, fürchte ich." Ulbricht lächelte müde. „Sie sitzen verdammt tief in der Scheiße."

„Das ist mein Problem." Grotejohann hatte leise und dennoch wohlakzentuiert gesprochen, den Blick weiterhin starr nach vorn gerichtet.

„Allerdings."

Die Bürotür flog auf, und Heinrichs stürzte herein.

„Verdammt, haben Sie auf der Polizeischule nicht gelernt, dass man anklopft?", wetterte Ulbricht wütend.

„Kann ich Sie einen Augenblick unter vier Augen sprechen?", fragte „Brille" Heinrichs und entschuldigte sich.

„Wenn's sein muss." Er nickte den uniformierten Beamten zu, die stumm in einer Ecke standen. „Sie warten bitte hier."

Dann stand er mit seinem Assistenten draußen auf dem Flur. „Und?", fragte er. „Was ist denn so wichtig?"

„Grotejohann soll doch unser großer geheimnisvoller Mörder sein, oder?"

„Ja – und?"

„Ich habe eben eine Meldung auf den Schreibtisch bekommen: Sein Pinguin wurde geköpft."

„Verdammt", schnaubte Ulbricht. Er dachte angestrengt nach. „Das ist ein Täuschungsmanöver von seinen Leuten. Albern, aber auf so etwas fallen wir nicht herein. Die sollen sich verdammt noch mal etwas anderes einfallen lassen." Er machte Anstalten, in sein Büro zurückzukehren, als er zwei Männer bemerkte, die auf ihn zukamen.

Behrends und Friedrich, zwei Kollegen vom KK 14, die in Sachen Beschaffungskriminalität unterwegs waren. „Ulbricht, warten Sie."

„Was?" Er blieb ungeduldig an der Bürotür stehen und hatte schon die Hand auf der Klinke liegen.

„Die Sachbeschädigungen an den Pinguinen und die Brauhaus-Erpressung hängen zusammen." Behrends war atemlos. Er war Ende vierzig, knapp 1,70 Meter groß und fett, sein Kollege Friedrich war gut zehn Jahre jünger und ein drahtiger Kerl, der ihn aus wachen Augen musterte. Ulbricht kannte die beiden nur flüchtig. „Was soll das heißen?", fragte Ulbricht und verengte die Augen. Er fummelte in der Hosentasche herum, drückte Heinrichs sechs Euro in die Hand und sagte: „Hier – ich brauche neue Kippen. Vielleicht könnten Sie ...?"

„Sicher Chef. Bin sofort wieder da." Heinrichs nickte dienstbeflissen und machte auf dem Absatz kehrt. Ulbricht blickte ihm lange nach. „Also", sagte er dann an die Kollegen gewandt. „Was ist mit den Pinguinmorden und dem Brauhaus?"

Behrends grinste. „Wir haben gerade einen jungen Mann festgenommen, der offensichtlich etwas mit der Brauhaus-Erpressung zu tun hat."

„Aha.“ Hurtiger hatte ihn und Eckhardt um Hilfe gebeten, allerdings konnte er sich als Leiter der Mordkommission nicht um alle Fälle selbst kümmern. Deshalb hat er die beiden Kollegen des KK 14, die ihn momentan unterstützten, gebeten, sich der Erpressung des Brauhauses anzunehmen. Anscheinend waren Behrends und Friedrich nicht ganz untätig gewesen. „Wie sind Sie auf den Mann gekommen?“

„Er wollte besonders schlau sein und hat von verschiedenen Telefonzellen der Stadt angerufen. Nur einmal war er leichtsinnig und hat von seinem Arbeitsplatz angerufen.“

„Saubere Arbeit, Kollegen“, freute sich Ulbricht.

„Und bei der Gelegenheit hat er auch direkt die Sachbeschädigungen an den Plastik-Pinguinen zugegeben. Der Typ ist völlig fertig. Ein Psychopath. Nach außen hin sauber, nett und hilfsbereit, aber tief im Innern ein Mensch mit Komplexen.“

„Ich wusste gar nicht, dass ihr auch als Psychiater geschult seid“, stichelte Ulbricht.

Friedrich ging nicht darauf ein. „Also“, sagte er. „Der Fall ist für uns gelöst.“

„Machen Sie es nicht so verdammt spannend“, rief Ulbricht nun.

„Wir haben den Anruf, den er von seinem Arbeitsplatz aus tätigte, zurückverfolgt. Und er hat alles sofort gestanden.“

Ein anerkennendes Nicken war die einzige Antwort.

„Wo arbeitet der Mann?“

„Beim Radio, bei der Wupperwelle.“

Diesmal fehlten sogar Ulbricht die Worte.

Montag, 17:35 Uhr, Redaktion der Wupperwelle

„Du kommst zu spät“, wurde sie von Manfred Jordan empfangen, der ihr auf dem Weg ins Studio entgegenkam. Er hatte die Lokalnachrichten gesprochen und war jetzt auf dem Weg zu seinem Platz in der Nachrichtenredaktion. Stefan stand noch im Studio und moderierte die Feierabendsendung. Er winkte Heike durch die Glasscheibe des Studios zu, als er seine Freundin sah, dann widmete er sich wieder seiner Arbeit am Mikro.

„Ich und zu spät? Woher willst du das denn wissen?", grinste Heike und schenkte Jordan einen koketten Augenaufschlag. „Stefan hat sich jedenfalls noch nie beschwert."

Jordan lachte. „Ach so – nein, das meinte ich eigentlich nicht."

„Zu spät für was? Gab es Pizza?"

„Unsinn." Jordan winkte grinsend ab. „Hier war einiges los eben. Ich habe eben eine Pressemitteilung reinbekommen, die dich bestimmt auch interessiert. Werner Grotejohann hat Karlheinz Kötter auf dem Gewissen. Es ging nur um den verdammten Fußball. Machtkämpfe hinter den Kulissen als Mordmotiv, wenn du so willst."

„Wird nicht jeder und alles in diesem Sport gekauft?"

Jordan zuckte die Schultern. „Scheinbar nicht immer. Vermutlich gab es eine Verschwörung gegen Grotejohann, und ihm stand das Wasser bis zum Hals. So räumte er sich den Weg frei."

„Er wurde zum Mörder?"

„Ich denke, dafür hatte er seine Helfer."

„Und Wittwer sollte als Vereinsfunktionär auch sterben, hat sich aber rechtzeitig vom Acker gemacht und ist in Polen untergetaucht." Heike staunte. „Dann ahnte er wohl, woher der Wind wehte?"

„Alles deutet darauf hin."

„Weiß Eckhardt schon von den Neuigkeiten?"

„Der hat andere Sorgen." Jordan deutete mit dem Kinn hinüber zu der gläsernen Wand, die das Großraumbüro vom Arbeitszimmer des Chefredakteurs trennte. Eckhardt hockte weit vorgebeugt an seinem Schreibtisch. Er hatte das gerötete Gesicht in den Händen verborgen. Den Krawattenknoten hatte er gelockert und die oberen Hemdknöpfe geöffnet.

„Was ist mit ihm?"

„Wir hatten zum ersten Mal seit dem Bestehen der Wupperwelle einen Nestbeschmutzer unter uns, und er war es, der dem Feind Zutritt gewährte."

„Müller?", fragte Heike fassungslos. „Mike Müller ist ein Nestbeschmutzer?"

Jordan nickte. „Die Polizei war eben hier und hat Müller in Handschellen abgeführt. Richtig großes Theater, sage ich dir. Müller steht unter dem Verdacht, die Pinguine geköpft zu haben."

„Warum tut jemand so etwas?"

„Er war auf der Suche nach einer heißen Story. Na ja, für die Geschichte mit den Pinguinmorden hat er wohl selber gesorgt. Und ich habe einen anderen Verdacht: Vermutlich steckte er mit dem großen Werner Grotejohann unter einer Decke. Er arbeitete im Auftrag Grotejohanns, als er die Pinguine der WFC-Funktionäre köpfte."

„Aber wie passt dann Hurtigers Pinguin in die Reihe der geköpften Pinguine? Soviel ich weiß, hat Hurtiger mit Fußball nichts am Hut."

„Das kann einen simplen Hintergrund haben, Heike. Wir, das gesamte Team des Senders, treffen uns ab und zu im Brauhaus. Mit einer einzigen Ausnahme."

„Mike Müller."

„Richtig. Er war nicht nur ein Hilfsarbeiter von Grotejohann und auf der Suche nach einer heißen Story, er war ..."

„ ... neidisch auf unser gutes Klima. Niemand hat ihn wirklich ernst genommen." Beinahe empfand Heike jetzt Mitleid für den jungen Kollegen. „Ich versteh das trotzdem noch nicht so ganz", murmelte sie und hockte sich auf Jordans Schreibtischkante.

„Du musst dir das so vorstellen: Es gibt immer wieder Feuerwehrleute, die selber Brände legen, um zuerst am Brandort zu sein. Schon oft genug haben wir über diese Feuerteufel berichtet und waren jedes Mal erschüttert, wenn herauskam, dass es sich bei dem Täter um einen braven Feuerwehrmann handelte." Jordan zuckte die Schultern und kehrte die Handflächen nach oben. „Wie dem auch sei – jetzt kommt eine ganze Menge auf Müller zu. Sachbeschädigung, Erpressung, Autodiebstahl. Eine ziemlich lange Liste, und er wird einen verdammt guten Anwalt brauchen."

„Moment", stutzte Heike. „Sagtest du Autodiebstahl?"

„Allerdings. Eine dumme Geschichte. Müller hat den BMW Z3 geklaut, der seit dem Mord an Kötter gesucht wurde. Warum, das weiß keiner so genau. Den Wagen hat er jedenfalls in einer anonymen Tiefgarage in der Stresemannstraße untergebracht. Die Stellplätze dort stehen den Mietern des darüber liegenden Wohnhauses zur Verfügung. Kein Nachbar kennt den anderen, und dort findet die Kripo den Wagen bestimmt nicht – dachte er." Jordan kicherte schadenfroh.

„Und mir selber hat er noch erzählt, dass er eigentlich nur auf Provokationsjournalismus steht", entfuhr es Heike.

„Na ja, provoziert hat er, insofern hatte er ja Recht." Jordan nickte und grinste die Kollegin schief an. „Er ist einfach übers Ziel hinausgeschossen. Jetzt muss die Polizei nur noch herausfinden, warum er mit Grotejohann gemeinsame Sache gemacht hat. Die beiden arbeiteten ja Hand in Hand, was die Morde und die Pinguinmorde angeht. Und sieh es mal positiv: Hurtiger hat überlebt, im Gegensatz zu seinem Pinguin."

„Wenn das mal kein Grund zum Feiern ist", nickte Heike. „Dann ist der Fall jetzt also gelöst?"

„Der Rest ist Sache von Ulbricht und seinen Leuten. Apropos Brauhaus: Hast du Lust, heute Abend dorthin zu kommen? Kollegentreffen, wie in alten Zeiten."

„Warum eigentlich nicht", antwortete Heike nach anfänglichem Zögern. Die gemütlichen Abende mit den Kollegen der Wupperwelle hatte sie in Berlin sehr vermisst.

„Was habt ihr denn da zu besprechen?"

Stefan hatte das Studio verlassen und war unauffällig hinter Heike getreten. Er küsste sie zärtlich in den Nacken. Seine Sendung war vorbei, und er hatte Feierabend. Heike schmiegte sich an ihn und lächelte. „Es gibt eben viel zu erzählen“, sagte sie und machte es spannend.

„Ich höre?!“ Stefan machte ein strenges Gesicht.

„Schön, wieder hier zu sein“, bemerkte Heike glücklich. Die Neuigkeiten würde sie ihm gleich in Ruhe berichten. „Ich bin endlich wieder bei euch. Hier wird es wohl nie langweilig.“ Wie zur Bestätigung ihrer Worte rumpelte draußen eine Schwebebahn vorbei.